Elli Poletti

ES KOMMT SCHON ALLES, WIE ES SOLL

novum pro

www.novumverlag.com

Bibliografische Information
der Deutschen Nationalbibliothek:

Die Deutsche Nationalbibliothek
verzeichnet diese Publikation in
der Deutschen Nationalbibliografie.
Detaillierte bibliografische Daten
sind im Internet über
http://www.d-nb.de abrufbar.

© 2021 novum Verlag

ISBN 978-3-99107-985-9
Lektorat: Melanie Dutzler
Umschlagfoto: Mii Plock
Umschlaggestaltung, Layout & Satz:
novum Verlag
Autorenfoto: Isabel Petrauskas

Gedruckt in der Europäischen Union
auf umweltfreundlichem, chlor- und
säurefrei gebleichtem Papier.

www.novumverlag.com

Für alle, die das Leben lieben (wollen).

Und für Mama –

Happy Birthday!

1

Happy Birthday

Besser konnte ein Tag nicht beginnen. Die Sonnenstrahlen kitzelten meine Nase und ich wachte mit einem Kribbeln auf. Ich liebte es, mit diesem besonderen Gefühl und voller Vorfreude in den Tag zu starten. Und besonders heute hatte ich allen Grund dazu. Es war schließlich mein Geburtstag. Schon immer war das etwas ganz Besonderes für mich. Ein Tag, an dem ich nur machte, worauf ich Lust hatte, und an dem es ausnahmsweise mal nur um mich ging. So einen Luxus gönnte ich mir selten, aber heute war es wieder soweit und ich konnte es kaum erwarten.

Ich wälzte mich noch einmal durch meine Kissen, dann kuschelte ich mich in meinen flauschigen Bademantel. Noch etwas verschlafen begab ich mich direkt in die Küche. Ich brauchte erstmal einen Kaffee. Während die Maschine den Kaffee mahlte und der wunderbare Duft in meine Nase zog, erwachten auch langsam meine ersten Lebensgeister.

Ich setzte mich mit meiner Tasse an meine Küchentheke und genoss den blauen Himmel. Meine Müdigkeit war direkt wie weggeblasen und eine gewisse Unruhe machte sich in mir breit. Sobald sich eine Chance ergab, musste ich sie nutzen. Das war eine Eigenschaft, von der ich immer noch nicht wusste, ob ich mich darüber freute oder sie verteufelte. In diesem Moment musste ich das wundervolle Wetter an diesem frühen Morgen jedenfalls nutzen. Andernfalls würde ich eh nicht entspannen können. Es war bestes Laufwetter.

Ich trank also schnell meinen Kaffee aus und tauschte meinen Bademantel gegen meine Laufsachen. Wie so oft, schlug ich auch an diesem Morgen automatisch den Weg nach Olderdissen ein.

Der frei zugängliche Tierpark war für mich mit das Schönste, was Bielefeld zu bieten hatte. Seitdem ich hier wohnte, verging kaum eine Woche, in der ich nicht vorbeischaute. Zugegeben war das noch nicht allzu lang, aber ich glaubte auch nicht, dass sich das so schnell ändern würde. Dazu gefiel mir dieser besondere Ort viel zu gut. Am allerbesten gefiel er mir sogar, wenn ich ihn fast für mich allein hatte.

Deshalb war ich froh, dass ich heute früh aus dem Bett gekommen war. An einem so schönen Samstag wie heute, würde es hier voll werden. Der Frühling war jetzt schon ein paar Wochen alt, aber es war immer noch so schön zu sehen, wie die Bäume langsam grün wurden und die ersten Blumen ihren Weg an die Oberfläche fanden. Die ersten Sonnenstrahlen des Tages begleiteten mich bei meiner Runde und ich fühlte mich rundum wohl. Mit dem Frühling stieg auch meine Stimmung. Das war immer so.

Als ich um zehn Uhr wieder zu Hause ankam, gönnte ich mir erst einmal eine ausgiebige Dusche. Zu einem perfekten Geburtstag gehörte es schließlich auch, sich ein bisschen herauszuputzen – und dabei ließ ich mir ausreichend Zeit. Nach Haarkur und Gesichtsmaske wickelte ich mich wieder in meinen Bademantel. Ein Blick auf die Uhr verriet mir, dass noch genug Zeit für ein gemütliches Frühstück auf dem Sofa blieb. Toll! Ich schaltete den Fernseher ein und mummelte mich mit einem frischen Kaffee und einem Brötchen in meine Kuscheldecke. Dabei checkte ich meine Nachrichten.

Ich hatte meine Arbeit extra, so gut es ging, vorbereitet, sodass heute keine Mails zu erwarten waren. Trotzdem hatte ich keine Ruhe, ehe ich mich vergewissert hatte, dass wirklich erst mal nichts zu tun war. Ich war schon immer eine schrecklich gewissenhafte Angestellte gewesen. Aber seit ich selbstständig war, war es noch schlimmer geworden. Ich arbeitete nicht nur im wörtlichen Sinn ständig. Das Gute daran war, dass es mir gar nicht so richtig auffiel. Ich konnte meinen Job gut in meinen Alltag integrieren. Deshalb fühlte es sich für mich auch nicht wie Arbeit an, wenn ich mich um meine Kunden kümmerte. Ich arbeitete seit Kurzem als Maklerin und ich liebte meinen Job. Dass mich meine Kunden mit dem Verkauf ihrer Immobilien betrauten, empfand ich als unglaubliche Wertschätzung. Dieses Gefühl wollte ich ihnen gerne zurückgeben und sie nicht enttäuschen. Deshalb wollte ich auch immer für sie erreichbar sein. Manchmal war mir gar nicht mehr bewusst, ob ich meine beruflichen Mails oder meinen privaten Social Media Account checkte. Ich machte keinen großen Unterschied zwischen Beruf und Privatleben, aber das störte mich nicht. Ich freute mich mehr über den Vorteil, meine Zeit selbst einteilen zu können und mir nebenbei noch den Luxus leisten zu können, den ich wollte.

Und damit war ich schon jetzt zufrieden, obwohl der ganz große berufliche Durchbruch noch auf sich warten ließ. Ehrlicherweise hatte ich bisher nur mit Vermietungen zu tun, aber ich war zuversichtlich, dass bald auch einmal ein größeres Objekt kommen würde. Schließlich war ich noch nicht allzu lange als Immobilienmaklerin unterwegs.

Da es tatsächlich keine News von der Arbeit gab, konnte ich mich wieder meinem privaten Account widmen und mich ausgiebig in meine Glückwünsche vertiefen.

Die erste Nachricht war von Mama. Natürlich.

„Glückwunsch, Süße! Wow, 30 Jahre! Ich kann es nicht glauben. Ich freu mich auf später. Meld dich, wenn wir noch etwas mitbringen sollen. Kuss!",,

Typisch Mama. Wie ich sie kannte, hatte sie eh schon eine Kiste Sekt und die neusten Sorten an Süßigkeiten, die sie auftreiben konnte, ins Auto geladen und musste später dreimal zum Auto laufen, bis sie alles ausgeladen hatte. Aber genau dafür liebte ich sie. Sie sorgte immer für alle. Ich tippte eine schnelle Antwort.

9

„Nein danke, Mama, alles erledigt. Freue mich auch!"

Und ich konnte es wirklich kaum erwarten, diesen Tag ausgiebig zu feiern. Schließlich ergab sich diese Gelegenheit nur einmal im Jahr.

Ungeduldig öffnete ich die nächste Nachricht.

„Feliiiiiiiiiiiiiiii, oh Mann, du Arme, trag es mit Fassung. Von Herzen alles Liebe!"

Ohne den Absender zu lesen, wusste ich, dass diese Nachricht von Senna kam. Mit Senna hatte ich mir lange ein Büro geteilt. Sie war vier Jahre älter als ich und ich wusste noch genau, wie fertig sie kurz vor ihrem 30. Geburtstag war. Schon ein halbes Jahr vorher musste ich ihr jeden Morgen versichern, dass sie KEINE neuen Falten hatte und dass sie auch nicht langweilig war, wenn sie nicht freitags UND samstags auf die Piste ging. Mit einer Inbrunst erklärte sie seit ein paar Jahren auf ihren Geburtstagspartys, dass sie ihren 29. Geburtstag feierte – plus X, wobei sie das „X" immer mit der Zahl ersetzte, die addiert zu 29 ihr richtiges Alter ergab. Ich verstand ihre Sorgen nicht ganz, fand ihre überschwänglichen Klagen über das Alter aber immer recht amüsant.

Je mehr Nachrichten ich erhielt, desto häufiger las ich allerdings ähnliche Sprüche und musste feststellen, dass Senna kein Einzelfall war. Hilfe, was hatten denn alle mit dem Alter? Ich wurde 30 und nicht 50! Eigentlich war es mir auch relativ egal, wie alt ich wurde, ich freute mich einfach auf das Feiern und darauf, gleich alle meine Liebsten bei mir Zuhause zu haben. Besser ich konzentrierte mich also darauf und nicht auf weitere Beileidsbekundungen.

Ich aß mein letztes Stück Brötchen und schlenderte mit meinem Rest Kaffee zum Kleiderschrank. Eigentlich hatte ich diesen aus Kostengründen ohne Türen gekauft. In Wahrheit hatte ich aber gar nicht mehr vor, in Türen für meinen Kleiderschrank zu investieren. Ich freute mich jeden Morgen beim Aufwachen über den freien Blick auf meine Kleider und darüber, dass ich noch im Halbschlaf mein Tagesoutfit in Gedanken zusammenstellen konnte. Auch jetzt verzog ich mich nochmal unter meine Bettdecke und scannte den Inhalt des Kleiderschranks.

Ich entschied mich für einen mintfarbigen Faltenrock und ein lässiges weißes Shirt, dazu große goldene Ohrringe und goldene und bunte Armbänder. Ich wollte schließlich zum Frühlingstag passen. Außerdem genoss ich es an meinen freien Tagen immer, von meinen Hosenanzügen und Blusen Abstand zu nehmen und zu dem etwas auffälligeren Schmuck zu greifen. Ich nutzte die Gelegenheit auch, um meine kinnlangen Haare einfach an der Luft trocknen zu lassen. Sollten sie sich auch einmal einen Tag vom Glätteisen und dem strengen Dutt, den ich oft im Büro trug, entspannen können. Zufrieden blickte ich in den Spiegel.

Da meine Familie sich traditionell zum Kaffee angekündigt hatte, deckte ich den Tisch und bereitete alles vor. Geputzt, gebacken, gekocht und für abends die Getränke gekauft hatte ich zum Glück schon alles in der Woche. Ich liebte es, vorbereitet zu sein.

Pünktlich um drei Uhr klingelte es dann an der Tür und meine Wohnung wurde zum Familientreff. Oma und Opa, Mama und Papa und meine Schwester mit Mann und Kind kamen zeitgleich an. Ein richtiger Trubel, aber genau das gehörte zu einem perfekten Geburtstag dazu. „Platz ist in der kleinsten Hütte", hatte Mama gesagt, als ich sie besorgt anrief, um zu fragen, ob es wirklich in Ordnung war, dass ich sie zu meinem Geburtstag alle zu mir nach Bielefeld einlud und nicht bei meinen Eltern in unserem Heimatdorf feierte. Natürlich wäre es für alle Beteiligten, mich ausgenommen, einfacher gewesen. Irgendwie war es mir jedoch wichtig, meiner Familie mein neues Zuhause zu zeigen, auf das ich so stolz war. Und da es ja auch schließlich mein Geburtstag war, freute ich mich noch mehr, dass Mama mir die Zweifel nahm.

Und sie hatte recht. Irgendwie bekam ich alle unter. Die älteren Semester quetschte ich auf mein braunes Wildledersofa, das ich kurz vor meinem Einzug bei Ebay geschossen hatte und das mir schon einige entspannte Sonntage beschert hatte. Meine Schwester samt Mann und Kind musste sich mit Klappstühlen zufrieden geben. Aber jeder fand Platz und auch meine Familie freute sich sichtlich, endlich einmal meine fertig eingerichtete Wohnung bestaunen zu können. Opa, der wirklich zum allerersten Mal hier war, weil ich ihn selbstverständlich nicht als Umzugshelfer gebrauchen konnte, ließ es sich nicht nehmen, sich von mir einmal durch die komplette Wohnung führen zu lassen. Innerlich musste ich grinsen, denn meine zwei Zimmer waren schnell besichtigt. Trotzdem zeigte ich sie ihm natürlich gern. Den Hauptraum, die Wohnküche mit angrenzendem Balkon, hatte er ja bereits gesehen, fehlten nur noch Schlafzimmer und Bad. Bei der Führung bemerkte ich nicht ohne Stolz Opas durchaus interessierten Blicke. Seine abschließende Bewertung: „Schön hast du's hier", fiel zwar knapp aus, aber es schwang echte Anerkennung in seinen Worten mit und das war für mich das schönste Kompliment, besonders weil Opa nicht wirklich davon überzeugt war, dass ich einfach so unser kleines Dorf verließ und in Bielefeld einen Neustart hinlegte. Das war eigentlich keiner in meiner Familie. Denn sie glaubten nicht, dass die Großstadt die richtige Umgebung für ein behütetes Dorfkind wie mich war. Ich war da anderer Meinung und deshalb freuten mich Opas Worte umso mehr. Wir waren schließlich Ostwestfalen, da grenzte das schon an einen emotionalen Ausraster.

Zurück im Wohnzimmer versorgte ich erstmal alle mit Kaffee und Kuchen. Dann wurde es etwas ruhiger. Zumindest bis Opa mit seiner Kuchengabel an die Kaffeetasse schlug. Opa war bei feierlichen Anlässen immer ein begeisterter Redner. Mit dem, was jetzt kam, hatte ich aber nicht gerechnet.

„Meine liebe Felicitas, mein jüngstes Enkelkind. Vielen Dank, dass du uns heute alle in deine kleine, aber feine Wohnung eingeladen hast! Ich bin sehr stolz auf dich, das weißt du!"

In Opas Augenwinkel sammelte sich ein kleines Tränchen und seine Worte machten mich ebenfalls ein bisschen sentimental. Offensichtlich hatte ich diese Geburtstagseuphorie von Opa geerbt. Denn Ostwestfale hin oder her – an Geburtstagen ließ er es richtig krachen. Aber das war noch nicht alles.

„Nichtsdestotrotz mache ich mir auch langsam Sorgen um dich. Auch wenn du jetzt deinen Weg in die große Stadt gefunden hast, lass dir gesagt sein: Karriere ist nicht alles, mein Mädchen." Bedeutungsvolles Schweigen. „Du müsstest dich auch langsam mal um einen Mann kümmern. Du bist zwar meine jüngste Enkelin, aber jung bist du nun auch nicht mehr. Mit 30 Jahren war ich schon lange verheiratet! Deine Schwester war in deinem Alter auch schon schwanger. Ich will schließlich auch von dir zum Uropa gemacht werden, das weißt du doch!"

Wusste ich das?! Naja, ehrlich gesagt, ja, aber was ich nicht wusste, war, ob ich das auch wollte. Das war in diesem Moment allerdings auch egal. Vielleicht hatte ich mich doch etwas zu früh gefreut. Dass Opa meine Wohnung schön fand und mir meinen Neustart gönnte, hieß noch lange nicht, dass er meine Entscheidung mittlerweile nachvollziehen konnte, geschweige denn richtig fand. Opa war jedenfalls sichtlich glücklich über seine Rede und alle anderen waren sichtlich glücklich, dass wir endlich anstoßen konnten. Also war ich es auch. Mit einem Schluck Sekt würde ich Opas Worte auch gleich besser verdauen können.

„Tante Feli, kommst du jetzt endlich spielen?", ließ mich meine Nichte auch den letzten trüben Gedanken erst einmal vergessen.

„Ja sicher, Emmi-Schatz!"

Froh, von meinem Klappstuhl aufstehen zu können, setzte ich mich zu meinem Patenkind auf den Boden, wo sie schon ihre Puzzleteile ausgebreitet hatte. Emmi war mein ganzer Stolz. Wir liebten uns abgöttisch und das von der ersten Sekunde an. Schon als ich meine Schwester direkt nach der Geburt im Krankenhaus besucht und Emmi zum ersten Mal auf dem Arm gehalten hatte, war ich hin und weg von diesem kleinen Bündel. Ich genoss jede Minute mit ihr und war jedes Mal wieder überrascht, wie sich so ein kleines Päckchen zu einem so wunderbaren Menschen entwickeln konnte, der aber zugegebenermaßen nicht nur meine Schwester oft auf die Palme bringen konnte. Meine Liebe zu Emmi war grenzenlos und dennoch hatte ich bisher nicht einmal das Gefühl verspürt, dass ich mir genau so einen kleinen Menschen für mich wünschte. Meine Dorf-Mädels waren da ganz anders und auch Louisa hatte schon lange vor Emmis Geburt davon gesprochen, welche Kindernamen sie favorisierte.

Meine Schwester Louisa war vier Jahre älter als ich und eigentlich in allem das komplette Gegenteil von mir. Sie lebte mit ihrem Mann und Emmi noch immer in unserem Heimatdorf, arbeitete in einem Kindergarten und leitete den Zumba-Kurs im Dorfgemeinschaftshaus. Sie war verheiratet und hatte den Hausbau auch schon abgeschlossen, kümmerte sich liebevoll um Emmi und sonntags gab es immer Kaffee und Kuchen. Sie war sehr glücklich in ihrem Leben und das freute mich von Herzen. Zumindest in diesem Punkt musste ich mir eingestehen, dass wir vielleicht doch gar nicht so unterschiedlich waren, wie ich immer gern behauptete. Lange Zeit hätte ich mir auch nicht vorstellen können, jemals unser geliebtes Heimatdorf zu verlassen. Ich hatte mich dort wohl gefühlt. Hätte ich keinen Tapetenwechsel gebraucht, hätte ich vielleicht bald ein ähnliches Leben wie Louisa (und übrigens auch ein Großteil meiner Freundinnen) geführt, ohne es mir vorher wirklich gewünscht zu haben. Und genau das war der Unterschied zwischen ihnen und mir. Ich hatte nie von diesem Leben geträumt. Tatsächlich hatte ich nie wirklich von irgendetwas geträumt. Ich wollte immer nur glücklich sein. Vielleicht wäre ich es auch im Dorf geworden, vielleicht nicht. Welche Definition Glück für mich hatte, konnte ich noch nicht sagen, aber das würde ich schon noch herausfinden.

„Emmi, lass dir von Tante Feli aber keine Flausen in den Kopf setzen.“

Typisch Sven. Louisas Mann hatte immer Angst, dass ich Emmi schlecht beeinflussen könnte. Für ihn war ich, das glaubte ich zumindest manchmal, das Sinnbild einer Chaosqueen. Sven konnte meinem Lebensstil nichts abgewinnen. Als ich noch in seiner Nähe wohnte, verstand er nicht, warum ich mich nicht nach Leibeskräften der Partnersuche widmete, und seit ich weggezogen war, verstand er gar nichts mehr. Nicht, dass ich das Risiko der Selbstständigkeit auf mich nahm und schon gar nicht, dass ich unser Heimatdorf für Bielefeld, die Großstadt, wie er es gern nannte, verlassen hatte. Auch wenn er keine Gelegenheit ausließ, mir mitzuteilen, dass er mich für ein großes Mysterium hielt, wusste ich, dass seine kleinen Seitenhiebe immer liebevoll gemeint waren.

Der Nachmittag verging viel zu schnell. Wir tranken Sekt, spielten mit Emmi, aßen Kuchen und ich wurde von allen Seiten über den neuesten Dorftratsch informiert. Es war ein richtig schöner Nachmittag und als meine Familie nach dem Abendessen aufbrach, kamen auch schon fast meine Freunde. Ein fliegender Wechsel. Ich liebte so einen Trubel.

„Happy Birthday to you, happy birthday to you …“, sangen meine Mädels schon im Flur und wir begrüßten uns in einer großen Gruppenumarmung. Wir kannten uns noch alle aus der Schulzeit. So unterschiedlich wir auch waren, so sehr hielten wir immer noch aneinander fest. Ich freute mich riesig, sie zu sehen und sie nun bei mir zu haben. Auch für sie war es das erste Mal, dass sie meine neue Wohnung ohne Kisten und Unordnung sahen. Ich wohnte jetzt zwar schon einige Monate hier, aber es war immer schwierig gewesen, sie herzulocken. Schließlich war es einfacher, wenn ich ins Dorf kam. So mussten sie ihre Komfortzone nicht verlassen. Auch Mara und Franzi, meine beiden neuen Freundinnen aus Bielefeld, kamen vorbei. Ich kannte sie noch nicht lange. Unser Job hatte uns zusammengeführt und so hatten wir immer ein Gesprächsthema. In der kurzen Zeit waren wir schon richtig gute Freundinnen geworden und ich war wirklich froh, sie zu haben. Meine Wohnung war zum zweiten Mal an diesem Tag proppenvoll und ich genoss es, meine Liebsten bei mir zu haben.

Tatsächlich konnte ich mir an diesem Abend noch öfter anhören, dass ich ab jetzt zu den „Alten" gehören würde und dass mir schwere Zeiten bevorstanden. Aber dieses Mal war ich darauf gefasst. Bei meinen Dorf-Mädels war die 30 auch ein großes Thema, schließlich ging es uns gerade alle an und ich wusste, dass sie alle Angst vor dieser magischen Zahl hatten. Rebecca, meine Single-Freundin, hatte Torschlusspanik, Lena hatte Angst, dass der Heiratsantrag ihres langjährigen Freundes noch lange auf sich warten ließ und Eva, die das alles schon hinter sich und die Pläne von Familie und Eigenheim bereits umgesetzt hatte, wollte einfach nicht älter werden.

Auch wenn ich mir hin und wieder Sorgen machte, dass Eva in ihrer Beziehung vielleicht manchmal nicht so glücklich war mit ihren zwei Kindern, dem großen Haus und einem Mann, der es vorzog, ständig unterwegs zu sein, und selten Zeit für die Familie übrig hatte, schienen sich die anderen beiden nach genau so einem Leben zu sehnen und zu fürchten, dass ihr Alter ihnen dabei im Weg stehen könnte.

Und genau da unterschieden wir uns. Da ich im Moment alles andere als den Drang verspürte, eine eigene Familie zu gründen und sesshaft zu werden, und so nahm ich die Sticheleien mit Humor und viiieeel Gin Tonic. Entgegen meiner Befürchtung, es könnte eine Zwei-Klassen-Gesellschaft bei der Party entstehen, verstanden sich Mara und Franzi super mit meinen vier Dorf-Mädels und wir hatten jede Menge Spaß. Besonders Eva und Mara unterhielten sich angeregt und ich hatte das Gefühl, dass Eva die paar Stunden Freiheit richtig genoss. Es war ein superlustiger Abend. Wir tanzten und sangen und ich hätte mich nicht gewundert, wenn die Nachbarn sich beschwert hätten. Aber das taten sie nicht. Um drei Uhr fiel ich todmüde und etwas betrunken, aber überglücklich ins Bett.

2

Katerstimmung

Der Wecker klingelte um sechs Uhr. Ich realisierte erst nicht, woher dieses fiese Geräusch kam, und wusste nicht sofort, wo ich war. Dann klingelte es auch in meinem Kopf. Mist, ich hatte vergessen, den Wecker auszuschalten. Es gelang mir noch nicht, meine Augen zu öffnen. So ertastete ich mit aller Kraft mein Handy und stellte das Klingeln ab. In der nächsten Sekunde war ich bereits wieder eingeschlafen. Auch als ich vier Stunden später erneut aufwachte, hatte sich mein Zustand nicht wirklich gebessert. Mein Kopf tat höllisch weh und beim Gedanken an Kaffee, meinen sonst so geliebten Aufstehhelfer, wurde mir direkt schlecht.

Also musste ich auf meinen knallharten Katertrick zurückgreifen: Aspirin und Cola. Ich würde es mir erstmal auf meinem Sofa gemütlich machen und versuchen klarzukommen. Leider hatte ich vergessen, dass mein Wohnzimmer gestern eine Disco war und immer noch dementsprechend aussah.

Neeeeiiin, wimmerte ich in Gedanken. Aber es nützte nichts. Wenn ich eins nicht konnte, war es, mitten im Chaos zu entspannen.

Ich trank meine Cola, die zum Glück eiskalt war, mit einem Zug leer. Diese Wunderwaffe gab mir gerade so viel Kraft, mein Party-Wohnzimmer wieder in die gewohnte Wohlfühloase zu verwandeln. Manchmal war es doch ein Vorteil, nur eine kleine Wohnung zu haben. Mittlerweile war es Mittag geworden und ich hatte tierischen Hunger. Gut, dass gestern noch etwas von der Partysuppe übergeblieben war. Mit meinem Festmahl und einer zweiten Cola fiel ich fix und fertig auf mein Sofa. Schlafen konnte ich leider nicht mehr. Gestärkt und geduscht ging es mir aber auch schon ein bisschen besser.

Während ich meine Mails checkte und einige Anfragen beantwortete, die schon eingegangen waren, fing es in meinem Kopf allerdings doch wieder an zu pochen. Offensichtlich hatten meine Freunde gar nicht so unrecht und ich wurde wirklich langsam, aber sicher alt. Meine Gedanken schweiften weiter ab und ließen meinen Geburtstag Revue passieren. Ein Lächeln huschte über mein Gesicht, als ich an den wunderschönen Tag mit all den wunderbaren Menschen dachte.

Ja, im Moment war ich sehr glücklich. Es war Frühling, die Sonne machte gute Laune. Ich hatte einen Job, der mir unglaublich Spaß machte, und ich hatte tolle Menschen um mich herum.

Was wollte man mehr?

Mein Lächeln vertiefte sich, als ich an Opa und seine kleine Rede dachte. Er wollte noch mehr Urenkel, typisch. Gut, dass ich seinen Wunsch einer Familienvergrößerung nicht verzweifelt teilte. Ansonsten hätten mich seine Worte sicherlich schwer getroffen.

Oder hatten sie das vielleicht doch ein bisschen?

Ich rieb meinen schmerzenden Schädel. Ehrlich gesagt, hatte ich mir bisher noch nicht so viele Gedanken darüber gemacht. In Wirklichkeit stand es gerade auch gar nicht zur Debatte. Meine Rahmenbedingungen förderten es nicht wirklich, darüber zu philosophieren. Ohne Mann musste ich schließlich gar nicht erst an Kinder denken. Aber das hatte ja auch noch Zeit. Zumindest in meinen Augen. Wenn ich mir die Sprüche der anderen anhörte oder an die zahlreichen Beileids-Bekundungen gestern zu meinem Alter dachte, sahen das wohl nicht alle so.

Ich fand es schon befremdlich, was alle mit der „30" hatten. Sicherlich meinten viele ihre Sprüche einfach nur witzig. Dennoch war es ja offensichtlich ein großes Thema.

Denn nicht nur meine ehemalige Kollegin hatte große Probleme damit. Auch für viele meiner Mädels war es ein Riesenthema.

Und für mich? Die Wahrheit war, ich wusste es nicht.

War das unnormal? Sollte es mir Angst machen, dass offenbar jeder in meinem Umfeld einen festen Lebensplan hatte, den er unbedingt einhalten wollte, nur ich nicht?

Oh Mann, was war denn jetzt los mit mir?

Ich steckte wohl wirklich mitten in einer After-Party-Melancholie-Stimmung.

Naja, aber es schadete ja nicht, sich mal ein paar Gedanken zu machen. Jetzt war ich eh mitten in meinem Gedankenkarussell gefangen. Es war also Zeit für eine kleine Bestandsaufnahme:

Ich, Felicitas Weber, war (gerade) 30 Jahre alt, Single und arbeitete als selbstständige Immobilienmaklerin in einem namhaften Maklerbüro in Bielefeld. Gebürtig kam ich aus einem kleinen Dorf in Ostwestfalen, gar nicht so weit von Bielefeld entfernt. Vor ein paar Monaten hatte ich dieses Dorf verlassen, um beruflich in Bielefeld durchzustarten. Seitdem hatte sich mein Leben ganz schön geändert, vor allem auch mein Selbstbewusstsein. Das hatte eine Zeit lang nämlich ganz schön gelitten und sah damals noch ganz anders aus.

3

Flashback

Mein Leben war jetzt keine „Vom Entlein zum Schwan"-Geschichte. Dennoch musste ich mir eingestehen, dass mir der Umzug nach Bielefeld gutgetan und einiges in mir bewegt hatte.

Ich liebte mein Leben im Dorf und bei meinen Freunden, aber trotzdem war es Zeit für einen Tapetenwechsel. Im Dorf lebte ich bei meinen Eltern im Haus. Zwar hatte ich dort eine eigene Wohnung, dennoch war Privatsphäre immer noch ein Fremdwort. Als Immobilienkauffrau in einer Verwaltung hatte ich einen nicht allzu spannenden, dafür jedoch einen sicheren Job. Meine Freunde und meine Familie lebten alle in meinem näheren Umkreis. Es war alles schön, bis ich mich Hals über Kopf verliebte. Zum ersten und bisher letzten Mal in meinem Leben.

Ich lernte Mirko auf einem Schützenfest kennen. Es war ein heißes Juliwochenende und ich war mit meinen Mädels tagsüber im Freibad. Damals waren wir zwar nicht alle Single, allerdings noch alle kinderlos, sodass solche Nachmittage keine Seltenheit waren. An diesem Tag waren wir total aufgedreht und wollten unbedingt tanzen gehen. Das war nicht schwer, denn im Sommer war immer irgendwo Schützenfest. Wir radelten schnell nach Hause, machten uns frisch und ließen uns ins Nachbardorf fahren.

Die Musik erreichte uns schon, als wir aus dem Auto stiegen, und wir liefen sofort auf die Tanzfläche. Als die Band Pause machte, brauchten wir auch unbedingt eine Erfrischung und machten uns auf den Weg zur Theke. Wir trafen direkt ehemalige Schulkollegen und gesellten uns zu ihnen in den Kreis. Benni, unser ehemaliger Jahrgangsstufensprecher, gab gerade eine Geschichte aus alten Zeiten zum Besten, als plötzlich ein Tablett Bier neben mir auftauchte und mich zwang, den Kreis zu öffnen.

„Mirko, mit dir trinke ich am liebsten!", tönte Benni und hob augenzwinkernd sein Glas. Auch der Tablettträger, der offensichtlich Mirko war, nahm sich ein Bier und prostete uns zu. Ich merkte, dass Rebecca große Augen bekam und den Unbekannten anstarrte, als er sich mir zuwandte.

„Und wo hat Benni euch akquiriert?" Ich musste laut loslachen, weil diese Anspielung so tausendprozentig auf Benni, der mittlerweile Außendienstmitarbeiter mit Leib und Seele war, passte.

„Bei uns hatte er leichtes Spiel, wir kennen uns aus der Schule.", gab ich zurück, als die Musik wieder einsetzte.

„Lust auf ein Tänzchen?"

Das musste man mich nicht zweimal fragen. Ich rief meinen Mädels noch ein fröhliches „Bin gleich wieder da" zu, als Mirko mich schon auf die Tanzfläche zog.

Auch dabei entging mir Beccis schnippischer Blick nicht, den ich aber ignorierte. Keine Ahnung, was sie hatte. Ich versuchte das auszublenden, denn ich wollte mir den Abend nicht vermiesen lassen. Ich liebte Becci, aber manchmal war sie etwas eigen. Sie lästerte gerne und viel. Das war durchaus unterhaltsam, konnte allerdings auch wirklich anstrengend sein. Wenn sie wollte, fand sie immer irgendetwas, was ihr nicht passte. Und sie war nicht gerade eine Meisterin darin, ihre Meinung zu verbergen. Doch da wir uns schon unser ganzes Leben lang kannten, hatte ich gelernt, ihr manchmal wirklich unangebrachtes Verhalten einfach zu ignorieren und mir meine gute Laune nicht vermiesen zu lassen. Das klappte nicht immer, an diesem Abend allerdings schon.

Mirko und ich tanzten ein Lied nach dem anderen, und es stellte sich gar nicht die Frage, ob wir zurück zu den anderen gingen. Nicht nur das Tanzen lief wie von selbst. Irgendwie schafften wir es sogar, zwischen tausend Drehungen ein Gespräch zu führen. Mirko war witzig. Es fühlte sich gar nicht so an, als hätten wir uns gerade erst kennengelernt.

Es stellte sich heraus, dass Mirko zwei Jahre älter war als ich und zusammen mit Benni Fußball spielte. Er wohnte nur ein paar Dörfer weiter, aber ich hatte ihn noch nie zuvor gesehen. Das war komisch. Auf dem Dorf kannte schließlich jeder jeden, zumindest vom Sehen. Heute war ich froh, dass es doch noch Überraschungen gab. Die Zeit verging wie im Flug und die Band kündigte das Ende des Abends mit dem typischen Rausschmeißersong „Angels" von Robbie Williams an. Ich verdrehte die Augen und zog Mirko schon Richtung Theke, als er mich zurückhielt.

„Du willst doch wohl nicht schlappmachen?" Er zwinkerte mir zu und ich ließ mich bereitwillig zurück auf die Tanzfläche holen.

Ich bin mir bis heute nicht sicher, ob es das Bier war, die laue Sommernacht oder das schmalzige Lied. Wahrscheinlich eine Mischung aus allem, jedenfalls war meine Wahrnehmung ziemlich gedämpft, als Mirko plötzlich die Arme um mich schloss und mich an sich zog.

In meinem Zustand genoss ich die Nähe und wünschte mir ausnahmsweise, dass dieses Lied nicht so schnell zu Ende gehen würde. Mirko schien es ähnlich zu gehen. Als ich meinen Kopf von seiner Brust hob, sah ich direkt in seine tiefgrünen Augen. Er zog mich noch fester an sich und ohne meinen Blick loszulassen, näherte er sich meinem Gesicht immer weiter, bis sich schließlich nicht nur unsere Blicke, sondern auch unsere Lippen trafen. Erst der große Jubel nach den letzten Takten des Songs ließ uns in die Realität zurückkehren.

Auch noch fünf Jahre später überkam mich jedes Mal der Drang, mir mit der flachen Hand vor den Kopf zu schlagen, so klischeehaft, schmalzig und bekloppt war diese Situation schon in meinen Gedanken!

Beim Nachmittagskaffee mit meinen Mädels am nächsten Tag war ich natürlich Gesprächsthema Nummer eins. Ich war ja selbst schuld. Offensichtlicher als mitten auf der Tanzfläche hätte ich meinen Flirt auch nicht platzieren können. Naja, sollten sie ihren Spaß haben. Am nächsten Tag würde das Thema eh Geschichte sein. Eigentlich doch etwas schade, denn irgendwie mochte ich Mirko sofort. Aber so eine Nummer fiel schließlich immer in die Kategorie „einmalige Sache wegen zu viel Alkohol".

Das sah Mirko allerdings anders. Noch am gleichen Abend erhielt ich eine WhatsApp-Nachricht mit einer Einladung zum Kaffee für den nächsten Tag. Ich wusste noch nicht mal mehr, dass ich ihm meine Nummer gegeben hatte. Und irgendwie freute ich mich auch über die Nachricht. Aus diesem Grund, aber mehr noch, weil am nächsten Tag Sonntag war und ich noch nichts vorhatte, sagte ich zu. Der Sonntag mit ihm verging wie im Flug und auch ohne Bier und Schützenfestmusik hatten Mirko und ich riesigen Spaß zusammen. Es blieb nicht bei dieser Verabredung und ich fing an, ihn bei jedem Treffen mehr zu mögen. Mit Mirko war es so leicht und so ungezwungen und trotzdem hatte ich das Gefühl, als würde er sich wirklich für mich interessieren. Schneller, als ich es mir eingestand, war ich hin und weg von diesem tollen Typen aus dem Nachbardorf. Es schien, als würde es ihm ähnlich gehen.

„Der vergöttert dich, Feli!", waren sich meine Mädels einig.

Ich war eigentlich nicht der Typ, der so etwas über sich sagte. Aber in diesem Fall war es so offensichtlich, dass sogar ich wusste, dass sie recht hatten. Und auch auf die Gefahr hin, dass sich die Geschichte nur noch weiter anhört, wie aus einem Kitschroman kopiert, ich sah es in seinen Augen. Wenn er mir die Tür öffnete, wenn er aus dem Auto stieg, immer, wenn wir uns trafen, fingen seine Augen an zu leuchten. Tatsächlich dachte ich bis dahin, dass es so etwas nur im Film gäbe, aber das war real. Dieses Leuchten zog mich in seinen Bann. Meine anfängliche Unsicherheit, die mich immer begleitete, wenn ich einen Mann datete und bisher immer dazu geführt hatte, dass aus den Dates nichts Festes wurde, verflog immer mehr und ich verliebte mich so sehr in Mirko, dass ich viel zu spät merkte, dass es in unserem Film kein Happy End geben würde.

Denn erst mit der Zeit realisierte ich, dass Mirko zwei Seiten hatte. So unglaublich das Leuchten in seinen Augen strahlen konnte, so schnell konnte es auch erlöschen. Von jetzt auf gleich kippte die Stimmung und Mirko war wie ausgewechselt. Besonders, wenn er gestresst war.

Am Anfang habe ich mir noch nicht so viel dabei gedacht. Eine meiner ausgeprägtesten Charaktereigenschaften war schließlich, dass ich irgendwie immer alles und jeden verstehen konnte. Ich war nie ein Freund vom Schwarz-Weiß-Denken und ich war immer stolz darauf, Dinge aus verschiedensten Perspektiven betrachten zu können und dadurch so manches sah, was anderen verborgen blieb. In diesem Fall stellte sich aber heraus, dass mir genau diese Eigenschaft zum Verhängnis wurde.

Während ich also immer verstand, wenn Mirko gestresst war, und dabei versuchte, ihm so viel wie möglich abzunehmen und selbst so wenig wie möglich zur Last zu fallen, sah ich nicht, dass er eigentlich gar keinen Grund hatte, gestresst zu sein. Sein Bürojob verlangte ihm nicht allzu viel ab, sein bester Kumpel musste nicht verärgert sein, wenn Mirko ihm mal nur fünf Tage anstatt sieben Tage auf dem Bau half und es sollte auch kein Weltuntergang sein, wenn man in Kreisliga C mal keinen Siegtreffer erzielte.

Aber genau das war es für ihn, und ich bekam es zu spüren. Es kam vor, dass er sich einfach nicht mehr meldete und wenn ich ihn anrief, war er wieder gestresst. Er erzählte mir nicht, was in seinem Kopf vorging. Wenn wir zusammen waren, hing er an seinem Handy und beachtete mich nicht. An einem guten Tag verriet er mir, wie sehr er seinen Job hasste und eigentlich lieber etwas Anderes machen würde. Vielleicht etwas mit Sport. Klang für mich logisch, so sehr wie er sich in seiner Freizeit über alles Mögliche darüber informierte. Also ermutigte ich ihn, etwas zu ändern. Er war Mitte 20 und alles andere als verdammt, den Rest seines Lebens etwas zu tun, was er hasste. Natürlich erforderte Veränderung auch immer etwas Mut, aber ich war fest entschlossen, ihn zu unterstützen. Also suchte ich Ausbildungsmöglichkeiten, Fernstudiengänge, Quereinstiege. Alles in unserer Nähe, denn ohne seine Freunde hätte Mirko niemals leben können. Und das war vollkommen okay, denn auch ich liebte unsere Heimat und meine Freunde, wenn auch etwas weniger bedingungslos. Ich versuchte alles, um Mirko zu unterstützen. Wenn er glücklich wäre, würde auch bei uns wieder alles gut sein. Das Strahlen in seinen Augen würde zurückkehren, wenn er mich sah, und ich würde mich wieder wie etwas ganz Besonderes fühlen. Doch er interessierte sich gar nicht dafür und ignorierte mich und meine Hilfsversuche. Stattdessen strafte er mich, für was auch immer, mit Nichtbeachtung, während er unter Leuten der fürsorgliche und witzige Traumtyp blieb. Das ging nicht spurlos an mir vorbei. Und ohne es rechtzeitig zu merken, verwandelte ich mich von einer lebenslustigen jungen Frau in ein kleines Häufchen Elend. Wenn Mirko keine Lust auf mich hatte, wartete ich geduldig auf dem Abstellgleis. Wenn er mich wollte, war ich da. Ich wünschte mir, ihn einfach wieder glücklich zu sehen. Aber das tat ich nicht. Und immer, wenn ich kurz davor stand, einen Schlussstrich zu ziehen und mich nicht weiter so behandeln zu lassen, kam wieder ein guter Tag. Dieses unbeschreibliche Leuchten kehrte in seine Augen zurück, wenn er mich ansah. Dann behandelte er mich wie seinen größten Schatz. Genau diese Tage waren es, die es mich nicht übers Herz bringen ließen, mich von Mirko zu trennen.

Mit jedem dieser guten Tage wuchs mein Glauben an den Menschen, den ich liebte, und daran, dass ich mich nicht so in einem Menschen täuschen konnte. Es war sicher nur eine Phase und alles würde wieder gut werden. Man musste eben auch schlechte Zeiten zusammen überstehen.

Diese „Phase" wurde leider mehr und mehr zum Alltag. Wenn wir zusammen waren, herrschte gedrückte Stimmung. Mirko kam aus dem Grübeln nicht mehr heraus, war antriebslos. Ständig musste ich ihm bestätigen, dass andere ihn toll fanden und dass das, was er machte, gut ankam. Während ich mir ernsthaft Sorgen machte, weil sein Verhalten immer mehr den Symptomen einer Depression entsprach, ließ er sich bei seinen Freunden weiterhin nichts anmerken. Bei Bier und Fußball war schließlich alles bestens und Mirko war ganz der Alte. Und wenn seine Fassade doch einmal vor anderen zu bröckeln begann, gab es immer eine tolle, aber vollkommen falsche Erklärung.

Für die Welt blieb er also der tolle Typ, für mich war er ein Rätsel. Und langsam machte ich mir ernsthafte Sorgen. Das Einzige, was nicht von einer Depression zeugte, war sein unverändertes Lustempfinden. Das funktionierte wunderbar. Über diesen Teil meines Liebeslebens konnte ich mich also nicht beklagen, in allen anderen Angelegenheiten war er aber einfach nur abweisend zu mir.

Das alles ging nicht spurlos an mir vorbei. Mirkos Zustand beeinflusste mich immer mehr und ich wurde unsicher. Ich wusste nicht, was ich sagen durfte und was ihn aufregte. Ich wusste nicht, wann er meine Nähe genoss und wann er Abstand brauchte. Also versuchte ich, immer auf Abruf zu sein. Darunter litt nicht nur mein Selbstwertgefühl, sondern auch mein soziales Umfeld. In meiner großen Verzweiflung unternahm ich dann doch einen Versuch, mit meinen Mädels über meine Situation zu reden. Aber der war erfolglos. Sie mochten Mirko sehr und hätten sich im Leben nicht vorstellen können, was hinter dieser charismatischen, lebensfrohen Fassade steckte. Besonders Rebecca erstickte jeden meiner Versuche, über meine Gefühlswelt zu reden, im Keim.

„Feli, du kannst dich ja wohl nicht beklagen! Mirko ist ein Glücksgriff. Ehrlich gesagt verstehe ich immer noch nicht, warum er sich damals für dich entschieden hat. Wahrscheinlich steht er einfach mehr auf Brünett. Naja und ich hab ja eh immer Pech." Und schon war sie mal wieder bei ihrem Lieblingsthema: ihrem ewigen Single-Dasein. Ich nahm es ihr nicht übel. Diese Sprüche war ich gewohnt und Becci war sich schon immer irgendwie selbst die Nächste gewesen. Auch den anderen war ich nicht böse. Wie sollten sie verstehen, wenn ich versuchte, ihnen etwas zu erklären, was aus ihrer eigenen Erfahrung vollkommen anders war? Die Tatsache, dass ich immer weniger Zeit für sie hatte und immer mehr Treffen absagte, um abrufbar für Mirko zu sein, verbuchten sie als normale Konsequenz einer frischen Liebe.

Ich ließ sie also in dem Glauben und so wurde meine Unsicherheit immer mehr gefördert.

Vielleicht übertrieb ich alles auch ein bisschen und vielleicht sollte ich mich wirklich einfach glücklich schätzen. Schließlich gab es in jeder Beziehung Höhen und Tiefen. Außer dass Mirko manchmal schlecht drauf war und recht laut werden konnte, wenn wir wieder einmal diskutierten, war ja auch alles gut. Er war ja schließlich nicht gewalttätig oder zwang mich zu etwas, was ich nicht wollte oder so. Also blieb ich still, ertrug Mirkos Launen weiter und ließ mich weiter benutzen. Zum Ausheulen, zum Aufbauen, zum Befriedigen. Was ich wollte, spielte schon lange keine Rolle mehr und mittlerweile war ich zu unsicher geworden, mir selbst darüber Gedanken zu machen. Ich wartete wie ein geduldiges Schaf auf die Momente, in denen mich Mirko mal wieder liebhatte.

Rückblickend war es einfach nur erbärmlich, aber das merkte ich damals natürlich nicht. Noch erbärmlicher war es, dass der Höhepunkt meines persönlichen Albtraums eigentlich meine Rettung war.

4

Die Sonne ruft

Mein Handy klingelte und ich wurde aus meinen Gedanken gerissen. Ich war verwirrt und musste mich kurz sammeln, als ich so professionell wie möglich antwortete.

„Weber?"

„Mensch Feli, was ist mit dir denn los? Biste noch nicht ganz fit?" Typisch Franzi! Sie war die absolute Powerfrau. Wahrscheinlich hatte sie heute auch schon eine Sporteinheit hinter sich. Weiß der Geier, wie sie das schaffte.

„Sorry, ich dachte, du bist jemand für eine Besichtigung."

„Es ist SONNTAG!"

„Jaja, ich habe aber nicht nur Geschäftskunden, die sich für Gewerbeflächen interessieren. Familien rufen eben eher am Wochenende an, wenn sie selbst nicht arbeiten müssen.", erinnerte ich sie in gespieltem Entsetzen und freute mich gleichzeitig riesig, ihre Stimme zu hören.

Erst jetzt bemerkte ich die Tränen, die über meine Wange liefen. Oh Mann, dieser Typ muss mich doch endlich mal kalt lassen. Es war nicht so, dass ich noch oft an ihn dachte. Aber wenn ich es tat, warf es mich regelmäßig aus der Bahn. Nicht, dass ich ihn zurückwollte, um Gottes Willen. Trotzdem machte mich der Gedanke an diese Zeit immer noch fertig. Umso mehr freute ich mich über Franzis Anruf und die willkommene Ablenkung.

„Streber!", lachte Franzi, die nicht verstehen konnte, dass ich immer für meine Kunden da war und auch noch Spaß daran hatte. „Also was ist, Feli? Lust auf einen Kaffee mit Mara und mir, oder lässt das dein Zustand noch nicht zu? Das Wetter ist viel zu schön, um den ganzen Tag auf der Couch zu hängen und deine Kunden können dich auch unterwegs erreichen, wenn es denn unbedingt sein muss."

Das stimmte. Trotzdem hätte ich nichts Anderes unternommen, als auf der Couch zu arbeiten und vermutlich weiter meinen trüben Gedanken nachzuhängen. Deshalb kam Franzis Anruf wie bestellt!

Tatsächlich haben mir Franzi und Mara nicht zum ersten Mal, ohne es zu wissen, dabei geholfen, aus einem Loch zu kommen. Heute war es nur ein kleines, damals ein viel größeres! Ich war so dankbar, die beiden kennengelernt zu haben. Ohne sie würde ich mich in Bielefeld sicher noch nicht so wohl fühlen.

Bielefeld ist zwar nicht weit weg von meinem Heimatdorf und ich konnte meine Familie und meine Freunde immer noch regelmäßig sehen. Dennoch wäre mir mein Neustart ohne die beiden nicht so gut gelungen.

Wir lernten uns gleich in meinen ersten Wochen hier kennen. Bevor ich nach Bielefeld kam, arbeitete ich als Immobilienkauffrau in einer Hausverwaltung. Ich mochte meinen Job und mit Senna war es auch wirklich immer ein schönes Arbeiten. Trotzdem hatten alle meine Kollegen hauptsächlich den Anspruch, viel Freizeit zu haben, und nicht den Anspruch, in irgendeiner Art neue Ideen umzusetzen. Ich hatte schon länger das Gefühl, dass mich, obwohl ich die Immobilienbranche mochte, Wohnungseigentümerversammlungen und die Prüfung von Betriebskostenabrechnungen nicht mehr ausfüllten und ich gerne etwas Anderes ausprobieren würde. Aber so richtig getraut, etwas zu ändern, hatte ich mich auch nicht. Zumal solche Pläne in meinem Umfeld auch nicht gerade auf offene Ohren stießen. Ich war schließlich auch nicht unglücklich und der Bereich Immobilien interessierte mich nach wie vor. Bis zu der Sache mit Mirko. Nach der Trennung wusste ich mir nicht anders zu helfen, um Abstand zu gewinnen. Ich hatte das Gefühl, einfach mal raus zu müssen. Bevor ich wirklich wusste, was ich tat, hatte ich mich zu einem Immobilienmakler-Lehrgang angemeldet. Die Wochen in Frankfurt taten mir unglaublich gut. Der Abstand und die Gespräche mit den anderen Kursteilnehmern gaben mir genug Motivation für einen Neustart.

Obwohl meine Liebsten mir nach der Trennung blinden Aktionismus andichteten und nicht wirklich nachvollziehen konnten, warum ich unbedingt etwas Neues ausprobieren wollte, war ich unglaublich glücklich mit meiner Entscheidung, diese Weiterbildung zu machen und mich anschließend in anderen Städten umzuschauen.

Selbstständig zu sein, brachte natürlich immer ein gewisses Risiko mit sich, aber mit einem der bekanntesten Maklerbüros Bielefelds im Rücken war ich überzeugt, den Schritt wagen zu können. Letzteres war übrigens auch das ausschlaggebende Argument, mit dem ich meine Familie von meinen – zugegeben für sie spontan wirkenden – Plänen überzeugen konnte. Es nahm ihnen die Angst, dass ich vollkommen den Verstand verloren hatte und mich in den Ruin stürzen würde. Aber auch Bielefeld erschien mir sehr vielversprechend, die Innenstadt wurde in den letzten Jahren immer attraktiver. Natürlich gab es auch weniger gute Gebiete. Aber generell galten viele der zehn Stadtbezirke als lukrativ, gerade im Bereich Wohnen, nicht zuletzt, weil die Bielefelder Uni immer mehr Studenten anlockte und sich viele namenhafte Firmen in der Region zu beliebten Arbeitgebern entwickelt hatten. Zum einen gab es hier die typischen Studentengegenden, zum anderen aber auch die, die grün, teuer, idyllisch, vorstädtisch und exklusiv waren. Für mich klang das alles super-interessant und die Nähe zu meiner Heimat war natürlich auch ein Pluspunkt. Ich wollte schließlich nicht auswandern, sondern nur neu starten.

Aber meine ambitionierten Pläne reichten nicht aus, das war mir klar. Ich musste mir auch neue Kontakte aufbauen, beruflich und privat! Facebook sei Dank fand ich auch relativ schnell eine Möglichkeit. Jeden zweiten Dienstag im Monat gab es einen Immobilienstammtisch. Laut meinen neuen Kollegen „reine Zeitverschwendung", aber ich wollte der ganzen Sache wenigstens eine Chance geben. Also machte ich mich an jenem Dienstag alleine auf den Weg ins The Berstein, einem coolen Bistro über den Dächern der Stadt im Herzen Bielefelds. Ich fuhr mit dem Fahrstuhl hoch und fühlte mich direkt wie eine der Businessfrauen aus den amerikanischen Filmen, als ein „Ping" meinen gewünschten Halt ankündigte und mich die Fahrstuhltüren direkt in das beeindruckende Restaurant entließen.

Ich war beeindruckt von dem stylischen Ambiente, hatte aber zugegeben ein etwas mulmiges Gefühl, weil ich nicht wirklich wusste, was mich nun erwartete. Laut Gruppenbeschreibung wurden immerhin regelmäßig 60 Teilnehmer erwartet.

Als ich zum Tisch kam, war ich erleichtert, dass das wohl maßlos übertrieben war. Mich musterten lediglich zehn Augenpaare, als ich mich dazusetzte. Die Neugier auf neue Mitglieder trat in dieser bis dahin männlichen Runde schnell in den Hintergrund und ich fand mich in Prahlereien über Bestandsgrößen und berufliche Erfolge wieder. Tatsächlich hätte ich das alles sogar super-interessant gefunden, wäre nicht jedes Gespräch von einem herablassenden Blick begleitet worden.

Daran war ich selbst schuld. Meine natürliche Gutgläubigkeit ließ mich natürlich direkt alle Karten auf den Tisch legen und ich stellte mich als neue Kollegin vor, die sehr gespannt war, was das Immobilienmakler-Dasein in Bielefeld bereithielt.

Anfänger und gleichzeitig Frau zu sein, schien in diesen Kreisen nicht so förderlich. Mein Ausschnitt dafür eher. Innerlich wurde ich bereits sauer auf mich selbst, dass ich wirklich so naiv an die Sache rangegangen war und dass meine Familie offensichtlich doch recht hatte, dass hier niemand darauf wartete, um mich mit offenen Armen zu empfangen.

Es würde nicht einfach werden, sich in meiner neuen Welt zu behaupten und das auch noch mit einem angeschlagenen Selbstbewusstsein. Letzteres wurde durch solche Situationen natürlich nicht wirklich gefördert. Aber ich schwor mir, wenigstens diesen Abend durchzuziehen, ohne mir jegliche Unsicherheit anmerken zu lassen, und zuhause könnte ich mich dann nochmal neu sortieren.

Mit diesem Plan im Kopf stürzte ich mich tapfer in das nächste unangenehme Gespräch mit meinem Sitznachbarn und war froh, als mein Getränk endlich kam. Nun hatte ich kurz Zeit zum Durchatmen. Wenigstens das Ambiente war schön und ließ meinen Blick vorbei an meinem Gesprächspartner aus dem großen Fenster schweifen. Die Sonne ging gerade unter und verlieh dem abendlichen Treiben, welches sich ungefähr 25 Meter unter mir abspielte, etwas Entspanntes. Ich nahm einen Schluck von meinem Wein und versuchte, diese Entspannung zu übernehmen, als die Tür aufging und zwei junge Frauen Kurs auf unsere Gruppe nahmen. Die beiden fielen sofort auf. Die eine war groß und schlank und sah aus wie ein Bond-Girl. Ihre langen schwarzen Haare glänzten und fielen ihr über die Schultern. Die andere war kleiner und fülliger. Sie hatte eine Haarfarbe, die ich nicht definieren konnte, die ihr aber unglaublich gut stand. In diesem Moment war mir allerdings vollkommen egal, wie die beiden aussahen, ich war einfach erleichtert, nicht mehr allein in dieser Männerrunde zu sitzen. Endlich Leidensgenossen. Im nächsten Moment wurde ich aber direkt wieder unsicher. Ich war wirklich zu gutgläubig. Schließlich bestand genauso die realistische Möglichkeit auf ausgeprägtes Konkurrenzverhalten, und es gab eindeutig nichts Schlimmeres als Stutenbissigkeit. Egal, diesen Abend würde ich jetzt einfach aushalten.

Glücklicherweise täuschte mich mein guter Glaube dieses Mal nicht und so lernte ich Mara und Franzi kennen. Wir lachten noch oft über diesen Abend und die schrägen Typen! Seitdem waren wir auch nicht wieder bei einem der Stammtische gewesen, aber dieses eine Mal hatte sich vollkommen gelohnt.

Ich hatte nicht nur eindrucksvoll gesehen, auf welche entfernten Kollegen beziehungsweise Konkurrenten ich mich einstellen musste, sondern direkt auch neue Freundinnen gefunden. Ein absoluter Glücksgriff! Seitdem ging es bergauf mit mir und meinem Selbstwertgefühl und ich genoss mein neues Leben in vollen Zügen.

Der Frühling tat nun auch noch sein Übriges dazu.

Auch heute war wieder herrlichstes Frühlingswetter. Ich liebte diese Zeit. Wenn man langsam die dicken Pullis nach hinten in den Schrank schob und anfangen konnte, ordentlich Vitamin D zu tanken, war gleich alles so viel schöner und die schlechten Gedanken waren wie verflogen. Ich denke auch, das war ein Grund, warum ich mich gerade nicht wirklich mit meinen Lebensplänen auseinandersetzte, sondern einfach genoss, was ich hatte.

Franzi und Mara begrüßten mich mit einem mitleidigen Blick, als ich im „Schlößchen" ankam. Das kleine Café am Rande der Altstadt war zu unserem absoluten Lieblingscafé an Sonnentagen geworden. Es war total klein, aber gerade das machte es so gemütlich. Auf der einen Seite war es irgendwie abgerockt, auf der anderen Seite mit so viel Liebe zum Detail gestaltet, dass man sich direkt wohlfühlte. Keine Spur mehr davon, dass es ursprünglich als Toilettenhäuschen gebaut wurde. Es war eine tolle Atmosphäre und es gab den besten Kuchen der Stadt. Letzteres war wohl das schlagende Argument.

„Du siehst schrecklich aus", bemerkte Franzi, die natürlich schon wieder frisch geduscht aus dem Fitnessstudio kam und somit meine Vermutung bestätigte.

„Na vielen Dank auch!", gab ich gespielt beleidigt zurück.

„Ist das der Kater oder das Alter?", zwinkerte Mara mir zu und ich musste zugeben, dass es sich wahrscheinlich um eine Mischung aus beidem handelte. Wir bestellten Cappuccino und Schokoladen-Tarte und suchten uns ein schönes Sonnenplätzchen. Meine Sonnenbrille konnte ich leider noch nicht abnehmen, dafür schmeckte der Kaffee wieder gut. Mara und Franzi waren aus irgendeinem unerfindlichen Grund topfit. Sie quatschten aufgeregt über die Party und ich musste Mara und Franzi noch genaustens erklären, wie wir Dorf-Mädels zueinander standen.

Ich war immer noch froh, dass meine Sorge unbegründet war, dass sich die Mädels untereinander vielleicht nicht so gut verstehen würden und sich zwei Lager bildeten, zwischen denen ich vermitteln musste. Aber Mara und Franzi hatten meine Mädels ordentlich aufgemischt, was diese auch sehr unterhaltsam fanden. Noch auf dem Heimweg schrieb Eva mir eine Nachricht, wie schön sie die Feier fand und wie glücklich sie war, dass es mir gut ging. Als ich die Nachricht nach dem Aufstehen las, freute ich mich besonders über die lieben Worte meiner alten Freundin. In letzter Zeit hatte ich sie alle viel zu selten gesehen. Ich musste mich erst einmal in meiner neuen Heimat zurechtfinden und brauchte etwas Abstand zu meinem alten Leben, wo mich immer noch alles an Mirko erinnerte. Und die Mädels aus dem Dorf zu locken war schon immer schwer gewesen. So war unser Kontakt gerade etwas eingeschlafen, was meine Liebe zu ihnen natürlich nicht veränderte.

Obwohl ich gerade Eva sehr vermisste. Nach meiner Trennung war ich oft bei ihr. Wenn die Kinder im Bett waren, tranken wir zusammen Tee und sie hörte mir einfach nur zu. Ich wusste nicht, warum, aber in dieser Zeit konnte ich mit ihr am besten reden. Auch wenn eigentlich Becci meine und Lena Evas beste Freundin war. Aber Eva verstand mich in diesem Punkt einfach, was die beiden anderen nicht wirklich taten. Manchmal hatte ich das Gefühl, dass Becci und Lena mich unterschwellig verurteilten, mein Leben mit Mirko leichtfertig weggeschmissen zu haben. In ihren Augen hätten wir uns einfach nochmal ordentlich aussprechen und es dann noch einmal miteinander versuchen sollen. Ich fand allerdings eindeutig, dass ich mehr als genug versucht und dass kein Mensch der Welt eine derartige Demütigung verdient hatte, die Mirko mir angetan hatte. Eva verstand mich da besser. Auch wenn sie meine Entscheidung zu gehen, traurig fand und sie sich das für sich selbst nie vorstellen konnte, hat sie mich immer unterstützt. An unseren gemeinsamen Abenden vertraute auch sie sich mir an. Sie würde sich neben ihrer Mutterrolle auch gerne ein bisschen mehr auf ihre Rolle als Frau konzentrieren.

Aus diesem Grund freute ich mich besonders, dass auch Eva offensichtlich eine schöne Zeit auf der Party hatte und auch einfach mal abschalten und Spaß haben konnte.

Ich merkte, dass Stille herrschte, während ich meinen Gedanken nachhing und wir alle lächelnd in unseren Kaffeetassen herumrührten. Die Sonne wärmte unsere Gesichter und die kühle Luft sorgte dafür, dass es meinem Kopf gleich besser ging.

„Herrlich!", seufzte ich in die Stille. „Genau das, was ich heute brauchte!"

„Eindeutig", pflichteten mir beide bei und wir genossen weiter glücklich schweigend unser kleines Nachmittagsfestmahl.

„Sagt mal, Mädels", unterbrach ich die wohlige Stille. „Habt ihr eigentlich einen richtigen Plan? Also ich meine, wisst ihr genau, was ihr wollt vom Leben?" Ich hatte kurz Zweifel, ob das wirklich das richtige Gesprächsthema für uns war. Über so etwas hatten wir uns bis jetzt noch nie unterhalten und ich hatte plötzlich Bedenken, die beiden würden mich auslachen wegen meiner plötzlichen Zukunftsgedanken. Aber ich war wohl noch so in meiner Kater-Melancholie gefangen, dass ich die Frage schon ausgesprochen hatte, bevor ich darüber nachdachte. Meine Sorge war auch, wie so oft, unbegründet.

„Ja, eigentlich schon", kam es prompt von Mara. Mara würde im Herbst ihre Jugendliebe John heiraten. Und es überraschte mich weniger, dass sie meine Frage bejahte. Als Paar machte man sich ja wahrscheinlich schon mal eher Gedanken über die gemeinsame Zukunft.

„Oh, erzähl, Mara, werden wir bald Tanten?", war jetzt auch Franzi interessiert.

Mara lachte. „Nein, sorry, da muss ich euch enttäuschen."

„Wie?", fragte Franzi schockiert. „Wollt ihr etwa keine Kinder?"

„Doch natürlich, aber wir sind uns einig, dass das noch ein paar Jahre Zeit hat. Wir lieben Bielefeld, es ist toll hier. Wir möchten erst noch hier bleiben und das Stadtleben genießen. Wir wollen erstmal noch die Nächte durchtanzen und so viel wie möglich verreisen. Über kurz oder lang wollen wir aber schon wieder zurück aufs Dorf. So in fünf bis sechs Jahren vielleicht. Mal schauen, wie es läuft."

„Wow, Mara, das hört sich nach einem filmreifen Plan an", kam es von der verblüfften Franzi.

Mara lachte. „Naja, mal sehen, wie es wirklich kommt. Was ist denn eurer?"

„Ich will, so schnell es geht, hier weg.", antwortete Franzi wie aus der Pistole geschossen und Mara und ich sahen uns an und mussten grinsen. Seit ich Franzi kannte, träumte sie von einem Leben am Strand. Sie wollte Sonne, Meer und Surferboys. Da ihr Lebensstil aber ähnlich ausschweifend war wie ihre Pläne, fehlte ihr noch das nötige Kleingeld dazu.

„Ach, Mädels, ich kann es gar nicht abwarten, bis ich auf meiner Terrasse mit Meerblick liege und den Wellen zuhören kann."

„Und wann soll das sein?", schmunzelte Mara.

Franzi bewarf sie für diesen Seitenhieb mit der Serviette und lachte. „So schnell wie möglich halt", sagte sie mit einem Achselzucken.

„Jaja, ich weiß, dass ihr das für eine Spinnerei haltet. Aber ihr werdet schon sehen. Irgendwann werdet ihr mich in Portugal besuchen können und mich um meinen heißen Latino und unser kleines Strandhaus beneiden. Und dann werde ich als Personal Trainer durchstarten und muss niemandem mehr Büroräume aufquatschen."

Franzi war im Gegensatz zu Mara und mir nicht so überzeugt von ihrem Job. Sie hatte sich auf den Verkauf und die Vermietung von Gewerbe- und Industrie-Immobilien spezialisiert. Sie war an sich auch eher der rationale Typ. Sie brauchte Bewegung und Sportklamotten, keine schicken Anzüge. Als wir uns kennenlernten, erzählte sie mir direkt, dass Wohnflächen als Objekte für sie nie infrage gekommen wären. Sie hatte keine Lust, ständig irgendwelche Wohnträume erfüllen zu müssen oder sich Familiengeschichten anzuhören. Sie wollte Abschlüsse haben und Geld verdienen, mehr nicht. Für sie war es die beste Möglichkeit, ausreichend zu verdienen, um weiter von ihren Auswanderplänen träumen zu können. Ich war da etwas anders gestrickt. Für mich waren die Geschichten meiner Kunden tatsächlich das, was ich so an meinem Job liebte.

„Auch kein schlechter Plan", grinste Mara. „Was ist mit dir, Feli?"

„Ja, hört sich klasse an", pflichtete ich ihr bei. „Ich kann es euch bei mir leider nicht sagen. Ich bin gerade glücklich so, wie es ist. Ich habe keinen weiteren Plan."

„Aber ist das denn so schlimm?", gab Franzi zu bedenken.

Für Franzi sicherlich nicht. Sie nahm das Leben locker und machte sich nicht zu viele Gedanken über die Zukunft, außer darüber, wie sie so schnell wie möglich von hier wegkommen konnte.

Aber war das bei mir auch so?

Für mich waren der Umzug nach Bielefeld und der Jobwechsel eine so krasse Veränderung in meinem bisherigen Leben, dass ich noch gar nicht viel weiter gedacht hatte. Die beiden wussten zwar auch von Mirko und der unschönen Trennung, aber Details hatte ich bisher nicht erzählt. Zum einen wollte ich die Zeit einfach vergessen, zum anderen glaubte ich immer noch nicht daran, dass irgendjemand verstehen konnte, wie schlimm diese Situation damals wirklich für mich war und was das alles mit mir und meinem Selbstbewusstsein gemacht hatte. Ich konnte es schließlich nach außen auch ganz gut verbergen.

Wir machten uns noch zu einem kleinen Schaufensterbummel durch die Altstadt auf und philosophierten über unsere Zukunft. Am frühen Abend verabschiedeten wir uns. Nach dem Partywochenende hatten wir dann doch alle ein festes Date mit unserem Sofa.

Als ich später im Bett lag, musste ich noch einmal über unser Gespräch nachdenken. Mara und Franzi waren wirklich so ganz anders als meine anderen Freundinnen. Ich mochte die beiden wirklich sehr und sie waren in der kurzen Zeit, die ich in Bielefeld lebte, schon unheimlich wichtig für mich geworden. Ich verbrachte sehr gerne Zeit mit ihnen und beneidete sie um ihre Coolness und ihre Leichtigkeit.

Mara war eine richtige Frohnatur. Sie war etwas kleiner als ich, fiel aber im Gegensatz zu mir überall auf. Sie hatte fast jede Woche eine andere Haarfarbe, die sie immer wieder anders aussehen ließ. Sie hatte den außergewöhnlichsten Geschmack, den ich kannte. Egal was sie trug, es war immer ein auffälliges Accessoire dabei. Wenn sie arbeitete, riss sie sich etwas zusammen, aber auch da war sie eher ein Paradiesvogel. Ein unglaublich intelligenter Paradiesvogel. Sie hätte tragen können, was sie wollte, sie würde aufgrund ihres Knowhows und ihres unglaublichen Wissens immer für voll genommen werden. Obwohl ich solche Klischees hasste, musste ich zugeben, dass ich nie gedacht hätte, dass auch sie vom Dorf kam und noch weniger, dass sie Ambitionen hatte, dahin zurückzugehen. Dazu kam sie mir viel zu lässig, zu draufgängerisch und auch ein bisschen zu alternativ vor. Irgendwie beneidete ich sie für ihre starke Persönlichkeit. Genauso wie Franzi. Franzi war ebenfalls locker und total tough. Sie war groß, hatte lange schwarze Haare und sah aus wie ein Model. Eine Rassefrau, würde mein Opa sagen. Sie kümmerte sich wenig darum, was andere von ihr erwarteten, und noch weniger, was sie von ihr hielten. In ihrem Businessoutfit sah sie aus wie dem Forbes-Magazin entsprungen und in ihrer Freizeit, als würde sie gleich auf eine coole Beachparty gehen. In jedem Fall aber absolut atemberaubend. Sie war eine richtige Sportskanone und verbrachte ihre Freizeit hauptsächlich im Fitnessstudio oder beim Beachvolleyball am See.

Mit meinem angeschlagenen Ego hätte ich mich niemals getraut, die beiden anzusprechen und auch nicht erwartet, dass sie es bei mir tun. Aber mittlerweile waren wir Freunde und dafür war ich sehr dankbar.

Auch was ihre Zukunftsplanung anging, hatten die beiden eine andere Einstellung als die, die ich von Zuhause kannte. Der grundlegendste Unterschied war der, dass ihre Pläne so zwanglos waren. Klar machten sie sich auch Gedanken und hatten Ziele, doch sie gingen die ganze Sache positiv an. Das war wirklich entspannend. Wenn ich den beiden zuhörte, wie sie über ihre Pläne sprachen, war ich hin- und hergerissen. Ich konnte mir beide Lebensweisen dann auch so für mich vorstellen. Sich wie Mara erst noch auszuleben, aber langfristig zurück nach Hause zu gehen, wo meine Freunde und meine Familie waren, schien mir logisch und vereinte alles, was ich bisher eigentlich so liebte. Wenn ich dann aber Franzis verrückten Träumereien zuhörte, wurde ich irgendwie unruhig und dachte, dass mein Leben vielleicht zu langweilig wäre, wenn ich nicht auch so krasse Auslandspläne aufzuweisen hatte. Obwohl ich mein Leben eigentlich ganz und gar nicht langweilig fand, verwirrte mich das alles etwas. Bei meinen Mädels zuhause hingegen gab es diese Verwirrung nicht. Von da kannte ich nur eine Option: Heirat und Kinder und das am besten so schnell wie möglich. Bei ihnen war es immer klar, was sie wollten. Ich fand es toll, wenn sie ihr persönliches Glückskonzept gefunden hatten. Oder zumindest glaubten, es zu haben. Ich konnte mich aber damit nicht wirklich identifizieren. Manchmal glaubte ich sogar, zumindest bei Becci, dass auch ihr vielleicht ein anderes Glückskonzept besser stehen würde, sie aber gar keine Optionen zulassen wollte. Sie war schon immer speziell und etwas egoistisch. In letzter Zeit kam sie mir aber einfach nur noch verbittert vor. Sie führte sich ständig vor Augen, dass sie gerade nicht das Leben führte, das sie sich eigentlich ausgemalt hatte. Dabei lebte sie nur noch in Vergleichen und fand immer wieder welche, bei denen sie schlechter dastand als andere. Ich konnte nicht verstehen, wie man sich selbst so in sein Unglück stürzen konnten und war ehrlich gesagt auch froh, dass ich von diesen Ansichten gerade etwas Abstand nehmen konnte. Meine eigene Zukunftsvision machte das allerdings nicht klarer.

5

Back to work

Ich schlief über meine Gedanken ein und wachte erst wieder auf, als mich die Sonne in der Nase kitzelte und mich zum Niesen brachte. Oh Mist, ich hatte verschlafen. Schnell sprang ich aus dem Bett und machte mich zuerst auf den Weg zur Kaffeemaschine. So spät war es dann doch noch nicht, dass ich ohne Kaffee aus dem Haus ging. Das konnte ich nur in den allergrößten Notfällen. Tatsächlich war es 7:00 Uhr. Zwar hatte ich meinen ersten Termin heute erst um 11:00 Uhr und würde immer noch die Erste im Büro sein, aber gerade montags hatte ich um diese Zeit gerne schon alle Anfragen und Mails beantwortet. Sonntagabends waren Immobilienportale gut besucht und die Konkurrenz schlief schließlich auch nicht.

Ich sprang schnell unter die Dusche, schlüpfte in Hosenanzug und Bluse und schwang mich auf mein Rad. Nur fünf Minuten später saß ich an meinem Schreibtisch. Gerade an Tagen wie diesen liebte ich meinen kurzen Arbeitsweg. Wie erwartet war tatsächlich noch keiner da und so machte ich mich, während mein PC hochfuhr, daran, unseren Eingangsbereich einladend zu gestalten. Ich stellte die Blumenkübel raus und dazu die Dropflags, auf denen groß unser Logo prangte. Immer, wenn ich unser Logo sah, war ich wieder einmal unendlich stolz, für dieses gefragte Immobilienbüro arbeiten zu dürfen. Auf dem Weg zu meinem Schreibtisch machte ich noch einen kurzen Stopp an der Kaffeemaschine und öffnete dann neugierig meine Mails.

Tatsächlich hatte ich derzeit einige Mietobjekte im Angebot, wobei die Nachfrage gerade in Stadtnähe durch die Decke ging. Singles, junge Paare und auch zwei Familien waren an der wunderschönen

Altbauwohnung in Stadtnähe interessiert, und ich lud sie alle zu einem Termin für Donnerstag ein. Ich mochte diese Massentermine zwar nicht, aber es machte die Vorauswahl leichter. Erfahrungsgemäß sagten so auch viele von alleine ab, was mir sehr zugute kam. Absagen waren nicht meine Stärke. Am meisten nützte mir aber die Zeitersparnis, die mir so ein Termin einbrachte, denn die konnte ich gut gebrauchen. Mietobjekte waren nicht so lukrativ und deshalb war es immer besser, die Abschlüsse schnell hinter sich zu bringen. Ich hatte wirklich viel zu tun und dafür war ich sehr dankbar. Im Vergleich zu anderen Kollegen hatte ich mit meinen Mietwohnungen zwar die weniger lukrativen Objekte, aber im Gegensatz zu ihnen war mir das egal. Vielleicht musste ich ein bisschen mehr für mein Geld arbeiten, aber das war in Ordnung. Schließlich war aller Anfang schwer und ich liebte meinen Job. Außerdem war ich sicher, wenn ich mich erstmal etabliert hatte, würden auch größere Aufträge kommen. Alles zu seiner Zeit.

„Felicitas, schön, dich schon zu sehen! Herzlichen Glückwunsch zu deinem Geburtstag! Hattest du eine schöne Feier?" Unser Geschäftsstellenleiter stand, wie aus dem Nichts, mit einem riesigen Blumenstrauß vor mir.

„Oh, hallo Matthias, ich habe dich gar nicht gehört. Vielen, vielen Dank! Die Blumen sind wunderschön! Ja, das hatte ich!"

„Das freut mich. Und wie ich sehe, ist das mit der abfallenden Power ab 30 ein Mythos. Du bist fleißig wie eh und je! Läuft es gut?"

Ich musste lachen, dass auch er auf diesen „Ab 30 geht's bergab"-Zug aufsprang. Eigentlich war er ganz und gar nicht der Typ dafür. Matthias war ein typischer Erfolgsmensch. Charismatisch, steile Karriere, schöne Frau, tolles Haus, zwei süße Kinder. Und dabei noch nett, witzig und gar nicht abgehoben. Er war jetzt Mitte 40 und weit weg davon, dass sein guter Lauf ein Ende nahm. Aber naja, sicherlich wollte er auch nur einen kleinen Witz machen.

„Ja, läuft gut. Mietwohnungen gehen ja weiterhin weg wie warme Semmeln.“

„Ach, Felicitas, ich bewundere dich dafür, dass du die Drecksarbeit machst und dabei auch noch Spaß hast! Unter uns, ich verstehe, dass du als blutige Anfängerin alles nimmst, was du kriegen kannst. Aber lass dich nicht zum Deppen machen. Nicht von deinen Kollegen und nicht von irgendwem sonst. Nettigkeit ist gut und schön, aber du musst auch an dich denken. Wenn das nächste große Ding reinkommt, ist es deins. Versprich mir, dass du es dir unter den Nagel reißt.“

Er hatte sich richtig in Rage geredet und kam mir vor wie einer dieser Motivationscoaches. Deshalb war er wohl auch der Chef. Ich war allerdings ein bisschen unsicher. Ich fand doch alles gut, so wie es war. Ich hatte immer genug zu tun, verdiente genug und das Verhältnis zu meinen Kollegen war bestens. Warum also etwas ändern? Und Ellenbogenausfahren war noch nie mein Ding. Matthias bemerkte mein Zögern und schmunzelte.

„Genau das habe ich mir gedacht. Ok, pass auf. Die nächste große Anfrage, die ich bekomme, werde ich dir weiterleiten. Das ist mein Geburtstagsgeschenk für dich. Du wirst den Kunden begeistern und, vertrau mir, dich selbst auch. Dann sehen wir mal weiter, ob du nicht Blut leckst und endlich mal die Krallen ausfährst.“ Er zwinkerte mir zu. Ich starrte ihn verblüfft an.

„Wow.“ Mehr brachte ich nicht heraus. „Danke!“

„Nichts zu danken. Hauptsache, es bleibt unter uns! Dafür bestell ich heute Abend auch noch einen Extra-Nachtisch“, witzelte er und schon war er in seinem Büro verschwunden.

Oh, da war ja was. Matthias hatte mich glücklicherweise unbewusst daran erinnert, dass ich ja versprochen hatte, meine Kollegen heute Abend zum Essen einzuladen. Natürlich hatte ich noch keinen Tisch reserviert, aber an einem Montag sollte es nicht so schlimm sein. Zumindest nicht bei denen, die keinen Ruhetag hatten. Innerlich verdrehte ich die Augen und speicherte mir schnell eine Erinnerung für 12 Uhr in mein Handy, mich dringend um einen Tisch zu kümmern. Jetzt würde ich eh noch niemanden erreichen. Da konnte ich mich besser wieder an die Arbeit machen. Obwohl das leichter gesagt war als getan, denn das Gespräch hatte mich etwas aus der Bahn geworfen.

Ich konnte es immer noch nicht ganz fassen. Matthias war wirklich super, er müsste das schließlich nicht für mich tun. Und direkt meldete sich auch schon mein schlechtes Gewissen meinen Kollegen gegenüber. Normalerweise verstieß das Zuschustern von Aufträgen gegen unseren Ehrenkodex im Büro. Was, wenn das rauskommen würde? Andererseits war Matthias der Chef und als dieser hatte er auch das Sagen. Und auch, wenn wir darüber nicht in aller Ausführlichkeit redeten, konnte ich mir ausrechnen, dass meine Kollegen im Vergleich über meinen umgerechneten Stundensatz lachen würden. Die Vorfreude überstieg meine aufkommenden schlechten Gedanken und ich entschied, dass ich mir meinen Tag heute nicht davon vermiesen lassen würde. Schließlich hatte ich es ja auch verdient, nach den ganzen Mietwohnungen mal ein tolles Verkaufsobjekt zu ergattern. Ich freute mich schon jetzt auf meinen ersten richtig großen Auftrag und konnte es kaum erwarten. Ich war offensichtlich immer noch am Grinsen, als meine Kollegen eintrudelten.

„Die 30 steht dir aber gut, Feli!", begrüßte mich Timo, unser Sunnyboy, und nahm mich in die Arme.

„Alles Liebe, Feli", beglückwünschten mich auch Sina, meine andere Kollegin und Maren, unsere Telefonistin.

„Heute Abend lassen wir die Sau raus, wir freuen uns schon! Wo geht's hin?"

„Überraschung", log ich in der Hoffnung, dass wir überhaupt noch irgendwo einen Platz bekamen. Wir tranken alle zusammen einen Kaffee und sprachen über unsere Wochenenden, dann mussten Sina und Timo auch los zu ihren Terminen.

Maren nahm mich noch einmal in die Arme. „Ach Feli, ich bin froh, dass du hier bist. Alleine mit den beiden war es schon immer etwas anstrengend. Seit du hier bist, reißen sie sich wenigstens etwas zusammen."

Ich drückte Maren an mich. Ich wusste genau, was sie meinte. Timo und Sina waren super-lieb und witzig, hielten sich aber oft für etwas Besseres und ließen Maren das auch spüren. Sina hatte.offensichtlich auch ein Auge auf Timo geworfen. Dadurch wurde die ganze Sache nicht besser. Manchmal dachte ich, dass sie wohl am liebsten jeden Tag mit ihm alleine im Büro wäre. Obwohl weder von mir noch von Maren eine Gefahr in Sachen Timo ausging. Mir war Timo eindeutig zu glatt und Maren sicherlich eindeutig zu jung. Maren war ein richtiges Goldstück. Sie war Anfang 50, modisch unterwegs wie Anfang 20 und ein absoluter Gutmensch. Deshalb konnte sie sich oft aber nicht durchsetzen oder wollte es auch einfach nicht. Und in manchen Situationen wurde ihr das zum Verhängnis, noch schlimmer als mir. Und ich hatte mir ja jetzt eh vorgenommen, daran zu arbeiten.

Ich hatte Glück und ergatterte für 18 Uhr noch einen Tisch im Mellow Gold. Das war gar nicht so selbstverständlich, denn das Mellow Gold war ein relativ kleines Lokal. Es strahlte moderne Gemütlichkeit aus und war genau das Richtige für meine Kollegen. Wir machten uns direkt nach der Arbeit zusammen auf den Weg. Timo war wieder in seinem Element und zog alle Aufmerksamkeit auf sich. Er erzählte von seinen letzten Dates und den „heißen Weibern", die er aufgerissen hatte. Jetzt hatte er zwei Mädels am Start und wusste nicht, für wen er sich entscheiden sollte. Timo hatte keine Hemmungen. Das Letzte, was mir einfallen würde, wäre, mein Liebesleben vor meinem Chef auszubreiten, aber ihn störte das offensichtlich gar nicht. Er trug sein Herz auf der Zunge und trug damit immer bestens zu unserer Unterhaltung bei. Was von seinen Erzählungen stimmte und was er mal eben dazu erfand, um die Geschichte spannender zu machen oder einen Nutzen daraus zu ziehen, musste man allerdings immer genau abwägen. Timo war eben ein richtiger Verkäufer und zwar ein sehr erfolgreicher.

„Wenn du dich nicht für eine entscheiden kannst, sind vielleicht einfach beide nicht die Richtigen für dich." Das kam wohl schnippischer als geplant aus Sinas Mund und sie nahm direkt einen großen Schluck Wein hinterher. Timo, der tausendprozentig wusste, dass Sina auf ihn stand, nahm es gelassen. Tatsächlich hatte er nicht nur in Sina eine Verehrerin gefunden, sondern in bestimmt 90 Prozent der Frauen. Timo sah klasse aus. Er war groß, muskulös, hatte eine offene, lustige, aber nicht zu arrogante Art an sich und wickelte jeden um den Finger. Ich konnte verstehen, warum sich die Frauen um ihn rissen. Sina war eben leider nur eine von ihnen. Und irgendwie tat sie mir leid. Auch wenn sie ein Selbstbewusstsein hatte, von dem ich nur träumen konnte, waren ihre sehnsüchtigen Blicke Timo gegenüber sehr verräterisch. Timo, der sich auch sonst keine Gelegenheit entgehen ließ, wenn eine Frau sich an ihn heranmachte, hätte leichtes Spiel gehabt. Ich hatte noch nicht herausgefunden, warum er gerade bei der schönen Sina nicht zugriff. Sie war nämlich eigentlich genau sein Beuteschema. Ein richtiges Püppchen – von außen wie von innen. Blond, schlank, immer top geschminkt und top gestylt. Sie war nett, aber unsere Gesprächsthemen bewegten sich halt auch nur an der Oberfläche. Ich war mir relativ sicher, dass das nicht nur bei uns der Fall war. Aber das schreckte Timo normalerweise auch nicht ab. Es blieb also ein Rätsel für Maren und für mich, wie wir schon einmal in einer gemeinsamen Kaffeepause philosophiert hatten. Vielleicht besaß Timo doch noch ein kleines bisschen Anstand und riss sich wenigsten bei seinen Kollegen zusammen. Ich nahm mir vor, das noch weiter zu beobachten und bei Gelegenheit noch einmal Maren, die Tratschtante, zu befragen, vielleicht hatte sie ja schon neue Informationen.

„Da hast du recht, Sina. Dann muss ich wohl weiter testen, wie schade.", gab er mit einem leicht ironischen Unterton zurück und zwinkerte uns zu. Glücklicherweise kam das Essen und die brisante Situation war entschärft. Sina fand auch recht schnell zu ihrer Fassung zurück und konzentrierte sich lieber darauf, das beste Instagram-Foto unseres Festmahls aufzunehmen, als Timos Liebesleben zu hinterfragen. Bevor wir allerdings anfingen zu essen, hob Matthias sein Glas. Ich wusste, dass mir das nicht erspart bleiben würde, schließlich hatte ich nun schon ein paar Geburtstage aus dem Team mitfeiern dürfen und Matthias ließ es sich nicht nehmen, immer ein paar persönliche, fast väterliche Worte zu verlieren. Trotzdem war es mir unangenehm, so im Mittelpunkt zu stehen.

„Felicitas, danke für deine Einladung! Und danke, dass du in unser Team gekommen bist. Wir sind alle sehr glücklich, dich zu haben, und wünschen dir von Herzen alles Liebe für dein neues Lebensjahr." Er machte eine Pause und kramte umständlich in seiner Jacke.

„Natürlich haben wir auch noch eine Kleinigkeit für dich!" Er überreichte mir ein kleines Päckchen und ich machte mich ans Auspacken. Ich traute meinen Augen nicht, als ein wunderschönes, goldenes Armband zum Vorschein kam. Es war sehr filigran und in der Mitte war ein kleiner dunkelroter Stein eingefasst. Es war wunderschön.

„Gefällt es dir?", fragte Maren aufgeregt und erst jetzt bemerkte ich, dass mich alle anstarrten. Ich wusste gar nicht, was ich sagen sollte. Ich hatte vielleicht einen Gutschein erwartet, aber keinesfalls so ein persönliches Geschenk.

„Ehhm, ja klar. Ja, es ist superschön. Vielen Dank!"

„Ach, zum Glück", freute sich Maren. „Du hattest vor Kurzem ja mal gesagt, dass du auf der Suche nach einem schönen Armband bist, aber noch keins gefunden hast."

Ich hatte nicht gewusst, so aufmerksame Kollegen zu haben, und ich war gerührt von so einem persönlichen Geschenk. Tatsächlich war ich etwas sprachlos. Mehr als „Vielen, vielen Dank!" brachte ich nicht über die Lippen. Und direkt wurde mir wieder bewusst, dass Bielefeld genau die richtige Entscheidung war. Entgegen aller Warnungen von meiner Familie ging ich in der Stadt nicht unter, ganz im Gegenteil. Ich wurde wahrgenommen. Meine Arbeitskollegen hörten mir zu, was ich sagte, und nahmen es ernst. Mir war schon bewusst, dass es hier nur um ein Geburtstagsgeschenk ging, aber ich war unglaublich gerührt von der Geste. Manchmal glaubte ich, dass ich in dieser großen Stadt mehr wahrgenommen wurde als in meinem kleinen Dorf. Oder zumindest anders. Während Timo mir das Armband direkt aus der Hand nahm und es mir anlegte, fragte ich mich, wo sie es wohl gefunden hatten. Es sah nämlich nicht wirklich nach einem 0815-Modeschmuck-Stück aus.

„Toll", klatschte Maren in die Hände. „Kompliment, Matthias. Da hattest du wohl den richtigen Riecher." Matthias nickte nur und lächelte. Ich stand auf und umarmte alle. Dann konnten wir endlich essen. Es war super-lecker und Timo unterhielt uns dabei noch mit einigen Details, dieses Mal zum Glück von seinem letzten Auftrag. Die Stimmung war ausgelassen und wir hatten alle sehr viel Spaß. Auch Matthias, der sich oft ganz vorbildlich zurückhielt, amüsierte sich prächtig.

Wir waren alle so satt, dass wir den Nachtisch ausließen und lieber einen Käsekuchen-Schnaps bestellten. Die ausgefallenen Schnapssorten waren auch ein Grund, warum ich das Mellow Gold so mochte. Es folgten noch ein paar mehr Desserts, bis die Kellnerin uns mitteilte, dass sie bald schließen würde. Da war es halb 1 Uhr. Ich zahlte und wir machten uns auf den Nachhauseweg.

Wieder einmal war ich froh, mitten in der Stadt zu wohnen. Die Unabhängigkeit, die damit einherging, gab mir ein Gefühl von Freiheit, das ich aus meinem Dorf nicht kannte. Auch dieses Gefühl war es, warum ich mein „neues Leben" so genoss.

Zu Hause bestaunte ich noch einmal mein schönes Geschenk. Als ich es ablegte und zurück in die Schachtel legen wollte, sah ich, dass da noch ein kleiner Zettel drin lag. Ich faltete ihn auseinander und hielt die Luft an, als ich las:

„Der Pyrop gibt Energie, Mut und Willenskraft und stärkt so das Selbstvertrauen."
     Glaub an dich, Felicitas!
     Matthias

Ich las den kleinen Zettel bestimmt zehn Mal. Matthias?! Was hatte das zu bedeuten? Also ich wusste schon, dass er immer die Geschenke besorgte, die wir vorher im Team besprachen. Aber setzte er auch immer so eine persönliche Nachricht dazu? Was hatte das zu bedeuten?

Meine Müdigkeit war wie verflogen. Ich hatte keine Ahnung, was ein Pyrop war, aber es hörte sich so an, als wäre es kein Modeschmuck. Meine Google-Suche ergab, dass der Pyrop zu den Granaten gehörte, was mich auch nicht wirklich weiterbrachte. Ich betrachtete das Armband und wurde unruhig. Ich hoffte inständig, dass es wirklich nur ein ganz normales Geschenk von Kollegen war. Erst jetzt sah ich den kleinen Stempel neben dem Verschluss. 585 stand darauf. Langsam wurde ich wirklich nervös. Meine weitere Online-Recherche ergab, dass vergleichbare Armbänder um die 500 Euro lagen. Da hatte der Normalbetrag von 20 Euro pro Kopf aber bei Weitem nicht gereicht, den wir standardmäßig einsammelten. Wieder fragte ich mich, was das wohl zu bedeuten hatte.

Offensichtlich hatte Matthias den Betrag aufgestockt. Machte er das immer so? Wussten das die anderen? Warum machte er das?

Und vor allem: Was sollte ich davon halten? Ich war verwirrt und aufgewühlt und machte mir wahrscheinlich schon wieder viel zu viele Gedanken wegen einer einfachen, nett gemeinten Geste. Zumal 500 Euro für Matthias wohl genauso viel Wert hatten wie 10 Euro für mich. Trotzdem war ich verwirrt.

6

Missverständnisse?

Da mein Schlaf eh unruhig war und immer wieder unterbrochen wurde, machte ich mir um 6 Uhr meinen ersten Kaffee, verzog mich aber damit nochmal in mein Bett. Ich musste nachdenken. Wie kam Matthias darauf, mir ein sündhaft teures Armband zu schenken? Und dann auch noch das supernette Angebot, mir einen großen Auftrag zuzuschustern. Was hatte das alles zu bedeuten? War das nicht ein bisschen zu viel Aufmerksamkeit auf einmal für eine einfache Angestellte? Oder übertrieb ich es wieder maßlos und es war einfach eine gutgemeinte Geste von einem fürsorglichen Chef? Letzteres war wahrscheinlich eher der Fall. Denn was sollte er auch schon von mir wollen? Er war doch glücklich verheiratet und ich spielte auch nicht in seiner Liga der Erfolgsmenschen. Oh Mann, ich war total durcheinander und wusste nicht, was ich glauben sollte. Und noch weniger wusste ich, wie ich mich jetzt verhalten sollte. Sollte ich Matthias darauf ansprechen? So tun, als ob ich gar nicht gemerkt hätte, wie wertvoll das Armband war? Ihm aus dem Weg gehen? Ahhhhrgh – es war doch alles so gut gerade. Warum musste es denn jetzt kompliziert werden? Es nützte nichts, ich musste wohl oder übel ins Büro. Es wartete eine Menge Arbeit auf mich und je eher ich da war, desto mehr konnte ich schaffen, bevor die anderen kamen. Ich tippte noch schnell eine Nachricht an Mara und Franzi, dass ich unbedingt einen Mädelsabend bräuchte, und fühlte mich direkt besser. Sie kannten meinen Chef und meine Kollegen bereits aus meinen zahlreichen Erzählungen und konnten das Chaos in meinem Kopf sicherlich aufklären. Bis dahin blieb ich einfach cool und konzentrierte mich auf meinen Job. Ja, das war ein klasse Plan! Tatsächlich hatte ich fast drei Stunden meine Ruhe, bevor ein Klingeln den nächsten Kollegen ankündigte, der durch die Eingangstür kam. Vielleicht war es auch Matthias. Auch wenn er selten vor mir da war, war es schon ungewöhnlich, dass er so spät dran war. Bei dem Gedanken an ihn fiel mir vor Schreck fast die Kaffeetasse aus der Hand und ich traute mich gar nicht, meinen Blick von meinem Bildschirm zu heben. Ich verdrehte innerlich die Augen und rief mich zur Vernunft. Ruhig bleiben, Feli!

„Hey Feli, du bist ja schon da. Ich hätte gedacht, wenigstens heute an dem Morgen nach deinem Geburtstagsessen gönnst du dir einmal ein kleines Sleep-In", begrüßte mich Maren mit einem fröhlichen Grinsen. Gott sei Dank! Mir fiel so ein Stein vom Herzen, dass ich Maren fast um den Hals gefallen wäre. Klappte ja super mit meiner Coolness.

„Ach und du trägst unser Geschenk ja auch schon. Gefällt es dir also wirklich?", ich war froh, dass Maren offensichtlich nichts gemerkt hatte.

„Ja, es ist wirklich super-schön, danke nochmal!"

„Ach, sehr gerne! Du weißt ja sicher, dass du es eigentlich Matthias zu verdanken hast."

„Haha, ja, das Geschenkebesorgen lässt er sich nicht nehmen, was?", versuchte ich, die Sache abzutun. „Apropos, wo ist er überhaupt? Er ist doch sonst auch immer früh da."

„Ach so, Matthias kommt heute nicht. Er hat ein paar Termine und arbeitet den Rest von Zuhause."

„Ah, ok." Und wieder fiel mir ein Stein vom Herzen. Obwohl ich mich wunderte, denn Matthias war eigentlich immer vor Ort und arbeitete nie von Zuhause. Aber was sollte ich länger darüber nachdenken, ich freute mich lieber auf die Aussicht, dass es doch noch ein entspanner Tag werden würde. Ich machte mich erleichtert wieder auf den Weg zu meinem Schreibtisch. Aber Maren war offensichtlich in Plauderlaune und folgte mir.

„Ja, und dass die anderen beide heute einen Homeoffice-Tag einlegen, war ja gestern schon klar … Aber mit dir ist es eh am schönsten."

Ich lachte. „Danke, Maren, mit dir auch."

„Und weißt du, was das Beste ist?" Sie wartete meine Antwort gar nicht erst ab. „Das werden wir in Zukunft wohl öfter so haben!"

„Was? Wieso?", fragte ich verblüfft.

„Naja, Barbie und Ken sind ja eh oft außer Haus und Matthias muss jetzt wohl auch mehr Homeoffice machen."

„Wieso?" Normalerweise musste ich immer schmunzeln, wenn sie Sina und Timo mit Barbie und Ken verglich. Es war einfach zu passend. Aber den Witz hörte ich dieses Mal gar nicht. Und ich verpasste auch die erstklassige Gelegenheit, mich unauffällig nach den beiden zu erkundigen. Stattdessen stellte ich zum zweiten Mal in Folge die einfache Frage und fühlte mich wie ein kleines Äffchen. Ich musste mich heute wirklich ein bisschen mehr zusammenreißen.

„Naja, wenn Matthias jetzt jede zweite Woche die Kinder hat, wird er wohl von Zuhause arbeiten. Sonst ist das ja gar nicht zu schaffen."

„Wie, wenn er die Kinder hat?"

„Hast du noch nicht mitbekommen, dass er sich getrennt hat?" Ach, du Scheiße! Ich konnte mir gerade noch verkneifen, meinen Kommentar laut auszusprechen. Nein, das hatte ich natürlich nicht mitbekommen. Diese neue Info ließ mich direkt in Panik verfallen. Das machte die Ausgangssituation von heute Morgen noch viel komplizierter. Was bedeutete das alles? Ich war wieder vollkommen durcheinander, wollte mir vor Maren aber nichts anmerken lassen.

„Nein", bemühte ich mich deshalb, so ungezwungen wie möglich zu antworten. „Das tut mir aber leid!"

„Ach, ich denke, es war besser so. So, wie es sich angehört hat, lief es schon länger nicht mehr so toll. Dann ist es ja schließlich vernünftig, wenn man sich trennt. Nur für die beiden Kinder tut es mir leid. Mit 4 und 7 Jahren kann einen das schon ganz schön aus der Bahn werfen. Naja, aber wenn die Eltern sich anstrengen, wird es wohl gut werden."

„Das wird es wohl." Mehr fiel mir dazu beim besten Willen nicht ein. Matthias und Trennung? Erst gestern hatte ich ihn in meinen Gedanken zum perfekten Allroundmann mit dem einwandfreien Leben erklärt und heute erfahre ich von der Trennung. Ich meine, für mich bedeutete eine Scheidung keinen Weltuntergang. Wir lebten ja schließlich heutzutage in einer Welt, in der das jedem zweiten Paar passierte. Außerdem teilte ich Marens Meinung zu 100%, dass eine Scheidung in den meisten Fällen auch wirklich der richtige Schritt war. Aber bei Matthias?! Das musste ich erst einmal verdauen. Und am besten ohne dabei von Marens kritischen Blicken beobachtet zu werden. Dem Anschein nach war es noch früh genug, denn sie hatte ihrem Verhalten nach zu urteilen noch nicht bemerkt, dass mich die ganzen Infos etwas aus der Bahn warfen. Sie plapperte munter weiter. Wenn ich mich nicht noch selbst verraten wollte, blieb mir nur die Flucht. Demonstrativ sah ich auf meine Armbanduhr.

„Oh, Mist, so spät schon! Ich muss leider los, Maren. Ich habe gleich eine Besichtigung. Wir sehen uns später."

„Ach, schade, aber dann bis später und viel Erfolg!" Ich schmiss schnell meinen Oldschool-Timer, Stift und Handy in meine

Tasche und verließ das Büro. Da hatte ich glücklicherweise noch rechtzeitig den Absprung geschafft, bevor Maren noch tiefer in das Thema einsteigen konnte und mich wohlmöglich in meinem Gedankenwirrwarr ertappte. Tatsächlich hatte ich auch einen Besichtigungstermin, für den ich aber nun zwei Stunden zu früh dran war. Da ich nicht so richtig wusste, wohin mit mir, stieg ich trotzdem schon in mein Auto und startete den Motor. Ich beschloss, die Zeit zu nutzen und einen großen Umweg zum Mietobjekt zu nehmen. Ich würde einfach ein bisschen durch die Straßen fahren und die Augen nach möglichen Verkaufsobjekten aufhalten. Diesen Trick hatte ich bei dem fragwürdigen Makler-Stammtisch aufgeschnappt. Ich hatte es auch tatsächlich bereits ein paar Mal versucht, auf diese Weise auf interessante Objekte zu stoßen. Aber bisher war meine Suche erfolglos. Trotzdem war es immer eine schöne Gelegenheit, mein neues Zuhause näher kennenzulernen und die Wohngebiete in meinem Kopf zu charakterisieren. Während ich mir den Weg durch die Innenstadt bahnte, schweiften meine Gedanken schon wieder zu den neuen Informationen ab, die ich erst einmal in meinem Kopf ordnen musste. Matthias' nettes Angebot, das teure Armband, die Trennung. So weit so gut, das musste schließlich alles nichts heißen. Jetzt, wo ich den Sachverhalt noch dreimal durchdacht hatte, kam ich zu dem Schluss, dass ich im Moment eben zu keinem Schluss kommen würde. Ich musste mich also ablenken. Es war wieder einmal ein herrlicher Frühlingstag und auf den würde ich mich jetzt auch konzentrieren. Ich drehte das Radio auf und ließ frische Luft herein. Es gab bei diesem Wetter nichts Schöneres als Gute-Laune-Musik und eine große Portion Fahrtwind. Aus Rücksicht auf meine Frisur ließ ich aber nur das Fenster der Beifahrerseite herunter. Ich konnte meine potentiellen Kunden schließlich nicht wie Struwwelpeter empfangen. Als ich die letzten Takte von „Shut up and dance" auf mein Lenkrad trommelte, realisierte ich erst richtig, dass ich im Johannistal angekommen war. Ganz in der Nähe meines geliebten Tierparks. Aber nicht nur der war das Schöne an dieser Gegend. Dieser Stadtteil war im Ganzen einfach perfekt, stadtnah und doch im Grünen. Hier gab es wunderschöne Häuser, zugegebenermaßen eher Villen. Gepflegt und schön und sauteuer. Ich verließ die Hauptstraße und bog noch in ein paar weitere Straßen ein. Hier war ich noch nie. Diese Straße bestand ebenfalls aus gepflegten und wunderschönen Häusern. Allerdings waren diese nicht alle so frisch renoviert und auf dem neusten Stand wie die, die sich in der Nähe der Hauptstraße befanden. Sie hatten ihren alten Charme noch behalten. Ich beschloss, mein Auto abzustellen und die Straße und die Sonne bei einem kleinen Spaziergang zu genießen. Ich war ganz verzaubert von dem Ambiente, als mir ein kleines Haus auffiel. Es stand ein bisschen versetzt, eher im Hintergrund der anderen Häuser. Es führte nur ein kleiner Weg dahin. Ich bog ein und fand mich vor einem kleinen Fachwerkhaus wieder. Ein wunderschöner, verwunschener Vorgarten ließ darauf schließen, dass der Besitzer sich einmal sehr viel Mühe mit dem äußeren Erscheinungsbild gegeben hatte, dies aber offensichtlich schon ein paar Jahre her war. Das Haus an sich erschien wie sein Vorgarten. Es sah einladend und liebevoll gestaltet aus, gleichzeitig aber auch ein bisschen in die Jahre gekommen. Es hatte Potential, würde Matthias jetzt sagen und ich würde ihm zu 100 % zustimmen. Nicht nur wegen der begehrten Wohnlage. Oh Mann, ein Gedanke an Matthias und zack – war ich direkt wieder zurück in der Realität. Dieses Mal war es sogar gut, denn ich musste dringend zu meinem Besichtigungstermin. Das Haus ließ mich den ganzen Weg nicht los und ich war mir sicher, dass ich mehr darüber herausfinden musste.

7

Lagebesprechung

Ich war so froh, als ich endlich um acht Uhr die Bar betrat und Mara und Franzi schon da waren. Im Pepper's fühlte man sich direkt in die Südstaaten von Amerika versetzt. Nicht nur wegen der traditionellen Spezialitäten aus Mexiko und den USA, auch das ganze Ambiente passte. Die beiden saßen an unserem Lieblingstisch etwas abgeschieden in unserer Lieblingsecke. Wir liebten diesen Platz, weil er uns ein bisschen Privatsphäre inmitten der schnelllebigen Baratmosphäre bot und wir uns ungestört unterhalten konnten. Perfekt für heute Abend! Als ich sah, dass auch schon drei Aperol Spritz auf dem Tisch standen, machte sich eine große Freude in mir breit und ich entspannte mich etwas. Es gab kein Problem, das man nicht lösen konnte!

„Mädels, es ist so schön, euch zu sehen." Mara und Franzi tauschten einen amüsierten Blick.

„Mensch, Feli, nicht so theatralisch! Was ist denn überhaupt los? Sonntag war doch noch alles in bester Ordnung. Nimmt dich dreißig doch so mit, dass du so schnell in die Midlife-Crisis gestürzt bist?" Ich musste lachen und das tat verdammt gut.

„Nein, nein! Ich brauche nur dringend eine zweite Meinung. Oder auch zwei."

Und schon sprudelten die News wie ein Wasserfall aus mir heraus. Ich erzählte den beiden von Matthias' großzügigem Angebot, meiner Geburtstagsfeier mit den Kollegen, dem schönen, aber wahrscheinlich absolut überteuerten Geschenk, der persönlichen Widmung und dann auch noch von Matthias' Trennung. Die beiden starrten mich einfach nur an und ich dachte für einen kurzen Moment, dass sie mich für vollkommen irre hielten. So ganz sicher war ich mir aber ja selbst nicht, ob das vielleicht auch so war.

„Puh", kam es von Mara. „Das muss ich erstmal sacken lassen. Zeig mal her das gute Stück." Und schon griff sie nach meinem Arm und schob meine Bluse ein Stück hoch. „Nicht schlecht. Wirklich ein tolles Teil."

Franzi sagte nichts, sondern starrte auf ihr Handy. Zurückhaltung war eigentlich gar nicht ihre Art. Nach der ganzen Aufregung und meinem Redeschwall war ich plötzlich unglaublich müde. Ich nippte an meinem Aperol und sah Mara hilfesuchend an. Sie sollte mir einfach nur sagen, dass ich bekloppt war und das alles gar nichts zu bedeuten hätte. Ich wollte hören, dass ich maßlos übertrieb und mich mal entspannen sollte. Meinetwegen konnten sie mich auch auslachen. Hauptsache es wurde nicht plötzlich alles so kompliziert, wo ich mich doch gerade so wohl in meinem neuen Leben fühlte und alles so gut lief.

„Also Feli, ich weiß auch nicht so richtig, was ich dazu denken soll," versuchte Mara, meine Situation zu deuten. „Es ist schon sehr auffällig, wie Matthias sich um dich bemüht. Natürlich könnte auch alles reine Nettigkeit sein, aber seine Trennung gibt dem Ganzen schon einen komischen Beigeschmack."

Na toll, das war nicht das, was ich hören wollte. Mein Trostpflaster war, dass mich meine Freundinnen nicht für geisteskrank hielten.

„Ich wusste, dass es mir bekannt vorkommt!", rief Franzi plötzlich ohne jeglichen Zusammenhang in unsere Runde. Sie drehte uns triumphierend ihren Handybildschirm zu. Ich blickte direkt auf mein Armband. Und da war der nächste Beweis dafür, dass ich mir das alles offensichtlich nicht nur einbildete. Mein Armband war auf dieser Website mit 359 Euro ausgezeichnet. Ich starrte auf den Bildschirm.

„Feli, was willst du mehr?", meinte Franzi schulterzuckend. „Du hast einen absolut heißen Chef, der dich offensichtlich ganz besonders mag. Er macht dir nicht nur überteuerte Geschenke, sondern unterstützt dich auch noch in deiner Arbeit und macht dir Mut. Du liegst ihm offensichtlich am Herzen. Ist doch genau das, was du von einem Mann willst. Also schnapp zu!" Ich musste lachen. Für Franzi war alles klar, einfach so. Sie nahm sich das, was sie wollte und ohne länger darüber nachzudenken, was das für Konsequenzen haben würde. Manchmal beneidete ich sie um diese Einstellung. Aber ich wusste auch, dass ich diese niemals übernehmen könnte. Man konnte schließlich nicht aus seiner Haut. Obwohl ich zugeben musste, dass sie in einem Punkt recht hatte. Matthias verhielt sich gerade wirklich so, wie ich es mir von einem Mann wünschte. Er war aufmerksam und unterstützte mich. Aber vor allem glaubte er an mich und interessierte sich für das, was ich wollte. Trotzdem war es vollkommen indiskutabel, über eine Beziehung mit seinem Chef nachzudenken. Oder?

„Naja, dann müsste ich mir wenigstens keine Gedanken mehr darüber machen, ob ich Kinder in meinem Leben möchte oder nicht. Mit Matthias hätte ich zwangsläufig zwei."

Mara grinste mich an. „Also kommt er infrage?"

„Nein!", entfuhr es mir etwas heftiger als beabsichtigt. Meine Vernunft schien sich also doch noch nicht ganz verabschiedet zu haben. „Natürlich nicht, er ist mein Chef. Er ist 15 Jahre älter als ich und hat die Familie bereits, die ich noch gründen will!"

„Aha! Also weißt du doch, was du willst. Nach unsicheren Zukunftsplänen hört sich das zumindest nicht an", rief Mara triumphierend aus.

„Was?" Ich war total verwirrt.

„Na, du hast doch gerade von einer Familie gesprochen, die du noch gründen willst. Am Sonntag hörte sich das noch anders an. Da wusstest du noch gar nicht, was du mit deinem Leben anfangen willst, und heute träumst du von einer Familie. Oder von Matthias? Oder von einer Familie mit Matthias?" Sie knuffte mich in die Seite und grinste.

Auch Franzi grinste. Oh Mann, ich redete mich um Kopf und Kragen. Dabei wusste ich doch selbst gar nicht, was ich wollte. „Ihr seid bescheuert.", sagte ich, meinte es aber natürlich nicht so und fing ebenfalls an zu grinsen. „Ich meine, ich bin bescheuert! Das ganze 30er-Gerede und die Männer machen einen auch einfach bescheuert." Ich hob mein Glas und erklärte das Thema somit für beendet. Ich war dankbar, dass Mara und Franzi sich darauf einließen. Meine Gedanken waren da leider nicht so kooperativ. Wie kam ich denn jetzt überhaupt zu solchen Aussagen? Ich stand doch nicht auf Matthias. Daran hatte ich vorher noch nie einen Gedanken verschwendet. Warum auch? Er war viel zu alt, vergeben, Familienvater und zu allem Überfluss auch noch mein Chef. Wir bestellten noch einen Aperol und ich wurde glücklicherweise aus meinen Gedanken gerissen. Denn nicht nur ich hatte News zu berichten, Franzi auch.

„Warum erzählst du das denn erst jetzt?!"

Franzi hatte jemanden kennengelernt. Eine Affäre. Natürlich, denn sie hatte ja große Auswander-Pläne und wollte sich auf keinen Fall an Bielefeld binden, wie sie nochmals bestärkte. Sie traf Tom im Fitnessstudio. Mara und ich waren ganz begeistert von der Geschichte, weil es ein Drehbuchautor nicht besser verfassen hätte können. Franzi und Tom haben zufällig immer zur gleichen Zeit trainiert und sich immer schon Blicke zugeworfen und jetzt hatte er sie angesprochen.

„Naja, es gab ja auch nichts zu erzählen. Wir haben ein bisschen Spaß, mehr nicht." Während sie das sagte, folgte sie mit ihrem Finger dem Kondenswasser, das sich in kleinen Perlen an ihrem Glas den Weg Richtung Tisch bahnte und fixierte dabei ihren Bierdeckel.

Ich glaubte es nicht. War Franzi etwa peinlich berührt? Die toughe Franzi? Obwohl normalerweise keine von uns um kleine Sticheleien verlegen war, rissen Mara und ich uns ausnahmsweise zusammen. Wir wollten schließlich noch die ganze Geschichte hören und bei so sensiblen Themen bestand bei Franzi schnell die Gefahr, dass sie das Thema wechselte.

„Gestern hat er mich zum ersten Mal angequatscht und wir waren nach dem Training noch etwas trinken. Zufällig wohnt er ja ganz in der Nähe des Fitnessstudios." Jetzt schmunzelte Franzi.

„Ach, ihr wart direkt bei ihm zuhause? Wie praktisch." Mara zwinkerte und Franzi fing an zu lachen. Ich musste zugeben, ich war etwas schockiert.

„Aber Franzi, das kannst du doch nicht machen! Regel Nummer 1: Immer erst an einem neutralen Ort treffen. Wer weiß, was das für ein Psycho ist!"

Franzis Lachen wurde stärker. „Mensch, Feli, was bist du denn jetzt so spießig? Ich habe ihn doch gestern nicht zum ersten Mal gesehen. Wir haben doch schon oft zusammen trainiert."

Dieses Argument überzeugte mich nur mittelmäßig. Aber schließlich saß sie gesund und munter vor mir und das war die Hauptsache. Und sie schien sehr glücklich.

„Ist ja gut. Du weißt schon, was du tust. Aber so wie du redest, scheint der Typ dir ja sehr zu gefallen. Ist da vielleicht doch mehr drin als nur eine Affäre?" Jetzt grinste auch ich.

„Nein, auf keinen Fall! Tom ist heiß, aber das war es auch. Keine Angst, Mädels – es ist alles geklärt zwischen uns. Wir haben beide Bock auf eine lockere Affäre. Wir haben ein bisschen Spaß zusammen und das war's."

Mara und ich wechselten einen Blick. Das war Franzi, wie sie leibte und lebte. Sie hatte immer mal wieder unkomplizierte Affären. Meistens Sportler oder Kollegen oder beides. Franzi wurde es schnell langweilig. Nicht nur mit den Männern. Deshalb wollte sie auswandern, deshalb wollte sie ihren Job wechseln, deshalb mochte sie Affären.

„Foto!", forderten Mara und ich wie aus einem Mund. Franzi hatte ihr Handy schon parat und wühlte sich direkt durch ihre Kontakte. Tom sah aus, wie ich ihn mir vorgestellt hatte. Muskulös, blond, groß – genau Franzis Beuteschema. „Sieht nett aus!"

„Feli, mir ist relativ egal, ob er nett ist!", lachte Franzi.

„Jaja, heiß ist er auch!", gab ich lachend zurück. „Und warum kannst du dir so sicher sein, dass es nicht für mehr reicht?"

„Weil ich gar keine Lust auf mehr habe. Das Letzte, was ich gerade gebrauchen kann, ist eine feste Beziehung in Bielefeld." Irgendwie konnte ich sie da verstehen. Sie wollte etwas Neues ausprobieren und sie wollte sich nicht aufhalten lassen. Eigentlich ging es mir damals ähnlich. Ich hatte schon lange den Drang gehabt, etwas Neues auszuprobieren. Was für mich mein Heimatdorf war, war Bielefeld für Franzi. Sie hatte ihr ganzes Leben hier verbracht und bisher nichts Anderes gesehen. Sie hatte den Wunsch nach Veränderung und den wollte sie sich nicht von ihren Gefühlen durcheinander bringen lassen. Manche Menschen mussten wohl einfach mal raus, um etwas Anderes zu sehen und mehr über sich selbst herauszufinden. Da war es egal, ob man in einem Dorf oder einer Stadt groß geworden war. Franzi gehörte offensichtlich zu diesem Typ Mensch, genau wie Mara und auch wie ich. Das wusste ich seit meinem Umzug mehr denn je. Und tief in mir wusste ich es auch schon, bevor ich Mirko kennengelernt hatte. Nur bin ich mir bis heute nicht sicher, ob ich ohne ihn auch den Schritt gewagt hätte.

„Aber man kann sich doch nicht aussuchen, wen man liebt", unterbrach Mara meine Gedanken und ich war froh, dass ich nicht die Einzige war, die das nicht ganz verstand. Denn so sehr ich nachvollziehen konnte, dass man seinen eigenen Weg gehen wollte, wollte ich nicht glauben, dass eine echte Liebe einem dabei im Weg stehen würde.

„Naja, aber dann liebe ich ihn wohl einfach nicht." Für Franzi war die Sache klar. Und obwohl wir wohl irgendwie zum gleichen Typ Menschen gehörten, die neue Wege gehen mussten, unterschieden wir uns in der Art, wie wir diese Wege gingen. Während Franzi ihr Ziel fokussierte und sich wenig verunsichern ließ, überrollten mich die Gefühle immer wie eine Lawine, die mich zum Stolpern brachte. Gerne kamen auch mal mehrere Lawinen gleichzeitig. Jetzt gerade fühlte ich mich wie in einem sehr gefährdeten Skigebiet. Seit ich es eben einmal richtig ausgesprochen hatte, kam mir die Sache mit Matthias gar nicht mehr so abwegig vor. Klar, er war mein Chef, etwas älter und hatte zwei Kinder. Aber er war einfach toll. Die beiden hatten schon recht. Eigentlich hatte er alles, was ich mir von einem Mann wünschte. Also so auf den ersten Blick zumindest. In meinen Gedanken stand ich eben schon kurzzeitig bei ihm im Garten und spielte mit den Kids. Aber war das kompatibel mit meiner neu gewonnenen Freiheit, die ich gerade so sehr liebte? Oder bräuchte ich im Moment doch eher etwas Anderes? Jetzt, wo ich Franzis Story gehört hatte und den attraktiven, offensichtlich sehr unkomplizierten Tom sah, sehnte ich mich nach genau so einer Beziehung. Also keiner Beziehung, eher einer unkomplizierten Affäre. Na toll! Es geht doch nichts über einen klaren Willen. Ich verdrehte innerlich die Augen.

„Um deinen Pragmatismus beneide ich dich, Franzi", sagte ich und ließ die beiden an meinem Gedankenwirrwarr teilhaben.

„Ach Feli, entspann dich mal! Lass die Dinge auf dich zukommen, dann weißt du irgendwann auch, was du willst."

Ich bezweifelte zwar, dass „irgendwann" wirklich in naher Zukunft war, aber gut. Was blieb mir schließlich anderes übrig? Wenn ich einmal ganz realistisch war, war weder eine Beziehung noch eine lockere Affäre in greifbarer Nähe. Also musste ich mir im Moment auch nicht den Kopf darüber zerbrechen und das wollte ich ja auch gar nicht. Wir stießen noch auf Franzis Errungenschaft an und läuteten dann das Ende des Abends ein, nicht ohne direkt ein neues Date auszumachen. Wir verabredeten uns für kommenden Samstag. Maras Freund wollte hier im Pepper's mit seinen Kumpels das Spiel der Bielefelder Fußballmannschaft Arminia schauen und Mara hatte immer gern weibliche Unterstützung dabei.

8

Chancen

Um das Chaos in meinem Kopf möglichst auszublenden und schon gar nicht auf die Idee zu kommen, neben einem Bilderbuchfamilienleben mit fremden Kindern und abgelegtem Mann oder einem Draufgänger-Singledasein plötzlich noch Gefallen an weiteren alternativen Liebeskonzepten zu finden, beschloss ich, mich besser um meinen Job zu kümmern und meiner vielversprechenden Entdeckung im Johannistal nachzugehen. Ich recherchierte im Netz, konnte aber keine Immobilienanzeige zu dem Haus finden. Noch nicht einmal in der Gegend war gerade etwas im Angebot. Das konnte ich nur zu gut verstehen, beliebte Wohngegend eben. Auf dem Markt war das Haus also noch nicht. Das war schon mal gut. Natürlich konnte es genauso gut sein, dass das Haus gar nicht zum Verkauf stand. Aber das glaubte ich einfach nicht. Ich hatte dieses ganz bestimmte Gefühl, an dieser Sache dranbleiben zu müssen. Ich würde also noch einmal hinfahren.

Als ich vor dem kleinen Fachwerkhaus stand, war ich direkt wieder verzaubert. Der Vorgarten sah noch etwas mitgenommener aus als bei meinem letzten Besuch. Die letzten Tage hatte es die Sonne gut gemeint und dem Frühling seine schönsten Farben verliehen. Offensichtlich hatte der Vorgarten aber schon ein paar Tage kein Wasser gesehen und etwas unter der Sonne gelitten. Zu schade! Für eine Besichtigung wäre es besser, wenn wir die Blümchen schnell wieder auf Vordermann bringen könnten. Der erste Eindruck eines Hauses hatte schließlich enormes Gewicht bei der Kaufentscheidung. Ich musste innerlich schmunzeln. Wieder einmal hatte ich den dritten Schritt vor dem ersten geplant. Zwar nur in Gedanken, aber ich musste lernen, mal ein bisschen geduldiger mit mir zu sein. Erstmal müsste ich ja überhaupt mit dem Verkauf dieses Hauses beauftragt werden. Und dazu müsste es erst einmal zum Verkauf stehen. Also hieß es, jetzt aktiv werden. Auch wenn das eine gewisse Überwindung für mich bedeutete, war ich entschlossen, es anzugehen. Etwas nervös, weil ich nicht wusste, was mich erwartete, stieg ich die Eingangstreppen hoch und betätigte die Klingel.

Felicitas Weber, reiß dich zusammen, ermahnte ich mich innerlich und strich meinen Rock glatt. Während ich wartete, kehrte ich zu meinem akkuraten Business-Ich zurück. Mit Dutt und Blazer fühlte ich mich immer gleich so professionell, dass ich meine Gefühle für mich behalten konnte und das war auch gut so. Leider tat sich an der Haustür nichts. Was mir beim Warten aber zusätzlich positiv auffiel, war die Stille. Der Lärm von der Hauptstraße drang nicht bis zu diesem versetzten Grundstück. Wirklich ein ganz besonderer Ort hier! Ich wollte gerade die Treppen heruntersteigen und mich noch ein bisschen umsehen, als sich die Tür einen Spalt öffnete. Ein dünnes „Hallo?" kam von der anderen Seite. Offensichtlich eine Frauenstimmte.

„Hallo Frau … Lehnbach!", verriet mir glücklicherweise im letzten Moment noch das Klingelschild.

„Wer sind Sie?"

Tja, eine gute Frage, auf die ich mich mal besser vorbereitet hätte. Was sollte ich sagen? Dass ich mir ihr Haus unter den Nagel reißen wollte? Wohl besser nicht.

„Ehm, hallo! Ich heiße Felicitas Weber. Ich glaube, ich habe mich verklingelt." Verklingelt?! Super Feli, ganz professionell, rügte ich mich innerlich, zwang mich aber schnell wieder dazu, mich zu sammeln. „Ich bin Immobilienmaklerin und habe einen Termin hier in der Straße. Ich dachte, ich wäre bei Ihnen richtig. Ist das nicht die Hausnummer 5?" Neben mir an der Hauswand stand eine große 5A. Ich drehte mich unauffällig weiter in die

Richtung der Frau, die die Tür mittlerweile komplett geöffnet hatte, sodass ich keine Sicht mehr auf die richtige Hausnummer hatte und sie mir meinen kleinen Schwindel hoffentlich abnahm. Frau Lehnbach war gar nicht so zerbrechlich, wie ihre Stimme anfangs vermuten ließ. Ich schätzte sie auf Ende 70, mittelgroß mit reinweißen, kinnlangen Haaren, die zu einem akkuraten Bob geschnitten waren. Ihre Hände, die an der Haustür lehnten, waren sehr faltig und man konnte ihr das Rheuma deutlich ansehen. Sie war sehr schlank, fast drahtig und trug schlichte Jeans und ein lockeres Shirt. Sie sah nett aus.

„Knapp daneben. Das hier ist die Nummer 5A.“ Sie musterte mich. „Immobilienmaklerin sagten Sie? Ich wusste gar nicht, dass die Heines ihr Haus verkaufen möchten.“ Mist, jetzt kannten die sich auch noch. Von wegen die Stadt wäre so unpersönlich. Da hatte ich mir ja schön etwas eingebrockt. Aber jetzt musste ich das Spielchen auch weiterspielen.

„Nein, nein, das ist auch nicht so. Es ist ja erstmal nur ein Gespräch. Nicht, dass ich jetzt die Nachbarschafts-Gerüchteküche ankurbele.“ Ich lächelte. Die Frau war mir direkt sympathisch. Das gab mir meine Lockerheit zurück, auch wenn die Situation, in die ich mich gebracht hatte, mir immer noch unangenehm war.

„Keine Angst“, lachte die Frau jetzt. „Von mir erfährt niemand etwas. Haben Sie eine Visitenkarte für mich?“ Ich zögerte. Was sollte das denn jetzt? Wollte sie doch ihre Nachbarn auf mich ansprechen? Frau Lehnbach lächelte mich weiterhin an und sah mir direkt in die Augen. Ein zweites Mal heute überraschte sie mich mit ihrer Reaktion und brachte mich dabei vollkommen aus dem Konzept. Ausweichen schien mir unmöglich.

„Ehm, klar!“, sagte ich und zog eine Visitenkarte aus meinem Blazer, unter dem ich allmählich zu schwitzen begann, reichte sie ihr und wandte mich zum Gehen.

„Danke, Frau Weber. Einen schönen Tag Ihnen." Ich ging den schmalen Weg zurück zur Hauptstraße und erreichte schnell mein Auto. Ich kam mir so dumm vor. Wieder einmal war ich viel zu naiv an die Sache herangegangen. Meine superprofessionellen Kollegen, wie die vom Stammtisch, hätten die alte Dame souverän in ein Gespräch verwickelt und sicherlich alle Infos bekommen, die sie gewollt hätten. Im Gegensatz dazu war ich nicht schlauer als vorher. Dafür hatte ich der Dame aber eine fette Lüge über ihre Nachbarn aufgetischt, falsche Kunden erfunden und ihr sogar meine Visitenkarte hinterlassen. Sollte meine kleine Notlüge rauskommen, könnte das auch noch negative Auswirkungen auf meinen Job haben. Himmel, war ich dumm! Wieder ins Büro zu fahren, machte heute absolut keinen Sinn. Ich würde eh nichts Vernünftiges mehr zustande bringen. Im Zweifel würde ich auch noch Matthias über den Weg laufen. Das würde mir den Rest geben. Ich schrieb Maren schnell eine SMS, dass mein Termin länger dauerte und ich nicht mehr kommen würde. Wenn jemand nach mir fragen würde, wusste sie wenigstens Bescheid. Auf dem Weg nach Hause erledigte ich noch die dringenden Anrufe und machte ein paar Besichtigungstermine für ein Objekt, bei dem ein Massentermin nicht infrage kam. Die Auswahlkriterien des Vermieters waren so anspruchsvoll, da musste ich im Vorfeld schon sehr viel aussortieren.

In der Wohnung angekommen, schlüpfte ich direkt aus den schicken Schuhen in meine Flip-Flops, machte mir einen Kaffee und verzog mich auf den Balkon. Meine Blumen sahen fast so mitgenommen aus wie die in dem Vorgarten von Frau Lehnbach. Ich musste die Gießkanne zweimal füllen, bis ich sie alle versorgt hatte. Wo ich schon dabei war, versorgte ich auch direkt die Pflanzen in der Wohnung. Schon etwas beruhigter ließ ich mich auf meiner Liege nieder, die fast den kompletten Balkon einnahm. Ich nippte an meinem Kaffee und genoss die Sonne. Meine Ruhe hielt allerdings nicht lange an und meine Gedanken schweiften direkt wieder zu dieser unangenehmen Situation ab. Wenn man sich schon in so einen Schlamassel brachte, wie konnte man dann noch so dumm sein und auch seine kompletten Daten hinterlassen UND die seiner Firma?! Vielleicht war ich echt zu naiv für das alles hier. Vielleicht sollte ich doch besser wieder einen ruhigeren Verwaltungsjob annehmen und Eigentümerversammlungen organisieren. Da konnte nicht so viel schief gehen. Aber es würde mich auch nicht glücklich machen. Wenigstens da war ich mir sicher. Was ich von anderen Punkten leider nicht behaupten konnte. Aaarrgh, und schon tauchte wieder Matthias vor meinem geistigen Auge auf. So viel zu einem gemütlichen Abend auf dem Balkon. Den konnte ich vergessen. Ich ging in mein Schlafzimmer und tauschte mein Arbeitsoutfit gegen die Laufsachen. Der Tierpark würde mein Seelenheil schon wieder herstellen. Das tat er schließlich immer. Ich nahm heute allerdings einen kleinen Umweg durch den Wald. Ich musste unbedingt vermeiden, an diesem Haus vorbeizulaufen. Auch wenn es von der Straße aus nicht sichtbar war. Für heute hatte ich genug. Ich wollte abschalten. Nachdem ich den „Ossi", wie der Ostwestfalendamm, unsere Stadtautobahn, genannt wurde, über die Fußgängerbrücke überquert hatte, bog ich nicht wie gewohnt rechts ab auf die Hauptstraße, die direkt zum Tierpark führte. Dieses Mal lief ich über die Ampel Richtung Friedhof. Hinter dem Friedhof erstreckte sich der „kahle Berg", der dank des fortschreitenden Frühlings gerade gar nicht so kahl war. Im Gegenteil. Die Bäume erstrahlten in sattem Grün. Irgendwie war es ein erhabenes Gefühl, einfach über den Johannisfriedhof zu joggen. Von Zuhause kannte ich den Friedhof eigentlich als einen Ort der absoluten Ruhe, wo weder Hunde noch Fahrräder erlaubt waren. Hier traf ich beides in nicht geringer Anzahl an. Zunächst fand ich das befremdlich und ich hatte auch irgendwie ein schlechtes Gewissen, einfach so, ohne einen Angehörigen zu besuchen, die Totenruhe zu stören. Aber das verflüchtigte sich schnell, als ich auf den Hauptweg einbog und durch eine wunderschöne alte Allee lief. Die Sonnenstrahlen, die sich ihren Weg durch die Blätter bahnten, verliehen den Blumen auf den Gräbern eine wunderschöne Farbenpracht. Die natürliche Stille des Friedhofs und gleichzeitig die zahlreichen Menschen, die sich hier umtrieben, ließen diesen Ort nicht wie einen Friedhof, sondern eher wie einen verwunschenen Park erscheinen. Das war eine völlig neue Erfahrung. Meine innere Unruhe verflog langsam und ich konzentrierte mich auf meine neuen Entdeckungen. Irgendwo hier musste doch auch der Botanische Garten sein. Glücklicherweise musste ich gar nicht lange suchen. Als ich den Friedhof hinter mir gelassen hatte, führte mich eine Straße, an der offensichtlich erst kürzlich einige Neubauten abgeschlossen wurden, direkt dorthin – die nächste Überraschung auf meiner Runde, die mich gleichermaßen beeindruckte wie der Friedhof. Der Botanische Garten war terrassenförmig angelegt. Am Fuße der Anlage waren kleine Bachläufe, über die schöne Holzbrücken den Weg weiter in die Gärten wiesen. Schon von weitem war das Blumenmeer, welches sich auf der nächsten Ebene erstreckte, der absolute Hammer. Hunderte bunte Farben und verschiedenste Arten luden ein, auf dem schön angelegten Rondell von Bänken Platz zu nehmen und den Anblick einfach zu genießen. Die Einladung würde ich sicherlich das nächste Mal annehmen. Aber jetzt begab ich mich erst einmal weiter auf Entdeckungstour. Diese ganze Schönheit, die ich hier sah, ließ mich glücklicherweise das Fachwerkhaus ignorieren, das sich inmitten dieser Gartenanlage befand. Oder zumindest lenkte mich das Blumenmeer davon ab, direkt wieder mit meinen Gedanken zu Frau Lehnbachs Fachwerkhaus abzuschweifen und darüber nachzudenken, wie sie mich ganz tief in die Scheiße reiten könnte, um es mal unverblümt auszudrücken. Ich konzentrierte mich lieber weiter auf meine neue Entdeckung. Hinter dem Haus gab es nämlich noch eine Ebene – ein weiterer Platz zum Verweilen mit einladenden Liegebänken. Außerdem gab es eine langgestreckte Teichanlage, die der Umgebung noch einmal ein ganz anderes Ambiente verlieh. Ich war so begeistert, dass ich gar nicht merkte, wie mein Umweg immer größer wurde. Ich lief weiter durch das angrenzende Wohngebiet und ließ meine Blicke durch die Straßen gleiten, um wieder einmal festzustellen, dass diese Wohngegend einfach perfekt war. Idyllisch, voller kleiner Highlights, ruhig und trotzdem super angebunden und stadtnah. Kein Wunder, dass die Preise hier durch die Decke gingen. Ich musste schmunzeln. Abschalten funktionierte also nicht wirklich. Meine Gedanken waren schon wieder bei der Arbeit. Glücklicherweise aber hingen sie unverfänglichen Themen nach. Damit konnte ich leben. Je weiter ich lief, desto mehr entfernte ich mich von meinem ursprünglichen Ziel Olderdissen, meinem Bielefelder Lieblingsplatz. Das war aber für heute gar nicht so schlimm. Ich hatte so viele neue Eindrücke und tolle Plätze gesehen, dass ich vollkommen glücklich und entspannt nach Hause kam. So wie es sonst beim Tierpark der Fall war. Morgen würde ich zur Arbeit gehen und die Dinge auf mich zukommen lassen. Es würde sich schon alles irgendwie richten.

9

Neuer Tag, neues Glück

Ich hatte so gut geschlafen wie schon lange nicht mehr. Noch inspiriert von meinem gestrigen Lauf entschied ich mich heute für einen luftigen Blumenrock kombiniert mit einer weißen kurzärmeligen Bluse. Der Satinstoff des Rocks ließ das Outfit sehr schick erscheinen, deshalb übersah ich wohlwollend, dass man in meiner Branche eher gedeckte als florale Farben bevorzugte. Heute war mir das egal. Ich fühlte mich danach, auch nach außen meine wiedererrungene Fröhlichkeit zu zeigen. Heute ging ich nicht direkt ins Büro. Ich hatte früh schon eine Besichtigung, die die Interessenten gerne vor Arbeitsbeginn durchführen wollten. Die Wohnung lag etwas außerhalb vom Zentrum. Mit ansteigendem Berufsverkehr würde ich erst am späten Vormittag im Büro sein. Umso besser. Tatsächlich wurde es 11 Uhr, bis ich das Büro betrat. Heute waren ausnahmsweise mal alle Kollegen vor Ort. Na toll!

„Oh hallo Feli, toll siehst du aus!", begrüßte mich Timo und folge mir zu meinem Schreibtisch.

„Wie sieht's aus bei dir?"

„Gut, danke", antwortete ich und machte mich direkt weiter auf den Weg zur Kaffeemaschine, um ihn von meinem Schreibtisch wegzulocken. Ich hatte einiges zu tun und wollte mich unbedingt noch heute auf die Suche nach neuen Objekten begeben. Schließlich brauchte ich keine weitere Hoffnung in meine neue Entdeckung zu setzen. Der Plan ging auf, Timo folgte mir.

„Ja, Kaffee ist eine gute Idee! Hast du ein neues Outfit? Steht dir wirklich super!" Er musterte mich von oben bis unten und zog anerkennend die Augenbrauen hoch. Ich lachte nur. Solche Sprüche aus seinem Mund nahm ich schon gar nicht mehr ernst.

„Recht hat er!" Ich wirbelte um. Matthias hatte sich unbemerkt zu uns gesellt. Bitte nicht, flehte ich in Gedanken, blieb aber weiter stumm.

„Felicitas, eine Frau Lehnbach hat für dich angerufen." Ich verfiel in eine kurzzeitige Schockstarre. Oh nein, die alte Dame hatte sicherlich mit ihren Nachbarn gesprochen und war mir auf die Schliche gekommen, dass ich sie von vorne bis hinten verarscht hatte. Matthias' Tonfall nach zu urteilen hatte sie ihm gegenüber wenigstens noch nichts erwähnt.

„Ehm ok, der Name sagt mir gerade nichts", log ich. „Danke fürs Bescheid geben. Hat sie eine Nachricht hinterlassen?" Ich straffte meine Schultern und versuchte, mir weiterhin nichts anmerken zu lassen.

„Nein, sie hat nur um einen Rückruf gebeten. Ich habe gesagt, dass du dich gegen Mittag melden wirst, und die Nummer habe ich dir auf deinen Platz gelegt." Typisch Matthias, er wollte unseren Kunden immer den bestmöglichen Service bieten und alles akkurat festlegen. Naja, dann musste ich wohl jetzt da durch und mich direkt bei ihr zurückmelden. Trotzdem fiel mir zunächst ein kleiner Stein vom Herzen, dass sie Matthias gegenüber keine Details erwähnt hatte.

„Oh super, danke! Dann werde ich die Dame direkt mal zurückrufen." Ich nahm meine Tasse, ließ die beiden an der Kaffeemaschine stehen und machte mich auf den Weg zu meinem Schreibtisch, froh, ihnen so unauffällig entkommen zu können. Zumindest hatte ich doch etwas Glück im Unglück. So konnte ich mir meinen Anschiss wenigstens persönlich abholen und Matthias würde nichts mitbekommen. Und die anderen auch nicht. Bestenfalls würde es mir ganz erspart bleiben, vor meinen

Kollegen wie ein naives kleines Dorfkind dazustehen, das zweifelsohne irgendwo in mir schlummerte. Mein erster Anruf blieb allerdings unbeantwortet, was mir die Zeit gab, mich noch einmal zu sammeln. Glücklicherweise verließen Maren, Sina und Timo das Büro kurze Zeit später, um zu Mittag zu essen. Matthias hatte die Tür seines Büros geschlossen, was mir ebenfalls sehr zugute kam. Perfekt. Mit zitternden Fingern wählte ich erneut die Nummer, die Matthias notiert hatte. Dieses Mal klingelte es nicht lange.

„Lehnbach." Na, dann mal los.

„Hallo, Frau Lehnbach, hier spricht Felicitas Weber. Sie hatten um einen Rückruf gebeten?"

„Oh, hallo Frau Weber. Schön, dass Sie sich direkt melden. Ich würde gerne einen Termin mit Ihnen ausmachen. Ich überlege, mein Haus zu verkaufen, und würde mich gerne dazu informieren. Wäre Ihnen das möglich?" Ich ließ vor Schreck fast den Hörer fallen. War das gerade wirklich real? Frau Lehnbach rief nicht an, um mich stramm stehen zu lassen, sondern wollte mich tatsächlich mit ihrem Hausverkauf betreuen? Mich? Ich konnte das gar nicht glauben. „Frau Weber?"

„Oh, entschuldigen Sie! Selbstverständlich ist das möglich. Sehr gerne sogar. Ich musste nur kurz meine Termine prüfen. Ich könnte morgen um 14 Uhr bei Ihnen sein. Würde das für Sie passen?" Regel Nummer 1: Nie zu verfügbar wirken, dass die Kunden meinten, man hätte keine anderen Termine und dass sie einen so nicht für vertrauenswürdig hielten, aber auch nicht zu lange warten, sodass sie nicht überlegten, einen Kollegen zu beauftragen. Ich war froh, dass ich auch in solchen Situationen wieder direkt zu meinem perfekten Business-Ich wechseln konnte.

„Das wäre wunderbar! Vielen Dank, Frau Weber!" Ich behielt den Hörer noch in der Hand, obwohl das Gespräch schon lange beendet war. Ich musste mich erst einmal sammeln. Ich hatte meine Felle schon schwimmen sehen und plötzlich war mein Ziel zum Greifen nah. Stand ich etwa kurz vor meinem ersten richtig großen Auftrag? Das Haus von Frau Lehnbach zu verkaufen wäre in jedem Fall ein richtig dicker Fisch und das ohne Unterstützung von Matthias oder irgendjemandem sonst. Mit einem Mal war ich ganz aufgeregt. Ja, genau so war es. Das war meine Chance und ich würde sie nutzen! Mein Terminkalender war am Nachmittag gut gefüllt, aber notfalls würde ich eine Nachtschicht einlegen, um mich bestens für morgen vorzubereiten. Als ich um 17 Uhr wieder in das Büro kam, traf ich nur noch Maren an. „Oh, hi Feli. Ich wusste gar nicht, dass du nochmal reinkommen wolltest."

„Hi Maren, schön, dich noch zu sehen. Alles gut bei dir?" begrüßte ich Maren, die offensichtlich gerade ihre Sachen zusammenpackte, um in den Feierabend zu starten. „Da hast du recht, das wollte ich auch eigentlich nicht. Aber ich habe jetzt kurzfristig für morgen einen Termin reinbekommen, auf den ich mich gerne noch vorbereiten würde, und das geht hier eindeutig besser als zu Hause."

Maren hielt in ihrer Aufbruchsstimmung inne und sah mich an. „Ah, verstehe. Ja klar, alles gut." Sie sah sich um. Matthias' Bürotür war geschlossen, trotzdem senkte sie ihre Stimme. „Aber gut, dass du nochmal hier bist, da kann ich dir gleich von heute Mittag erzählen." Das brannte ihr offensichtlich unter den Nägeln, denn ihre Stimme überschlug sich fast. „Heute beim Mittagessen gab es einen kleinen Zwischenfall."

Ich musste lachen, weil sie so aufgeregt und gleichzeitig so geheimnistuerisch redete. „Einen Zwischenfall?"

„Ja! Feli, du glaubst es nicht. Barbie ist heute total ausgeflippt." Mir war klar, dass das nur etwas mit Timo zu tun haben konnte.

„Oh, wieso?", fragte ich trotzdem.

„Timo kannte die Bedienung offensichtlich etwas besser, um nicht zu sagen sehr intensiv. Ich glaube, sie ist eine von den beiden aktuellen Errungenschaften, von denen er uns bei deinem Geburtstagsessen berichtet hat. Sie kam jedenfalls alle drei Minuten an unseren Tisch und fragte, ob wir noch etwas bräuchten. Dabei hat sie Timo jedes Mal sehr auffällig angegrinst. Sie dachte offensichtlich, er wäre extra wegen ihr gekommen. Er hat ihre Anmache so gut wie möglich ignoriert. Es war ihm wohl selbst ein wenig peinlich."

„Timo war etwas peinlich?" Das konnte ich mir gar nicht vorstellen.

„Ja, ich fand es zuerst auch etwas befremdlich. Sina hat die ganze Zeit über kein Wort mehr gesprochen. Nachdem wir bezahlt hatten und die Kellnerin keinen Grund mehr hatte, zu kommen, hat Sina ihre Serviette auf den Tisch geknallt und ist abgehauen. Einfach so. Im Büro war sie danach auch nicht mehr. Es war ja klar, dass die Situation zwischen den beiden irgendwann eskalieren würde. Aber so schnell hätte ich das jetzt nicht erwartet."

„Ich eigentlich auch nicht. Vor allem, weil zwischen den beiden doch bisher nichts war."

„Das dachte ich eigentlich auch", gab Maren zurück, „Aber das sah heute Mittag jedenfalls anders aus."

„Die beiden hatten was miteinander?! Bist du dir sicher?" Das hätte ich niemals gedacht und ich teilte meine Überraschung mit Maren.

„Ich hätte nicht gedacht, dass Timo, der Idiot, tatsächlich jemals bei Sina schwach würde. Er hat schließlich mehr als genug Auswahl. Er wusste doch genau, dass sie auf ihn abfährt. Und dass es kompliziert werden würde, wenn er seine Machonummer bei seiner Kollegin abzieht, war doch auch klar!"

„Ja, bekloppt, oder? Aber da ich schon Augenzeuge von dieser unangenehmen Situation war, habe ich Timo auch direkt zur Rede gestellt."

„Natürlich!", lachte ich. So war Maren: neugierig, tratschig und immer zur richtigen Zeit am richtigen Ort, um alles hautnah mitzubekommen. Naja, mir konnte es recht sein. Gegen ein bisschen Gossip hatte ich nichts einzuwenden. „Und, was sagt er?"

„Tja, Schuld bist du!"

„Ich?", fragte ich entsetzt.

Jetzt musste auch Maren lachen. „Naja, die Käsekuchen-Schnäpse haben beiden wohl ganz gut geschmeckt an deinem Geburtstag. Dann hat Timo Sina nach Hause gebracht und ist wohl auch da geblieben. Angeblich hat er ihr vorher noch gesagt, dass er sich nichts Ernstes mit ihr vorstellen kann, aber das war ihr an dem Abend egal. Sina hat wohl geglaubt, dass er seine Meinung ändert, wenn erstmal was zwischen den beiden läuft."

„Aber das tut er nicht?"

„Ich zitiere: Sina ist heiß, aber ich suche eine Freundin und keine Instagram-Lovestory."

„So tiefgründige Worte aus seinem Mund?"

„Ich war auch erstaunt. Zumal ich dachte, dass unser Ken genau diese Art von Beziehung anstrebt. Aber gut. Schlummern wohl noch ungeahnte Werte in dem Guten. Jedenfalls scheint es ihm wirklich leid zu tun. Er hat gesagt, dass er heute nochmal mit ihr reden will. Er mag sie schließlich und möchte wenigstens im Büro gut mit ihr klarkommen. Nach dem Abgang, den Sina hingelegt hat, wird das aber gar nicht so einfach werden. Naja, drücken wir die Daumen, dass sie sich zusammenreißen."

„Oh Mann, ja das hoffe ich nicht nur für die beiden!" Maren verabschiedete sich in den Feierabend und ich setzte mich endlich an meinen Schreibtisch. Langsam rechnete ich tatsächlich mit einer Nachtschicht. Bisher hatte ich hauptsächlich mit Mietwohnungen zu tun, die in mehr oder weniger neuen Mehrparteienhäusern gelegen waren. Über Fachwerkhäuser wusste ich noch nicht viel. Aber das würde sich in den kommenden Stunden ändern. Ich klickte mich von einer Website zur anderen und las so viel über Fachwerkhäuser, dass ich mich immer mehr von den charismatischen Bauten begeistern ließ. Ich versuchte mir das Haus von Frau Lehnbach in Erinnerung zu rufen. Es war zwar nicht groß, ich schätzte, es hatte nicht viel mehr als 150 qm Wohnfläche, aber dafür stand es auf einem verhältnismäßig riesigen Grundstück. Eine Rarität bei der Nähe zur Stadt. Wirklich eine kleine Oase. Auch wenn Fachwerkhäuser oft stark sanierungsbedürftig waren, und das nahm ich bei dem Haus von Frau Lehnbach auch an, strahlten sie eine ganz besondere Gemütlichkeit aus. Je mehr ich mich mit der Thematik beschäftigte, desto mehr Gefallen fand ich daran. Ich wollte diesen Auftrag unbedingt bekommen.

„Du bist noch da?", wurde ich unsanft aus meinen Gedanken gerissen. Ich schreckte hoch und blickte in Matthias' Gesicht.

„Hilfe, hast du mich erschreckt!"

„Oh, entschuldige, das wollte ich nicht, Felicitas." Felicitas, so nannten mich nur Fremde oder mein Opa. Eigentlich mochte ich diese Förmlichkeit nie, aber aus Matthias' Mund kam mein voller Name so herzlich, dass es mir gefiel. Mensch, Feli, reiß dich zusammen, ermahnte ich mich innerlich. Er ist dein Chef!

„Was machst du denn noch hier? Ich dachte, du warst schon am frühen Nachmittag weg zu Terminen? Ich hätte nicht damit gerechnet, dass du nochmal reinkommst."

„Ja, du hast recht. Aber ich habe für morgen noch kurzfristig einen Termin vereinbart und ich wollte mich gerne vorbereiten."

„Ein Termin mit Frau Lehnbach?" Mist, man konnte ihm wirklich nichts vormachen. Eigentlich hätte ich die Neuigkeiten lieber noch für mich behalten, bis ich den Auftrag wirklich in der Tasche hatte. Da war ich etwas abergläubisch. Anlügen wollte ich ihn aber auch nicht. Sobald es zu einem Deal kommen würde, müsste ich ihn eh über das Projekt informieren und mein Exposé vorlegen. Also konnte ich ihm auch schon jetzt von meiner Entdeckung erzählen.

Er lächelte. „Wow! Das klingt vielversprechend! Ich bin mir sicher, dass Frau Lehnbach dir den Auftrag geben wird."

„Naja, noch weiß ich gar nicht, ob sie überhaupt verkaufen will." Plötzlich war ich verlegen.

„So, wie ich das einschätze, weiß sie das sicherlich selbst noch nicht. Sei morgen einfach du selbst. Hör dir an, was sie zu sagen hat, und berate sie nach bestmöglichem Gewissen. Und vor allem, sei nicht so streng mit dir. Du bist gut und du bist vorbereitet." Er lächelte mich an.

„Komm, wir sollten beide nach Hause gehen." Matthias gab mir mit seinen Worten immer das Gefühl, als würde ich alles richtig machen. Egal, welche Schwächen ich mir selbst einredete oder wie unsicher ich war. Matthias schaffte es immer wieder, mich zu ermutigen. Musste er immer so nett und so fürsorglich sein? Egal, gerade fühlte es sich sehr gut an und es gab mir die nötige Ruhe, wirklich langsam an Feierabend zu denken.

„Wie spät ist es denn?" Ich hatte gar nicht gemerkt, dass es draußen bereits recht dunkel geworden war.

„Gleich halb 10."

„Halb 10?! Oh!" Matthias lachte. „Jaja, in Arbeit versunken."

„Machst du dich über mich lustig?" Matthias hatte gerade abgeschlossen und wir standen vor unserem Büro. Er sah mich eindringlich an, legte seine Hand auf meine Schulter und drückte fest zu. „Natürlich nicht! Aber für heute ist Schluss. Du musst auch ein bisschen abschalten. Ich weiß, du willst alles ganz besonders gut machen und das ist auch nicht verkehrt. Aber vergiss dein Privatleben nicht dabei. Das ist wichtig." Er lächelte traurig und ich wusste, dass er von seiner aktuellen Situation sprach. Hatte seine Frau ihn etwa verlassen, weil er zu viel arbeitete? Bevor ich weiter darüber nachdenken konnte, redete Matthias allerdings weiter. „Ich bin morgen wahrscheinlich nicht im Büro, aber ich drücke dir die Daumen!"

„Danke, das ist lieb! Dann schlaf gut."

„Du auch, Felicitas." Wieder lief ich Gefahr, mich auch heute nach dem Feierabend gedanklich mit Matthias auseinanderzusetzen. Aber ich schob die Gedanken schnell beiseite. Ich musste mich jetzt auf mich und meinen Job konzentrieren. Und darauf, dass Matthias mein Chef war und dass es auch dabei blieb. Ich würde jetzt ohne Kompromisse zusehen, diesen Anflug von Zuneigung zu ihm schnellstmöglich abzuwenden. Das war sicherlich auch keine Zuneigung, sondern nur Mitleid, dass er gerade mit einer gescheiterten Ehe zu kämpfen hatte und sich zwischen Job und Kindern aufteilen musste. Doch er würde das schon schaffen. Ich konnte ihm dabei eh nicht helfen und es war auch nicht meine Sache.

10

Top oder Flop

Aller guten Dinge sind drei, redete ich mir ein, als ich nun zum dritten Mal die schmale Auffahrt zum Fachwerkhaus entlang schritt. Heute wartete Frau Lehnbach bereits vor der Tür. Sie sah frisch aus. Sie trug eine hellgraue Stoffhose und eine roséfarbene Bluse. Die Farben schmeichelten ihr.

„Pünktlich auf die Minute, das gefällt mir. Schön, dass Sie da sind, Frau Weber. Ich bin gerade fertig geworden mit dem Blumengießen. Die hatten es dringend nötig. Kommen Sie, wir gehen auf die Terrasse." Ich begrüßte sie und war begeistert von ihrer Agilität. Gleichzeitig konnte ich dem Braten immer noch nicht so richtig trauen und wartete irgendwie auf den großen Knall, mit dem sie mir meine Notlüge um die Ohren haute.

„Kaffee?"

„Sehr gerne, danke." Sie führte mich über einen langen schmalen Flur durch das Wohnzimmer auf die Terrasse. Mein erster Eindruck hatte mich nicht getäuscht. Das Haus war wirklich sanierungsbedürftig. Trotz des offensichtlich enormen Arbeitsaufwands, den dieses Haus erfordern würde, war ich aber direkt hin und weg von seiner individuellen Schönheit. Die Holzbalken an den Decken verliehen dem Wohnraum eine besondere Gemütlichkeit, sodass man sich sofort wohlfühlte. So weit ich das sehen konnte, waren die Räume relativ klein, aber dafür gut angeordnet. Man konnte sicherlich auf ein paar Wände verzichten. Ich hatte direkt eine Vision von einer lichtdurchfluteten Wohnküche. Am meisten begeisterte mich jedoch der Garten. Genau wie im Vorgarten hatte Frau Lehnbach hier ein kleines Blumenparadies erschaffen. Auch hier sah man, dass zwar eine Menge Arbeit nötig war, dass sich diese aber lohnen würde. Dieses ganze Wohnambiente begeisterte mich so sehr, dass ich es auch gegenüber Frau Lehnbach zum Ausdruck bringen musste.

„Wow, Sie haben es wirklich wunderschön hier!" Frau Lehnbach sah mich direkt an und lächelte zustimmend, gleichzeitig jedoch auch irgendwie ein bisschen traurig.

„Ja, ich liebe meinen Graten und dieses Haus. Wissen Sie, es wurde im späten 19. Jahrhundert erbaut und war seitdem immer in Familienbesitz. Natürlich wurden immer wieder Modernisierungen vorgenommen, aber ich befürchte, es müsste einmal generalüberholt werden. Die Betriebskosten fressen mich auch langsam auf. Die Fenster sind undicht und die Isolierung muss dringend gemacht werden." Sie ließ die Schultern hängen.

„Dann brauche ich wohl nicht zu fragen, welche Energieeffizienzklasse Ihr Haus hat?", fragte ich mehr ironisch und versuchte, die Situation ein bisschen zu lockern. Tatsächlich wurde ihr Lächeln etwas breiter.

„Nein, Frau Weber, ich denke, die Frage erübrigt sich. Ich habe Ihnen alle Unterlagen herausgesucht. Die können wir gerne später durchsehen." Ich war froh, dass sie mir schon einige meiner Standardfragen, die nötig waren, um das Haus fachmännisch bewerten zu können, von selbst beantwortete. So konnte ich uns ein unangenehmes steifes Frage-Antwortspiel ersparen.

„Ja gern, aber entschuldigen Sie, ich wollte Sie nicht unterbrechen. Das Haus war bisher immer in Familienbesitz, sagten Sie?"

„Ja, und genau deshalb habe ich so lange gezögert, diesen Schritt zu gehen. Hätten Sie nicht einfach so vor meiner Tür gestanden, wäre ich wohl immer noch nicht so weit." Mein professionelles Ich witterte bereits den Sieg. Sie hatte also bisher keine anderen

Kollegen angefragt. Das war wirklich schon ein kleiner Triumph, aber darauf sollte ich mich nicht verlassen. Schließlich war immer noch nicht klar, ob der Verkauf des Hauses nicht nur eine von vielen Optionen für Frau Lehnbach war. Außerdem war mir die alte Dame sympathisch und ich wollte sie auf keinen Fall überrumpeln. Da war ich etwas anders gestrickt als meine Kollegen. Ich musste meinen Job auch immer mit meinem Gewissen vereinbaren können. Ellenbogenausfahren war genauso wenig mein Ding, wie meine Kunden zu Entscheidungen zu drängen. Frau Lehnbach sollte sich wohl mit ihrer Entscheidung fühlen.

„Haben Sie denn niemanden, der das Haus übernehmen könnte?" Oh Mann, Feli, ermahnte ich mich selbst in Gedanken. Ich durfte es mit meiner Fürsorge natürlich auch nicht übertreiben. Sie sah mich skeptisch an. Offensichtlich wägte sie noch ab, ob sie mir vertrauen konnte. Vielleicht hatte sie doch schon mit Kollegen gesprochen und war enttäuscht worden. Schlussendlich entschied sich Frau Lehnbach dann aber doch zu einer ehrlichen Antwort.

„Leider nein. Mein Mann ist vor fünf Jahren gestorben. Mein Sohn arbeitet als Arzt in München und meine Tochter lebt mit ihrem Mann in England." Sie sagte das voller Stolz, aber auch mit etwas Wehmut in ihrer Stimme.

„Es sind gute Kinder. Sie rufen oft an und erkundigen sich nach mir. Wenn ich etwas bräuchte, wären sie sofort da, das weiß ich. Aber sie haben nun mal ihren Weg gefunden und der führt sie nicht nach Bielefeld zurück. Da bin ich mir sicher und das ist auch gut so. Es ist so schön, zu sehen, wie glücklich sie sind." Ich schluckte. Es tat mir selbst weh, wie sehr Frau Lehnbach ihren Kindern ihr Glück gönnte und sie aber gleichzeitig so sehr vermisste. Was für eine liebevolle, selbstlose Frau.

„Und deshalb möchte ich den Verkauf des Hauses noch selbst erledigen. Ich möchte nicht, dass meine Kinder in einen Gewissenskonflikt kommen und wohlmöglich noch denken, dass sie herziehen müssten, obwohl sie das gar nicht möchten oder sich gar noch zerstreiten. Nein, es soll alles geregelt sein."

„Das verstehe ich sehr gut. Aber was werden Sie denn machen, wenn Sie das Haus verkaufen oder ..." Oh je, diese Möglichkeit kam mir jetzt erst in den Sinn. Was, wenn Frau Lehnbach sich nur schon einmal erkundigen wollte, aber den Hauskauf erst über die Bühne bringen wollte, wenn sie nicht mehr da war? Sie gehörte zwar zum älteren Semester, aber sie könnte locker noch 10 bis 20 Jahre vor sich haben. Und das gönnte ich ihr auch von Herzen, aber das war es dann erst einmal mit meinem großen Auftrag. Offensichtlich konnte sie meine Gedanken lesen.

„Keine Angst, Frau Weber, ich habe mich bereits damit abgefunden, dass ich meinen letzten Atemzug nicht in diesem Haus machen werde." Ich hatte direkt ein schlechtes Gewissen, weil ich nur an meinen Auftrag dachte und das noch nicht einmal vor ihr verbergen konnte. Sie tätschelte versöhnlich meine Hand.

„Sie müssen kein schlechtes Gewissen haben. Mittlerweile bin ich wirklich auch froh, wenn ich das Haus los bin. Auf der einen Seite tut es mir in der Seele weh, den Familienbesitz verkaufen zu müssen. Ich fühle mich, als würde ich meine Familie verraten. Auf der anderen Seite schaffe ich die ganze Arbeit nicht mehr: die Blumen, der Garten, das ganze Haus. Das wird mir einfach alles zu viel. Ich habe einmal so viel Liebe und Arbeit in das alles gesteckt, doch das geht jetzt nicht mehr." Das merkte man. Ich lächelte sie aufmunternd an. Sie erwiderte mein Lächeln.

„Außerdem müsste einiges hier gemacht werden. Dazu reichen weder meine Nerven noch mein Geld. Ich möchte meine letzten Jahre genießen und nicht diesen Klotz am Bein haben."

„Und was haben Sie vor?"

„Ich suche mir einen Platz im betreuten Wohnen. Allerdings möchte ich unbedingt in meinem Viertel bleiben. Die Freundinnen, die mir noch geblieben sind, wohnen alle in der Gegend und ich möchte sie fußläufig erreichen können. Außerdem möchte ich mir ein Stück Heimat behalten."

„Das verstehe ich sehr gut. Haben Sie denn schon einen Platz gefunden?" Das würde meiner Einschätzung nach gar nicht so einfach werden. Die freien Plätze waren heiß begehrt.

„Leider nicht, das ist auch der kleine Haken an der Sache. Ich kann nicht ausziehen, bevor ich nicht eine neue Wohnung habe. Und ich kann leider nicht abschätzen, wann das sein wird. Ich stehe zwar auf einigen Wartelisten, aber natürlich kann mir niemand eine verbindliche Aussage geben.

„Natürlich. Frau Lehnbach, da müssen Sie sich keine Sorgen machen. Diese Umstände ließen sich beim Verkauf berücksichtigen. Wenn Sie mich beauftragen …" Schon wieder hatte ich Angst, etwas zu forsch zu sein. Ich sollte meinen Eifer wirklich bremsen. Aber Frau Lehnbach fiel mir direkt ins Wort und ließ meine Zweifel unbegründet.

„Wenn ich verkaufe, dann nur mit Ihnen", unterbrach sie mich. „Sie geben mir ein sicheres Gefühl. Sie sind sympathisch und für Sie zählt nicht nur der Kommerz, das habe ich direkt gemerkt, als Sie vor meiner Tür standen. Wissen Sie, ich glaube nicht an Zufälle. Dass Sie sich zu mir verlaufen haben, war ein Zeichen und dem werde ich jetzt folgen. Ich vertraue Ihnen." Ich überlegte kurz, ob ich die Situation noch aufklären sollte, entschied mich aber dagegen. Es war ja wirklich ein Zufall, dass ich zu ihrem Haus gelangt war, auch wenn dieser bereits eher stattgefunden hatte, als sie dachte.

„Aber Sie werden noch merken, dass es nicht ganz leicht ist mit mir. Ich habe schon ein paar Ansprüche, was den Verkauf angeht, und der Kasten hier ist ganz sicher kein Luxushaus. Helfen Sie mir trotzdem?" Sie hielt mir ihre Hand hin.

Ich ergriff sie. „Sehr gerne!" Ich verbrachte noch einige Zeit bei Frau Lehnbach und ließ mir alles zeigen. Jetzt war ich besonders froh, dass ich mich gestern noch ausgiebig in die neue Thematik eingelesen hatte. Es war wirklich viel zu tun und Fachwerkhäuser waren eine große Aufgabe. Das wurde noch durch die Tatsache erschwert, dass Frau Lehnbach die Bedingung stellte, dass der Käufer das Fachwerk erhalten müsse. Sie wollte ihren Familienbesitz in guten Händen wissen.

„Wenn ich schon verkaufen muss und unseren Familienbesitz aus der Hand gebe, will ich wenigstens, dass mein Nachfolger dieses Haus zu schätzen weiß. So, wie es ist." Dafür hatte ich vollstes Verständnis. Gleichzeitig bedeutete es auch, dass da eine Menge Arbeit auf mich zukommen würde. Aber das war egal. Je mehr ich von dem Haus sah, desto mehr wollte ich diesen Auftrag. Ich konnte mir alles schon so gut vorstellen, wie es in neuem Glanz erstrahlte. Ich hoffte insgeheim, dass ich das auch einmal zu sehen bekommen könnte. Frau Lehnbach gab mir alle wichtigen Unterlagen mit und wir verabredeten uns für die kommende Woche zu einem weiteren Gespräch.

Zum Abschied drückte sie meine Hand ganz fest und lächelte mich an. „Danke, Frau Weber. Ich freue mich, Sie in der kommenden Woche wiederzusehen." Zurück im Auto drehte ich die Musik auf volle Lautstärke. Ich stand vor meinem ersten großen Auftrag! Und es war auch noch ein ganz besonderer! Ich wollte diesen Auftrag zu Frau Lehnbachs voller Zufriedenheit erfüllen und auch den Käufer begeistern. Und dann würde ich mit 30 auch etwas Besonderes vollbracht haben, auch wenn es keine Familie war! Ich schüttelte den Kopf und machte mich innerlich über mich selbst lustig. Offensichtlich war die 30 doch nicht einfach nur so eine Zahl für mich. Ich beschloss allerdings, diesen Gedanken direkt wieder zu vertreiben und mich dadurch nicht durcheinander bringen zu lassen. Ich würde mich jetzt auf meinen Auftrag konzentrieren. Voller Euphorie fuhr ich auf direktem Weg ins Büro. Es war mittlerweile später Nachmittag geworden und ich rechnete an einem Freitag nicht mehr damit, noch jemanden anzutreffen. So war es auch und ich war froh über die Ruhe. Ich legte mir in Gedanken schon einmal einen Plan zurecht, was ich jetzt zu erledigen hatte. Ich wollte meine derzeitigen Aufträge unbedingt schnell zu Ende bringen, um mich voll und ganz auf Frau Lehnbach zu konzentrieren. Ich fuhr meinen Rechner hoch und überflog meine Termine für die kommende Woche. Ein Abschluss war nur noch reine Formsache und einen weiteren würde ich voraussichtlich auch schnell abwickeln können. Blieb noch eine letzte Mietwohnung, bei der ich mir aber keine Gedanken machte, trotz der hohen Ansprüche des Kunden schnell einen geeigneten Mieter zu finden. Bis auf Letzteres würde ich alles in der kommenden Woche einstielen können.

Perfekt, so konnte ich mich jetzt ganz in die Unterlagen von Frau Lehnbach vertiefen. Das Klingeln der Bürotür, welches immer einen Besucher ankündigte, riss mich aus meinen Gedanken und ließ mich aufschrecken. Ich war mir sicher, abgeschlossen zu haben.

„Felicitas, legst du schon wieder eine Nachtschicht ein? Oder hast du deine Wohnung verloren und dein Lager hier aufgeschlagen?" Es sollte wohl ein Witz werden, aber mehr als ein müdes Lächeln brachte Matthias nicht zustande.

„Oh, hi, Matthias. Was machst du denn hier? Ich dachte, du wolltest heute nicht ins Büro kommen? Wie viel Uhr ist es überhaupt?"

Jetzt lachte er doch. „Es ist sieben Uhr. Und ja, du hast recht. Ich war heute nicht im Büro. Ich hatte die Kinder den ganzen Tag. Jetzt sind sie aber wieder … Naja, jedenfalls brauche ich noch ein paar Unterlagen." Er massierte sich den Nacken und sah wieder sehr müde aus. Ob ich ihn ansprechen sollte? Nein! Er war mein Chef und sein Privatleben ging mich nichts an.

„Verstehe." Er kam in meine Richtung und ließ sich dann auf Timos Stuhl fallen, dessen Platz sich vor meinem befand. „Ach, was soll's, du hast sicherlich eh schon davon gehört. So eine Situation wünscht man wirklich keinem. Ich meine, dass meine Ehe kaputt ist und meine Frau das Bett jetzt mit einem anderen teilt, ist eine Sache. Aber die traurigen Gesichter meiner Kinder zu sehen, wenn ich sie wieder wegbringen muss, macht mich wirklich fertig." Er rieb sich die Schläfen.

Ich beschloss, die neuen Informationen erst einmal sacken zu lassen und nicht weiter darauf einzugehen. Es stand mir schließlich auch nicht zu. Matthias konnte einem richtig leidtun, wie er da so saß. Ich hätte ihn gern in den Arm genommen, aber da ich immer noch unsicher war, ob oder wenn ja, was da zwischen uns war, riss ich mich zusammen und beschränkte es auf ein mitfühlendes „Tut mir leid". Ich wusste auch nicht, was ich mehr dazu sagen sollte, denn ich kannte niemanden in meinem Umfeld, der schon einmal in einer ähnlichen Situation war. Offensichtlich reichte ihm das aber. Er sah mich an und lächelte.

„Danke, Felicitas! Ich rede eigentlich nicht gern darüber. Aber bei dir habe ich das Gefühl, dass es sicher ist." Ich lächelte zurück und mir wurde warm ums Herz. Natürlich waren seine Worte bei mir sicher! Kurz schauten wir uns einfach an und schwiegen, als er sich räusperte. Mensch, Feli, reiß dich zusammen, ermahnte ich mich innerlich, meine rosarote Brille abzusetzen.

„Und was machst du jetzt noch so spät hier im Büro?" Den Themenwechsel nahm ich nur allzu gern an, denn bei diesem Thema fand ich schnell meine Fassung wieder. Ich strahlte über das ganze Gesicht, als ich ihm von meinem Auftrag berichtete.

Er grinste mich an. „Siehst du, ich wusste doch, dass du es ganz allein schaffen wirst! Du gehst die Dinge vielleicht ein bisschen anders an als deine Kollegen, aber du bist fleißig, ehrgeizig und dabei ehrlich. Das gefällt nicht nur mir, sondern auch deinen Kunden, davon bin ich überzeugt", freute er sich mit mir. „Ich bin stolz auf dich!", setzte er noch hinterher.

Ich nestelte verlegen an meinem Armband und merkte, dass er mich beobachtete.

„Danke!", sagte ich und überlegte kurz, ob ich ihn noch auf das überteuerte Geschenk ansprechen sollte. Dann beschloss ich aber, das Armbandthema auf sich beruhen zu lassen. Ich musste unbedingt dieser Gefühlsduselei entkommen.

„Entfällt denn dann jetzt automatisch dein Geschenk an mich?", fragte ich schelmisch in der Hoffnung, die Situation zu entspannen. Es klappte zum Glück. Er lachte.

„Versprochen ist versprochen! Du wirst noch einen großen Auftrag von mir bekommen. Aber jetzt hast du ja erstmal genug zu tun. Wenn du Fragen hast, kannst du jederzeit zu mir kommen. Ich hatte bisher zwar auch wenig mit Fachwerk zu tun, finde das Thema aber sehr interessant. Also halt mich unbedingt auf dem Laufenden."

Ich stimmte in sein Lachen ein. „Auf jeden Fall!"

11

Wochenende

Wir hatten uns eine halbe Stunde vor Anstoß verabredet, damit wir noch einen guten Platz bekamen. Zum Fußballschauen war dies eindeutig nicht unsere etwas abgelegene Lieblingsecke. Heute saßen wir im Thekenbereich an einem schmalen Hochtisch. John, der eigentlich Johannes hieß, hatte noch drei Freunde dabei. Wir waren also eine relativ große Truppe. Seitdem Mara und Johannes in Bielefeld wohnten, hatte er sich immer mehr für die heimische Mannschaft interessiert. Die Jungs, mit denen er sich angefreundet hatte, kamen alle gebürtig von hier, sodass seine neue Leidenschaft schnell gefördert wurde. Eigentlich waren sie schon lange hinter einer Dauerkarte her, hatten bislang aber noch kein Glück gehabt, eine zu bekommen. Das Pepper's war eine tolle Alternative und so hatten wir Mädels auch noch etwas davon. Wie immer bekamen Franzi, Mara und ich direkt einen Fanschal umgehängt. An Arminia-Accessoires mangelte es den Jungs nicht und so freuten sie sich jedes Mal, wenn sie uns einkleiden konnten. Viel mehr Kommunikation konnten wir bis nach dem Spiel dann allerdings auch nicht erwarten. Vor dem Anpfiff mussten sie unbedingt noch fachmännisch die Aufstellung auseinandernehmen und während des Spiels, welches sie wie in Trance verfolgten, war schonmal gar nicht damit zu rechnen, dass sich einer von ihnen an unseren Gesprächen beteiligte. Ich verstand Mara nur zu gut, dass sie gerne weibliche Unterstützung dabei hatte. Obwohl ich anfangs wirklich nur ihr zuliebe mitkam, musste ich zugeben, dass ich mich mittlerweile immer auf die Spiele freute. Gegen ein paar Bierchen um die Mittagszeit hatte ich auch nichts einzuwenden, ich kam ja schließlich vom Dorf und war durch die Schützenfeste in Übung. Und die Fußballwochenenden erinnerten mich sehr an meine Teenie-Zeit.

Ganz früher standen meine Mädels und ich auch jeden zweiten Sonntag am Spielfeldrand, um unsere Dorfmannschaft anzufeuern. Nach meiner Trennung von Mirko hatte ich dem Sport allerdings eigentlich den Rücken gekehrt. Schließlich hatte sein Fußball immer eine große Rolle in unserer Beziehung gespielt und Mirkos Stimmung stark beeinflusst. Ich begleitete ihn zu jedem Heimspiel, um ihn zu unterstützen. Da meine Mädels aber aus den Teenie-Schwärmereien für die Spieler raus waren und sonntags andere Verpflichtungen hatten, war ich meistens alleine und konnte dem Trainer beim Schreien zuhören. Ich hatte also weitaus weniger nette Unterhaltung und meine Anwesenheit wurde auch weitaus weniger geschätzt als heute. Aber das war ja glücklicherweise vorbei, und ich wollte mir den Tag nicht von trüben Gedanken aus der Vergangenheit vermiesen lassen. Ich nutzte die Chance, dass sich die Jungs vor dem Spiel in ihre eigene Welt zurückgezogen hatten, und erzählte Mara und Franzi von meinem Fachwerk-Schätzchen.

„Wie toll! Das klingt wirklich vielversprechend. Glaubst du, die Dame zieht das durch und verkauft?", fragte Mara.

„Mein Gefühl sagt ja! Aber ich will mich nicht zu früh freuen und meinen nächsten Termin in der kommenden Woche abwarten."

„Das ist doch super, dann können wir heute auf jeden Fall schonmal die Aussicht auf Erfolg feiern." Franzi prostete uns mit ihrem Bier zu. Heute war mir mein Aberglaube egal. Frau Lehnbach würde sich sicherlich nicht eher zum Verkauf entscheiden, wenn ich nicht anstieß. Ich hatte mir für heute vorgenommen, abzuschalten und Spaß zu haben. Arminia gewann das Spiel und die Jungs waren in Höchstform. Um weiterzuziehen und den Sieg in einem Club zu feiern, war es aber noch viel zu früh, also blieben wir im Pepper's. Die Stimmung hier war super und als nach und nach die Fans eintrudelten, die das Spiel im Stadion gesehen hatten, wurde die Stimmung noch einmal ordentlich angeheizt. In regelmäßigen Abständen wurde die Arminia-Hymne angestimmt. Und je weiter der Nachmittag voranschritt, desto mehr wuchsen die einzelnen Grüppchen zu einer einzigen großen Fangemeinde zusammen. Ich konnte schon gar nicht mehr sagen, wie viele verschiedene Menschen ich im Arm hatte. Deshalb wunderte es mich zunächst auch nicht, als plötzlich jemand von hinten meine Schultern packte und mich an sich zog.

„Feli, wie schön dich zu sehen." Das Gesicht meines Hintermanns war direkt neben meinem Ohr und ich wurde von einer leichten Alkoholfahne benebelt. Ich wirbelte herum.

„Timo, was machst du denn hier?!" Hätte er mich nicht angesprochen, hätte ich ihn nicht erkannt, wie er so in seinem Arminia-Trikot vor mir stand. Ich musste zugeben, dass ihm die sportliche Variante noch besser stand als die Business-Variante seines Ichs. In dem kurzärmeligen Shirt kam sein muskulöser Oberkörper noch besser zur Geltung. Seine blonden Haare waren nicht in Form gebracht und nicht durch ausreichend Gel fixiert. Heute standen seine Naturlocken in alle Richtungen, was ihm aber wirklich schmeichelte. Der Timo, der jetzt vor mir stand, war eher Surferboy als Sunnyboy. Mir persönlich gefiel das um Längen besser.

„Ich war im Stadion. Nach so einem grandiosen Sieg kann man ja nicht einfach nach Hause gehen. Ich wusste gar nicht, dass du Fußballfan bist." Mittlerweile standen wir uns gegenüber und er nestelte amüsiert an meinem Fanschal.

„Tja, da hast du wohl was verpasst."

Er grinste mich breit an. „Wohl nicht nur das. Aber ich bin gerne bereit, alles nachzuholen." Gespielt genervt rollte ich mit den Augen. So war er halt. Manchmal glaubte ich, er könnte keine Konversation ohne Flirt führen. Zumindest mit Frauen nicht. Ich fand es eher witzig, als alles andere und kommentierte seine

Anmache nur mit einem Lachen. Ich stellte ihn meinen Freunden vor und Timo ging los, um eine Runde Bier für uns zu holen.

„Das ist also Ken!" Franzi, die ihn bisher nur aus meinen Erzählungen kannte, zog anerkennend ihre Augenbrauen nach oben. Ich musste lachen, weil sie unseren internen Spitznamen für Timo schon übernommen hatte. Aber er passte auch einfach perfekt zu ihm.

„Jap, das ist er. Und ich bin mir sicher, dass er sich sehr freuen würde, wenn wir beide den Platz tauschen!" Ich zwinkerte ihr zu. Ich hätte schwören können, dass Franzi und Timo heute noch zueinander fanden. Beide waren schließlich dauerheiß und passten optisch zu 100 % in das Beuteschema des jeweils anderen.

„Nee, nee, Feli. Den überlasse ich dir."

Ich prustete los. „Niemals!" Natürlich musste ich zugeben, dass ich Timo, besonders heute, optisch auch anziehend fand und er mit seiner direkten Art unglaublich witzig war und genau meinen Humor traf. Aber das war es auch. Vor Männern wie Timo hatte ich eher Angst. Und abgesehen davon war ich absolut nicht sein Typ. Ich würde nicht sagen, dass ich unattraktiv war. Mit meinen mittellangen braunen Haaren konnte ich eigentlich recht viel anfangen, trug sie der Einfachheit halber aber meistens zusammengebunden. 1,68 m waren außerdem eine annehmbare Größe, bei der ich auch mal hohe Schuhe tragen konnte, was ich aber abgesehen von der Arbeit meistens vermied. Ich war nicht dick, aber, obwohl ich regelmäßig Sport trieb, auch weit von einer straffen Figur entfernt. An mir war irgendwie alles mittel und Timo stand offensichtlich eher auf Statement-Frauen. Für mich war das vollkommen okay, so kam ich wenigstens nicht in die unmögliche Situation, einen Typen wie Timo für mich haben zu wollen. So wie Sina, die Arme. Obwohl ich sie nicht zu meinen Freundinnen zählte, hoffte ich, dass sie sich schnell wieder fangen würde. Vielleicht hatte sie das ja auch schon längst getan. Starke Gefühlsausbrüche sind ja nicht immer ein Garant für echte, tiefgehende Emotionen. Eigentlich bot sich mir die beste Gelegenheit, das in Erfahrung zu bringen. Ich hatte mir zwar vorgenommen, mich nicht aktiv am Bürotratsch zu beteiligen, aber nach ein paar Bierchen schien mir das Thema doch sehr interessant. So in Gedanken hatte ich gar nicht gemerkt, dass Franzi mich noch immer musterte. „Was ist?"

„Nichts", grinste sie. „Aber ich versteh dich nicht. Ist doch ein heißer Typ."

„Dann nimm du ihn doch", ich knuffte sie freundschaftlich in den Oberarm.

„Das würde ich sofort. Aber da habe ich heute keine Chance. Er lässt dich nicht aus den Augen." Ich prustete los. Franzi übertrieb maßlos. Timo fand mich nicht heiß, ich war offensichtlich gerade nur die Einzige hier, die er kannte. Doch da ich das Thema unbedingt beenden wollte, bevor Timo mit den Getränken zurückkam, winkte ich ab.

„Und wenn schon, don't fuck the company."

Franzi lachte laut auf. „Ja, klar. Das scheint bei euch ja niemand so ernst zu nehmen. Barbie und Ken, Matthias und du … Da machen du und Ken den Kohl jetzt auch nicht mehr fett."

„Franzi, sei ruhig! Ich habe nichts mit Matthias. Und da wird auch nie was sein!" Ich dämpfte meine Stimme und sah mich beunruhigt um. Himmel, wenn Timo das mitbekam, dann konnte ich es auch gleich vor dem nächsten Arminia-Spiel im Stadion verkünden. Franzi grinste nur vielsagend und das Gespräch war glücklicherweise beendet, weil Timo sich mit dem Tablett den Weg zu uns bahnte. Er war noch weit genug entfernt. Er konnte also nichts mitbekommen haben. Zum Glück.

„Prost!", rief Timo in die Runde und er war direkt aufgenommen. Obwohl er sich schnell mit Johannes und seinen Kumpels in ein Gespräch über das erstklassige Spiel vertiefte, wich er mir nicht von der Seite. Wenn die Taktzahl der Biere so weiterging, konnte ich mich innerhalb der nächsten Stunde direkt in mein Bett verabschieden, natürlich definitiv ohne Timo. Obwohl er wirklich nicht den Eindruck machte, als würde er unsere Runde so schnell wieder verlassen wollen. Auch als Franzi und ich Mara zum Rauchen nach draußen begleiteten und etwas länger die frische Luft genossen, saß er immer noch an unserem Tisch, als wir zurückkamen. Und das nächste Bier stand auch schon bereit. Timo legte direkt seinen Arm um mich und prostete mir zu. „Feli, was machst du nur mit mir?"

Da sprach offensichtlich die Bierlaune aus ihm. Ernst nehmen konnte man ihn jedenfalls nicht mehr. Obwohl ich mittlerweile auch schon äußerst angetrunken war, war mir noch klar, dass ich schnellstens ein unverfänglicheres Thema anstoßen musste. Da kam mir Sina wieder in den Sinn. Unverfänglich war dieses Thema sicherlich nicht, aber ich konnte zwei Fliegen mit einer Klappe schlagen: von dieser lächerlich intimen Situation ablenken und mich auf den neusten Stand bringen lassen.

„Mich würde viel mehr interessieren, was du mit der armen Sina gemacht hast." Ich bemühte mich, so leichtfertig wie möglich zu klingen. Das Ablenkungsmanöver war erfolgreich. Er ließ seinen Arm sinken, rieb sich die Stirn und sah mich direkt an. Er wirkte niedergeschlagen.

„Weißt du es also auch schon?!"

„Nicht wirklich. Dass sie auf dich steht, das sieht ein Blinder, und dass irgendetwas vorgefallen ist zwischen euch, auch. Also habe ich scharf kombiniert und liege ja offensichtlich richtig!", zwinkerte ich ihm zu. Ich versuchte, den Ernst der Situation etwas zu entschärfen und vor allem zu verhindern, dass Timo erfuhr, dass

Maren wieder getratscht hatte. Bei nächster Gelegenheit würde er sie das nämlich sonst spüren lassen.

„Oh Sherlock Holmes!" Er wirkte immer noch zerknirscht, lächelte jetzt aber.

„Naja, am Montag wirst du es ja eh erfahren."

„Was?"

„Sina wird erstmal nicht mehr ins Büro kommen. Sie hat mit Matthias abgesprochen, dass sie ab jetzt erstmal von Zuhause aus arbeitet."

„Wieso das denn? Und wie lange?" Ich war verblüfft.

Jetzt lachte er doch. „Ich nehme alles zurück. Sherlock Holmes ist dir Längen voraus."

Normalerweise hätte ich das nicht ohne einen Konter auf mir sitzen lassen, aber ich war zu neugierig.

„Jetzt sag schon!"

„Ist ja gut. Also: Dass Sina auf mich steht, war ja relativ eindeutig. Selbst du hast es ja gemerkt." Er knuffte mich in die Seite und ich zog gespielt empört die Augenbrauen hoch.

„Ich mag sie ja auch. Sie sieht klasse aus, ist ganz nett und ihren Job macht sie ja auch ganz gut. Aber sie ist halt meine Kollegin und mir war klar, dass eine Affäre mit Sina nicht reibungslos verlaufen würde. Und mehr kann ich mir mit ihr einfach nicht vorstellen."

Ich prustete los. „Timo, mal im Ernst! Du kannst dir mit keiner mehr vorstellen."

Er stimmte nicht in mein Lachen ein, sondern sah mich einfach nur an.

„Feli, ich glaube, du hast ein völlig falsches Bild von mir."

Ich konnte mich leider nicht zusammenreißen. „Ach ja?", lachte ich. „Dieses Bild gestaltest du aber eindrucksvoll jeden Tag aus."

Wieder rieb er sich die Stirn und sah mich an. „Was ich erzähle und was ich wirklich mache, sind zwei unterschiedliche Dinge. Ich liebe Frauen, ja. Und ich hatte eine Zeit, wo ich wirklich nicht ins Glas gespuckt habe. Aber das will ich nicht mehr. Das ständige Daten macht mir keinen Spaß mehr. Ich sehne mich nach einer Beziehung, danach, DIE Frau, mit der ich alt werden will, an meiner Seite zu haben." Ich konnte gar nichts sagen. War das wirklich Timo, der da vor mir saß?

„Geht es dir nicht auch so? Ich meine, mit 30 denkt man doch schon mal anders über das Leben nach, oder nicht?"

Da war sie wieder, die 30er-Zukunfts-Diskussion. Ich verdrehte die Augen.

„Ich weiß nicht. Bisher tue ich das nicht."

„Wünschst du dir keine Beziehung?"

„Ich weiß es nicht. Manchmal ja, manchmal nein. Aber im Großen und Ganzen bin ich gerade sehr glücklich und das genieße ich einfach", antwortete ich wahrheitsgemäß.

Wieder sah er mich einfach an. „Schade", grinste er dann und ließ doch wieder kurz seinen bekannten Draufgänger-Charme durchblicken. Wieder verdrehte ich die Augen und kam zu dem Schluss, dass man Timo wirklich nicht ernst nehmen konnte.

„Jetzt bin ich in der Sina-Geschichte aber immer noch nicht schlauer.", unternahm ich einen Versuch, auf unser eigentliches Thema zurückzukommen.

„Tja, der Käsekuchen-Schnaps bei deinem Geburtstagsessen hat mich schwach gemacht, würde ich sagen. Sina und ich sind zusammen zur Bahn. Es war witzig, sie hat mich durchgehend angehimmelt und als sie aussteigen musste, hat sie gefragt, ob ich mitwill. End of the story." Er zuckte mit den Schultern.

„Offensichtlich nicht", hakte ich belustigt nach.

„Ja, ich muss zugeben, ich habe die Situation unterschätzt. So wie Sina in der Bahn drauf war, dachte ich, wir wären uns einig, dass es für uns beide eine einmalige Situation war oder zumindest eine ungezwungene. Wir haben sogar kurz das Thema angeschnitten. Am nächsten Morgen war mir aber direkt klar, dass sie das doch etwas anders sah. Als ich aufwachte, lag sie nicht neben mir, sondern hatte sich quasi an mich geklammert. Als ich gehen wollte, hat sie angefangen zu heulen. Ich war vollkommen überfordert und bin einfach abgehauen. Im Büro haben wir die Situation dann, so gut es ging, ignoriert und ich dachte schon, die Sache wäre geklärt. Bis wir dann mit Maren Mittagessen waren und natürlich, wie es der Zufall wollte, von Shirley bedient wurden. Shirley habe ich vor ein paar Wochen auf einer Party kennengelernt und naja, wir hatten auch was miteinander und das hat sie da auch ganz schön raushängen lassen. Das war wohl ein bisschen viel für Sina und sie ist abgehauen. Maren meinte dann, dass ich das unbedingt klären müsste. Und obwohl ich sonst nicht so viel von ihr halte, hatte sie eindeutig recht. Ich bin heute Morgen zu Sina gefahren und wir haben geredet. Leider war sie nicht nur scharf auf mich, sie hat sich in mich verliebt. Und jetzt braucht sie Abstand." Timo nahm einen Schluck Bier. „Wir haben direkt Matthias angerufen und jetzt eine gute Lösung gefunden, denke ich. Zumindest erstmal."

„Oh." Sina tat mir wirklich leid. Aber ich konnte ihr nicht helfen und offenbar hatten sie ja jetzt wenigstens alles geklärt.

„Hört sich wirklich danach an, als hättest du dich geändert und wärst jetzt auf der Suche nach der wahren Liebe."

Obwohl es ein Scherz sein sollte, sah Timo mich wieder ernst an. „Ich habe nie gesagt, dass ich noch auf der Suche bin."

12

Auf in den Kampf

Die nächste Woche verging wie im Flug. Ich hatte so viel zu tun, dass ich gar nicht mehr wusste, wo oben und unten war. Ich ging früh ins Büro und kam erst abends wieder nach Hause. Wenn ich überhaupt noch etwas tat, außer zu arbeiten, ging ich eine Runde Joggen, um meine Gedanken etwas zu ordnen.

Frau Lehnbach hielt mich ganz schön auf Trab und ihr Haus war wirklich eine Großbaustelle. Trotzdem war ich immer noch sicher, dass darin auch ein Goldschatz schlummerte. Ich arbeitete alle Unterlagen durch, die Frau Lehnbach mir zur Verfügung gestellt hatte, musste mich aber vor Ort immer wieder persönlich vergewissern, was die Realität tatsächlich für mich bereit hielt. Außerdem musste ich jeden Raum noch einmal komplett neu vermessen.

Über die Jahre waren doch ein paar Maßnahmen vorgenommen worden, sodass der Grundriss, der mir vorlag, nicht mehr ganz zu dem Haus passte, in dem Frau Lehnbach wohnte. Ich verbrachte also sehr viel Zeit außerhalb des Büros. Wenn ich doch vor Ort war, hatte ich meistens Kunden im Schlepptau, die zur Vertragsunterzeichnung kamen.

Der ganze Stress hatte aber auch etwas Gutes. Ich konnte einen Großteil meiner kleineren Projekte endlich abschließen und hatte nun ausreichend Zeit, um mich auf Frau Lehnbach zu konzentrieren.

Außerdem konnte ich meinen Kollegen aus dem Weg gehen. Zu Matthias wollte ich eh Abstand gewinnen, um mir erstens vor

Augen zu führen, dass ich nicht auf ihn stand. Zweitens wollte ich gleichzeitig klarstellen, dass auch er nur eine engagierte Angestellte in mir sah, nichts weiter. Ob ich das mehr ihm beweisen wollte oder mir selbst, versuchte ich, zu verdrängen. Am Ende war das auch egal, denn je weniger Kontakt wir hatten, desto schneller würde diese Gefühlsduselei aufhören. Auf meiner und auf seiner Seite, wenn da überhaupt jemals etwas war. Ich wusste zwar immer noch nicht, ob ich mit meinen Annahmen richtig lag, aber selbst, wenn er nichts von mir wollte, konnte Abstand nicht schaden.

Außerdem hatte ich seit dem letzten Wochenende noch einen weiteren Grund, so wenig Zeit wie möglich im Büro zu verbringen. Trotz der unzähligen Biere war mir sehr bewusst, dass Timo mit mir geflirtet hatte. Das war nichts Neues, denn Timo ließ ja wie gesagt nichts anbrennen, aber am Samstag war er anders als sonst. Er flirtete nicht in seiner normalen, eher oberflächlichen Timo-Art, sondern schüttete mir auch noch sein Herz aus.

Franzi, die sonst in jedem einen gut brauchbaren One-Night-Stand sah, meinte, dass ich es ihm ganz schön angetan hätte. Das glaubte ich zwar nicht wirklich, weil ich Timo nun mal als Aufreißer kannte und ich überhaupt nicht sein Typ war. Aber mir war es auch egal, aus welchem Grund er mich anflirtete. Ich wollte das einfach nicht. Vor allem nicht nach der Sache mit Sina. Ich wollte nicht, dass es im Büro, wo ich eigentlich so gerne Zeit verbrachte, plötzlich kompliziert beziehungsweise noch komplizierter wurde. Deshalb musste ich das Ganze, was auch immer es war, sofort unterbinden.

Und auch der Abstand zu Maren war jetzt richtig, auch wenn sie gar nicht an den Vorfällen beteiligt war. Aber Maren würde über kurz oder lang merken, dass ich nicht ganz entspannt war und ihre Schlüsse ziehen. Ich mochte sie, aber auf neugierige Nachfragen, die ich ihr noch nicht einmal beantworten konnte, hatte ich wirklich keine Lust. Ein Tag im Büro war im

Moment also nichts als ein Spießroutenlauf. Da war ich froh, dass ich dem erst einmal aus dem Weg gehen konnte, zumindest bis Freitag.

Ich hatte bisher den ganzen Tag bei Frau Lehnbach verbracht und fehlende Unterlagen mit ihr gesucht und durchgesehen. Ich bekam immer mehr das Gefühl, dass ich nicht nur die Maklerin ihres Vertrauens war, sondern auch generell eine gute Unterhaltung. Wenn ich kam, war der Tisch bereits gedeckt und es gab immer irgendeine Leckerei und viel Kaffee. Neben der Arbeit plauderten wir auch und sie erzählte mir viele alte Geschichten von diesem Haus und seinen Bewohnern. Ich begann, das Haus und auch Frau Lehnbach immer mehr zu mögen, und ich war mir sicher, dass dies auf Gegenseitigkeit beruhte. Immer, wenn ich kam, beteuerte Frau Lehnbach, wie schön sie es fand, mich zu sehen. Manchmal beschlich mich sogar das Gefühl, dass sie Unterlagen extra zurückhielt, um einen Vorwand zu haben, dass ich sie besuchte. Aber das war mir egal, denn auch ich genoss ihre Gesellschaft und ich wollte schließlich einen guten Job machen. Das bedeutete allerdings auch, dass ich nach meinen ausgedehnten Besuchen bei ihr jetzt noch viel im Büro aufzuholen hatte. Als ich dort ankam, sah ich wider Erwarten noch Licht brennen.

Matthias war an diesem Tag gar nicht ins Büro gekommen, das wusste ich, und Maren hatte bereits Feierabend gemacht. Dafür saß Timo noch an seinem Schreibtisch, was ganz ungewöhnlich war für ihn.

„Hey, Feli, da bist du ja!"

„Hast du etwa auf mich gewartet?", fragte ich ungläubig und versuchte, meinen Schock zu verbergen.

Er rieb sich den Nacken. „Nein … Aber jetzt, wo du hier bist, können wir ja vielleicht eine Kleinigkeit zusammen essen gehen."

„Ich muss arbeiten, Timo." Was dachte er denn, warum ich sonst ins Büro käme?

„Ach Feli, du warst die ganze Woche wie unter Strom. Du brauchst doch auch mal eine Pause."

„Ja, aber nicht jetzt." Ich wollte nicht in Abwehrhaltung verfallen. Aber ich kam gerade von Frau Lehnbach und wollte meine Eindrücke nutzen, um ein Exposé zu schreiben, das den Zauber dieses Hauses vermittelte und so auch seine Leser direkt faszinieren würde. Zumindest wollte ich noch heute damit anfangen, damit ich es morgen fertig stellen konnte. Am Montag hatte ich einen Termin mit Matthias, um ihm mein Exposé vorzustellen, und am Dienstag würde ich damit zu Frau Lehnbach fahren.

Genau genommen arbeitete ich bis dahin umsonst. Auch wenn Frau Lehnbach mir bereits versichert hatte, dass sie nur mit mir als Maklerin an ihrer Seite verkaufen wollte, war es bisher nichts weiter als eine mündliche Absprache. Erst nach der Vertragsunterzeichnung konnte ich von einem wirklichen Auftrag sprechen. Und diese würde erst nach Sichtung des Exposés stattfinden.

Was, wenn Frau Lehnbach meine Arbeit nicht gefiel? Was, wenn sie doch Zweifel bekam? Was, wenn sie mit dem Wert des Hauses nicht zufrieden war, den ich aufgrund aller Angaben ermitteln würde?

Es gab noch so viele Unsicherheiten, dass ich mich wirklich erst etwas entspannen konnte, wenn ich die Unterschrift von Frau Lehnbach in der Tasche hatte. Von meinen Kollegen wusste ich, dass gerade Letzteres immer wieder zu unschönen Situationen im Makleralltag führte.

Da die Immobilien so einen hohen ideellen Wert für ihre Besitzer hatten, kam es oft zu weitaus überschätzten Annahmen, was den Verkaufspreis anging. Wie ich Frau Lehnbach kennengelernt hatte, schätzte ich sie zwar nicht so ein, als würde sie mit irrealen Preisvorstellungen kommen, aber wer konnte das schon wissen. Schließlich war der Hausverkauf, besonders, wenn das Haus eine so lange Familientradition mit sich brachte, eine sehr emotionale Angelegenheit.

Genau deshalb wollte ich nichts dem Zufall überlassen und mich bestmöglich auf die kommende Woche vorbereiten.

„Sei mir nicht böse, Timo. Aber heute wirklich nicht. Ich habe am Dienstag einen wichtigen Termin zu einer Auftragsvergabe. Und bisher habe ich weder den Verkaufspreis ermittelt noch am Exposé geschrieben." Und abgesehen davon, habe ich keine Lust mit dir essen zu gehen. Aber das sagte ich natürlich nicht.

„Ist ja gut. Dann halt nächste Woche. Aber dann hast du keine Ausrede mehr." Er zwinkerte mir zu und fing an, seine Sachen zusammenzupacken. Hatte er jetzt wirklich nur auf mich gewartet? Nein, es musste Zufall gewesen sein. Ich musste endlich aufhören, aus einer Mücke einen Elefanten zu machen und in jeder noch so kleinen Angelegenheit ein Zeichen unsterblichen Verliebtseins zu suchen. Bei Timo UND bei Matthias. Ich wusste eh nicht, woher dieses ständige tiefsinnige Deuten kam, das kannte ich so gar nicht von mir, zumindest nicht in diesem Maße. Lag es doch an meinem Alter und an der allgemeinen Vorstellung, mit 30 in einer zukunftsfähigen Beziehung stecken zu müssen? Glücklicherweise wurde ich in meinen Gedanken unterbrochen, bevor sie weiter abschweifen konnten.

Timo schwang sich seine Tasche über die Schulter und wandte sich zum Gehen. An der Tür hielt er noch einmal inne. Er sah mich an und erwartete offensichtlich noch eine Reaktion von mir.

„Ok", sagte ich nur, weil mir nichts Besseres in den Sinn kommen wollte. Mal sehen, welche Entschuldigung ich mir bis dahin einfallen lassen würde. Aber das hatte ja noch etwas Zeit. Wenigstens hatte ich jetzt erst einmal meine Ruhe.

Während ich die Bilder auf meinen Rechner zog, die ich heute von Frau Lehnbachs Anwesen gemacht hatte, nahm ich mir meine Notizen noch einmal zur Hand. Das Haus wurde im Jahr 1888 erbaut und die Grundstücksfläche bemaß sich auf 1000 qm. Insgesamt verfügten die beiden Etagen über 140 qm Wohnfläche. Es gab drei Schlafzimmer, ein Wohnzimmer, eine Küche mit angrenzendem Abstellraum, ein Bad und ein Gäste-WC. Wenn man Küche und Wohnzimmer verbinden würde, hätte man einen wunderschönen lichtdurchfluteten Raum, in dem auch noch eine Essecke Platz finden würde.

Für eine Familie mit zwei Kindern war das Haus durchaus geeignet, zumal es theoretisch noch die Option gäbe, den Dachboden auszubauen, sollten die Platzansprüche doch steigen. Doch auch für ein Paar oder eine Einzelperson wäre es ein tolles Zuhause – je nachdem, für welche Umbaumaßnahmen man sich entschied. Ich konnte es mir schon so schön vorstellen, wie dieses zauberhafte, alte Schätzchen in neuem Glanz erstrahlte, ohne seinen alten Charme zu verlieren. Das war es schließlich auch, was Frau Lehnbach unbedingt wollte. Der Käufer musste versichern, das Haus in seinem ursprünglichen Stil nicht zu verändern.

Sie sah ein, dass bauliche Maßnahmen erforderlich waren, wollte aber in keinem Fall, dass ihr Familienbesitz nicht wiederzuerkennen war. Wichtig war ihr dabei vor allem der Erhalt des Fachwerks. Das war schließlich nicht nur im Johannistal mehr und mehr zu einer Rarität geworden.

Diese Bedingung knüpfte sie auch an den Verkauf des Hauses und war partout nicht davon abzubringen. Natürlich hatte ich bereits mehrfach versucht, ihr auf behutsame Weise klar zu machen, dass uns die rechtliche Grundlage dazu fehlte, diese Bedingung durchzusetzen. Das verstand sie auch, aber umso stärker war Frau Lehnbach daran interessiert, den Käufer genau unter die Lupe zu nehmen und seine Absichten aus ihm heraus zu kitzeln. Ich entschloss mich, einen Hinweis dazu direkt in das

Exposé zu integrieren. So wusste schließlich jeder gleich, woran er war, und wir würden uns einige Besichtigungen mit Leuten sparen, die ausschließlich auf moderne Bauten standen und lediglich am Grundstück interessiert waren.

Ein „Bling" teilte mir mit, dass die Bilder auf meinen PC hochgeladen waren, und ich öffnete den Ordner. Wieder wurde ich direkt von dem Zauber eingefangen, der von dem Haus ausging. Die Fotos waren perfekt geworden, wir hatten auch den besten Tag zum Fotografieren ausgewählt. Der Himmel war strahlend blau und wolkenlos, sodass er einen wunderbaren Kontrast zu den weißen Außenwänden und den dunklen Holzbalken der Außenfassade des Hauses bot. Frau Lehnbach und ich hatten etwas improvisiert und den Vorgarten in kurzer Zeit wieder in Schuss gebracht. Das Blumenmeer verlieh dem Bild direkt etwas Heimisches und Einladendes. Das Farbenspiel integrierte sich perfekt in die Szenerie. Alleine dieses Bild würde einige Klicks bringen, da war ich mir sicher. Aber auch die übrigen Bilder waren toll geworden. Der ausladende Garten strahlte in sattem Grün und die großen Buchen spendeten der gemütlichen Sitzfläche auf der Terrasse ausreichend Schatten, ohne dem Innenraum das Licht zu nehmen. Das konnte man auch schön auf den Fotos der Räumlichkeiten erkennen. Das Wohnzimmer war lichtdurchflutet und die Sonnenstrahlen verliehen dem Raum einen goldenen Schimmer. Trotz der etwas in die Jahre gekommenen Möbel von Frau Lehnbach wirkte der Raum einladend. Nur bei Küche und Bad hatte ich einige Schwierigkeiten gehabt, Bilder zu machen, die die Leute von der Schönheit des Hauses überzeugen und sie dazu bewegen würden, ein mittelgroßes Vermögen dafür auszugeben. Aber auch hier hatte ich ein paar kleine Tricks angewendet und bei der Küche vor allem den wunderschönen Ausblick in den Vorgarten in den Fokus gestellt.

Mit den Bildern war ich schon einmal rundum zufrieden. Ich wählte jeweils das schönste Motiv aus und speicherte es in einem Extra-Ordner. Dann machte ich mich weiter an den Text. Obwohl es mir sehr leicht von der Hand ging, die Schönheit und Einzigartigkeit des Hauses in Worte zu fassen, verbrachte ich noch einige Stunden im Büro. Ich strich immer wieder Passagen aus dem Exposé, ergänzte Angaben und perfektionierte meine Wortwahl.

Als ich fertig war, sah ich, dass es bereits stockdunkel geworden war. Ich war plötzlich auch todmüde und musste unbedingt ins Bett. Trotzdem wünschte sich irgendetwas in mir, dass die Tür aufgehen und Matthias reinkommen würde.

Ich hätte so gerne seine Meinung zu meinem Exposé gehört und mit ihm über die nächste Woche geredet. Irgendwie schaffte er es immer, mich zu beruhigen. Zumindest, was den Job anging. Wenn ich ehrlich war, wussten wir auch sonst nicht viel voneinander. Abgesehen von seinem kleinen Gefühlsausbruch in der letzten Woche hatten wir noch nie über Privates geredet. Er war jedoch auch nicht der Typ dafür, sein Seelenleben nach außen zu kehren.

Oh Mann, was war nur los mit mir? Ich musste unbedingt damit aufhören, an Matthias zu denken. Er war ein toller Mentor, mehr nicht. Ich durfte meine Dankbarkeit nicht mit anderen Gefühlen verwechseln, das würde nur Chaos stiften und das konnte ich nicht gebrauchen. Schließlich war ich gerade erst dabei, in meinem Job richtig Fuß zu fassen, und das würde ich mir auch nicht nehmen lassen. Es machte nämlich unglaublichen Spaß. Ich stellte Matthias noch schnell eine Terminanfrage für Montagvormittag. Mündlich hatten wir uns zwar schon verabredet, aber ich ging lieber noch einmal auf Nummer sicher. Mir kam die Zeit bis dahin noch unendlich lang vor, aber für mein Timing würde es reichen. Dann würde ich seine Meinung immer noch früh genug hören und könnte am Dienstag beruhigt in den Termin mit Frau Lehnbach gehen. Sehr gut, Feli!

13

Vorbereitung ist alles

Den Rest des Wochenendes verbrachte ich damit, mich weiter in das Thema „Fachwerkhäuser" einzulesen. Je mehr ich las, desto unsicherer wurde ich, dass ich Frau Lehnbach wirklich die Unterstützung beim Verkauf war, die sie benötigte. Ich wollte es mal wieder perfekt machen und wurde dabei immer unsicherer. Ich gönnte mir lediglich eine kurze Kaffeepause mit Franzi und Mara.

Ich fragte die beiden extra viel. Ich wollte endlich mal nicht über meine Baustellen nachdenken und die beiden rissen sich auch zusammen, nicht darauf anzuspielen. Es kam nur eine klitzekleine Anspielung zu Timos Auftritt im Pepper's, die ich aber direkt im Keim erstickte. Dieses Mal hatten Mara und Franzi auch ein Einsehen und ließen mich in Ruhe. Sie wussten, dass mir die Pumpe ging, wenn ich an Dienstag dachte.

Ich war ihnen sehr dankbar, auch wenn ich wusste, dass das Verhör aufgeschoben, aber längst nicht aufgehoben war. Es tat gut, die neuesten Stories von Franzis Lover Tom zu hören, der sich offenbar sehr gut anstellte, wenn sie ihn immer noch nicht abgeschossen hatte.

Auch Mara hatte noch ein paar gute Geschichten auf Lager, sodass ich anschließend wieder top motiviert an die Arbeit gehen konnte. Glücklicherweise spielte das Wetter ebenfalls in meine Karten und hatte offensichtlich Mitleid mit mir. Dieses Wochenende war Dauerregen angesagt. Ich freute mich also fast darauf, den ganzen Tag auf dem Sofa zu hängen und zu lesen.

Trotzdem war ich froh, als endlich Montag war und ich Matthias mein Exposé vorstellen konnte. Das hoffte ich zumindest, denn bisher hatte er den Termin nicht bestätigt. Wahrscheinlich hatte er das Wochenende mit seinen Kindern verbracht und hatte keine Zeit, sich mit geschäftlichen Angelegenheiten herumzuschlagen.

Als Matthias um 10 das Büro betrat und nur ein kurzes „Hallo" übrig hatte, war ich allerdings doch etwas verunsichert. Ich gab ihm ein paar Minuten, um anzukommen, nahm mein Exposé, klopfte kurz und schritt dann durch die Glastür, die sein Büro von unserem trennte.

„Felicitas, was gibt es?" Klang er etwa genervt oder bildete ich mir das ein?

„Ehm sorry, ich wollte dich nicht stören. Ich wollte nur gern mit dir mein Exposé durchsprechen, da ich morgen meinen Termin mit Frau Lehnbach habe. Ich war mir jetzt nicht sicher, ob dir der Termin passt, den ich vorgeschlagen habe."

„Ach so, ja, sorry, ich habe wohl vergessen, darauf zu antworten. Ehrlich gesagt passt es gerade gar nicht. Vielleicht heute Nachmittag. Ich komme dann zu dir. Oder hast du noch einen Termin?"

„Nein, also ich bin heute den ganzen Tag im Büro. Komm einfach, wenn es dir passt. Kein Problem."

Natürlich war es ein Problem. Ich hatte so viel Energie und Mühe in dieses Exposé gesteckt, dass ich es wenigstens verdient hatte, ein vernünftiges Feedback zu bekommen. Schließlich würde er auch daran verdienen, wenn ich diesen Auftrag bekam, und das nicht zu knapp.

Ich merkte, dass meine Ungeduld langsam in Hysterie umschlug und ich ungerecht wurde. Ich suchte ja quasi nach Beweisen, die hier irgendeinen Missstand aufdeckten. Aber wenn ich ehrlich war, war das nur fair, dass er einen Teil meines Gewinns bekam. Es war von vornherein so geregelt und ich profitierte schließlich auch davon. Denn ich musste nicht in Vorleistung gehen und weder für die Nutzung der Räumlichkeiten noch für den guten Namen des Maklerbüros zahlen, unter dem ich arbeiten durfte.

„Reg dich ab, Feli!", versuchte ich mich innerlich zu beruhigen. Aber das klappte nicht. Ich wartete schon das ganze Wochenende auf dieses Gespräch und abgesehen davon fand ich, dass er ruhig ein bisschen netter zu mir sein könnte. Ich hatte ihm schließlich nichts getan und er wusste, wie viel mir dieser Auftrag bedeutete.

Ich verstand aber natürlich auch, dass er wohl selbst genug mit seinem Leben zu tun hatte.

Trotzdem war jetzt nicht daran zu denken, etwas Produktives zustande zu bringen.

„Hey Feli, kommst du heute mit zu Tisch?"

Eigentlich nicht. Ich wollte mich schließlich von Timo fernhalten. Diese Warterei konnte ich aber wiederum auch nicht mehr ertragen. Deshalb überlegte ich nicht lange und nahm Timos Einladung zum Mittagessen bereitwillig an. Eine Mittagspause mit meinen Kollegen würde mich schon auf andere Gedanken bringen.

Leider hatte ich in meiner Aufregung vergessen, dass Maren die kommenden zwei Wochen Urlaub hatte und als es mir klar wurde, hielt Timo mir bereits meine Handtasche hin, um zu starten. Tja, da hatte ich wohl keine Ausrede mehr und so zogen wir zu zweit los. Naja, besser, als einfach nur weiter zu warten, redete ich mir ein.

„Was ist heute los mit dir, Feli? Du wirkst etwas durcheinander."

„Na schönen Dank auch." Ich musste lachen, weil er mich wirklich besorgt musterte.

„So war das doch nicht gemeint. Ich mache mir nur Sorgen. Du bist doch sonst die Einzige, die montags gute Laune hat." Er lächelte mich an und ich musste zugeben, dass ich mich über seine Aufmerksamkeit freute.

„Ach, ich habe doch morgen meinen Termin, um mein Exposé vorzustellen, und ich bin etwas nervös, weil … Naja, du weißt ja, dass das mein erstes Verkaufsobjekt wäre."

Er lachte. Aber es war ein sympathisches Lachen, kein Auslachen. „Na, das wirst du dir schon unter den Nagel reißen."

Ich lächelte nur. Und offensichtlich bemerkte er, dass meine Zweifel nicht verschwanden.

„Hast du das Exposé schon fertig? Wenn du möchtest, kann ich es mir ja mal anschauen."

Ich musterte ihn skeptisch. Normalerweise redete ich nur mit Matthias über meine Projekte. Obwohl Sina, Timo und ich irgendwie Kollegen waren und für das gleiche Büro arbeiteten, waren wir doch jeder selbstständig und somit auch Konkurrenten. Mit ihnen über ein Projekt zu reden, das noch nicht in trockenen Tüchern war, wäre mir sonst nicht im Traum eingefallen. Aber irgendwie brauchte ich heute Zuspruch und Timo war da und er war interessiert. Und wenn Frau Lehnbach doch noch in letzter Sekunde abspringen würde, würde das nicht an Timo liegen. Da war ich mir sicher.

Außerdem war Timo gut in dem, was er tat. In Zusammenhang mit seinen Frauen konnte er sein, wie er wollte, doch im Job kam ihm seine selbstbewusste und offene Art offensichtlich zugute. Ihm ging die Kundenakquise so leicht von der Hand, dass ich nur staunen konnte und seine Verkäufe wickelte er auch relativ schnell ab.

Wieso also nicht? Ich war für jeden Tipp dankbar.

Ich musterte ihn noch einmal kurz, zog dann aber das Exposé aus meiner Handtasche und schob es zu ihm rüber. Er studierte es ausgiebig und sah anschließend mit großen Augen zu mir auf.

„Wow! Was ein tolles Objekt. Und wunderschöne Bilder! Kompliment, Feli." Ich freute mich über seine Begeisterung und den Zuspruch. „Wo hast du das Ding aufgegriffen?"

„Eigentlich war es purer Zufall. Ich hatte mich verfahren und kam dann zufällig mit der Eigentümerin ins Gespräch", wiederholte ich auch vor Timo meine kleine Notlüge.

Timo lachte. „Man muss auch einfach mal Glück haben. Und du wirst schon sehen, Feli, das wird dir noch öfter passieren. Dieser Goldschatz ist erst der Anfang von vielen richtig tollen Aufträgen."

Wieder freute ich mich über seine Worte und ich merkte, wie ich mich innerlich etwas entspannte. Timo, der Mutmacher. Schon wieder eine Eigenschaft von ihm, die ich ihm niemals zugetraut hätte. Obwohl ich letztens beim Fußball schon seine einfühlsame Seite kennengelernt hatte, war ich überrascht.

„Noch habe ich ihn nicht in der Tasche."

„Ach, Feli, entspann dich. Mit dem Exposé wirst du die Besitzer schon umhauen."

„Danke, Timo." Und das meinte ich aus vollem Herzen.

„Sehr gerne, Feli. Aber mir musst du nicht danken. Das ist echt eine super Arbeit, die du hier abgeliefert hast. Ich würde nur eine Kleinigkeit verändern."

„Oh …"

Wieder lachte er. „Feli, kein Grund zur Sorge. Du bist gut! Also schau nicht so wie ein angeschossenes Reh. Ich würde lediglich die Passage herausnehmen, wo du schreibst, dass der Originalzustand des Hauses bei der Renovierung erhalten bleiben soll."

„Aber wieso? Das ist doch die Bedingung für den Verkauf. Die Besitzerin wird das Haus nicht abgeben, wenn der Käufer ihr nicht versichert, dass er grundsätzlich das Haus und das Fachwerk erhält. Ich habe es extra aufgenommen, damit es nicht zu Missverständnissen kommt."

„Da hast du ja auch recht. Aber diesen Wunsch kannst du immer noch beim ersten Gespräch klären oder bei der Besichtigung. Da will sie ja unbedingt dabei sein, meintest du? Vielleicht ändert die Dame ja auch nochmal ihre Meinung, wenn sie erstmal ein paar Besichtigungen hinter sich hat. Oder es gibt einen guten Kompromiss. Ich denke mir jedenfalls, dass so viele potenzielle Kunden abgeschreckt werden. Wer will heute schon Fachwerk erhalten und das in dieser Wohnlage?!"

Da hatte er natürlich recht. Aber trotzdem war ich unsicher. Ich hatte das Exposé immer wieder verändert und so viel daran überarbeitet und umgeschrieben. Aber genau dieser Hinweis blieb unberührt. Eben weil er für Frau Lehnbach besonders wichtig war. Trotzdem verstand ich Timos Argumente. Man konnte schließlich über alles reden und es wäre doch zu schade, wenn der Verkauf sich in die Länge zöge, nur weil im Vorfeld so viele abgeschreckt würden. Wahrscheinlich war ich mal wieder ein bisschen zu korrekt an die Sache herangegangen. Ich würde erstmal das Interesse aufbauen und dann könnte ich immer noch aussortieren.

„Ja, irgendwie hast du schon recht. Dann werde ich das gleich noch schnell ändern. Danke!"

Er grinste mich an. „Gerne. Nachtisch?"

Ich schaute auf die Uhr. Die Zeit war wie verflogen. „Heute nicht. Ich muss wieder ins Büro."

„Ok, ok. Ich bin ja schon froh, wenigstens ein halbes Stündchen mit dir allein verbringen zu dürfen."

„Spinner!", gab ich lachend zurück. Aber er lachte nicht, sondern rieb sich nur den Nacken und stand auf.

„Ich meine es ernst, Feli. War schön mit dir."

Tatsächlich musste ich mir eingestehen, dass es mir innerlich genauso ging. Timo hatte mich davor bewahrt, im Büro wahnsinnig zu werden. Er hatte mich und mein Projekt ernst genommen und er hatte mir wertvolle Tipps gegeben. Mit seiner Art war er eben perfekt für diesen Job und von seinen Erfahrungen konnte ich offensichtlich noch einiges lernen. Er war zwar nicht viel älter als ich, hatte aber direkt nach der Schule begonnen, als Immobilienmakler zu arbeiten. Seine Scheine, Zertifikate und Abschlüsse hatte er nebenbei gemacht. Er hatte also schon mehr als 10 Jahre Erfahrung in unserem Bereich vorzuweisen und das kam ihm definitiv zugute. Und mir jetzt hoffentlich auch.

Zurück im Büro machte ich mich direkt daran, das Exposé zu überarbeiten. Mittlerweile war auch ich überzeugt, dass es richtig war, nicht gleich alle Interessenten abzuschrecken. Ich hatte gerade meinen neuen Entwurf gespeichert, als Matthias vor meinem Schreibtisch stand.

„Da bist du ja! Ich hätte dann jetzt kurz Zeit."

Wie gnädig, dachte ich mir, zwang mich aber selbst dazu, mich zusammenzureißen und nicht so empfindlich zu sein. Was auch immer er hatte, es konnte schließlich nichts mit mir zu tun haben. Oder?

Ich sammelte mein neues Exposé aus dem Drucker ein, folgte ihm in sein Büro und legte es ihm direkt auf den Schreibtisch.

„Ach ja, dein Exposé." Er blätterte sich durch die Seiten und sprang immer wieder dazwischen herum. Obwohl ich nach meinem Gespräch mit Timo wirklich zuversichtlich war und auch zufrieden, wurde ich jetzt wieder nervös. Bevor meine Zweifel aber von mir Besitz ergreifen konnten, sah Matthias von seinem Schreibtisch auf.

„Super, Felicitas. Gefällt mir sehr gut. Kannst du so lassen." Ich freute mich über seine Worte, vermisste aber gleichzeitig irgendeine Spur von wirklichen Emotionen in seiner Stimme oder wenigstens ein kritisches Hinterfragen.

Nach unserem Gespräch an meinem Geburtstag und an den darauffolgenden Abenden allein im Büro hatte ich mir irgendwie vorgestellt, dass auch Matthias meinen ersten großen Auftrag feierlicher aufnehmen würde. Er hatte das Exposé außerdem so schnell überflogen. Hatte er es überhaupt richtig gelesen? Oder wollte er mich einfach nur schnell wieder loswerden? Egal, schließlich hatte Timo es bereits ebenfalls für gut befunden. Ich straffte meine Schultern und stand auf.

„Oh cool, danke!" Ich nahm mein Exposé und verließ sein Büro. Ich hatte zwar immer noch ein komisches Gefühl, aber ich durfte mich wohl auch einfach nicht zu wichtig nehmen. Mein Exposé war angenommen worden und das war die Hauptsache. Ich würde jetzt endlich aufhören, Fehler zu suchen, mich auf morgen konzentrieren und bis dahin, so gut es ging, abschalten.

14

Spannung

„Hallo, Frau Weber! Schön, Sie zu sehen!", begrüßte mich eine gut gelaunte Frau Lehnbach am nächsten Tag.

„Hallo, Frau Lehnbach!", lächelte ich sie an und gab ihr zur Begrüßung die Hand. Ich war erleichtert, sie so zu sehen. Ihre gute Laune nahm mir das schlechte Gefühl, ihr etwas zu nehmen, was ihr gehörte. Aber das tat ich ja auch nicht. Es war Frau Lehnbachs freie Entscheidung gewesen und offensichtlich stand sie noch immer dahinter.

„Kommen Sie rein, ich habe uns schon Kaffee und Kuchen auf der Terrasse vorbereitet." Ich musste schmunzeln, weil ich schon wieder Vollpension bei ihr bekam. Sie schob mich durch den Flur und das Wohnzimmer direkt nach draußen. Auf dem Gartentisch standen tatsächlich schon zwei Kaffee-Gedecke bereit. Wie sollte es auch anders sein?! Es war wie immer sehr fürsorglich angerichtet, nur dass es heute noch edler aussah als sonst. Hatte Frau Lehnbach etwa ihr bestes Geschirr herausgeholt?

In der Mitte stand eine Vase mit selbstgepflückten Blumen aus ihrem wunderschönen Garten. Außerdem ein lecker aussehender Erdbeerkuchen. Mir lief bereits das Wasser im Mund zusammen. Für Kuchen hatte ich eine besondere Schwäche, besonders für Erdbeerkuchen. Verzückt betrachtete ich das Arrangement.

„Das sieht wunderbar aus, Frau Lehnbach! Vielen Dank! Aber Sie sollen sich wegen mir doch keine Umstände machen!"

„Ach, Frau Weber, das mache ich doch gern. Außerdem habe ich mir vorgenommen, mir meine letzten Tage zu Hause so schön wie möglich zu machen und da gehört das leibliche Wohl eben auch dazu." Sie zwinkerte.

„Ich hoffe, die Erdbeeren schmecken schon. Noch letztes Jahr hätte ich Ihnen einen Kuchen mit meinen eigenen Erdbeeren präsentiert. Dieser Garten hier war voll von Leckereien." Sie lächelte abwesend.

„Das kann ich mir vorstellen!"

„Ja, mein Garten war mein ganzer Stolz und ich habe so gut davon gelebt. Ich musste nur noch das Wenigste einkaufen. Aber ich habe die Arbeit einfach nicht mehr geschafft. Als mein Sohn einmal zu Besuch war, haben wir die Beete weggemacht und Rasen gepflanzt. Das war schrecklich für mich. Der Gedanke daran ist fast noch schlimmer als der daran, das Haus zu verkaufen. Wenigstens fällt mir der schrittweise Abschied nun leichter." Sie hatte sich richtig in Rage geredet, stoppte aber abrupt.

„Ach, was rede ich schon wieder? Ab heute wollen wir nach vorne schauen und die Zukunft nehmen, wie sie kommt!"

Sie prostete mir mit ihrer Kaffeetasse zu und lächelte wieder. Ich prostete zurück, mein Lächeln war aber gespielt. Ihr kleiner Gefühlsausbruch hatte dafür gesorgt, dass mein Mitgefühl wieder Besitz von mir ergriff.

Ich wollte gerne etwas Aufmunterndes sagen, aber ich konnte nicht. Ich hatte einen Kloß im Hals, weil ihre Worte mir wieder vor Augen führten, dass es eigentlich nicht richtig war, was ich hier tat. Wenn man es mal objektiv betrachtete, sorgte ich dafür, dass eine alte Dame ihr Zuhause verlor.

Ich schluckte, sagte aber nichts. Ich musste mich jetzt zusammenreißen. Schließlich erwartete Frau Lehnbach eine kompetente Beratung von mir und die würde sie bekommen.

Aber Frau Lehnbach musterte mich bereits skeptisch. „Was ist los, Frau Weber? Geht es Ihnen heute nicht so gut?"

Na toll, meine Einsicht kam wohl etwas spät. Frau Lehnbach hatte meine kurze Unsicherheit bereits bemerkt. „Doch, doch. Es ist alles in Ordnung. Danke!"

Aber das ließ sie nicht auf sich sitzen. Sie schenkte mir Kaffee nach und gab mir ein Stück Kuchen auf meinen Teller. Dabei musterte sie mich weiter skeptisch.

„Also, was ist?"

„Nichts, wirklich …" Ich wich ihrem Blick aus, spürte aber gleichzeitig, dass sie mich weiterhin musterte. Also gab ich meiner Unsicherheit nach.

„Ich … Frau Lehnbach, sind Sie sich wirklich sicher, dass Sie das Haus verkaufen möchten?"

Ich konnte selbst noch nicht glauben, dass ich sie das gerade wirklich gefragt hatte. Wenn ich hier weg war, sollte ich mir schnellstmöglich einen anderen Job suchen. Für meinen war ich offensichtlich vollkommen ungeeignet. Geschäftsschädigender konnte ich mich auf jeden Fall nicht verhalten. Aber jetzt war es zu spät. Jetzt musste ich mich der Situation auch stellen.

Ich legte meine Kuchengabel beiseite und sah von meinem Teller auf. Wie erwartet, blickte ich direkt in Frau Lehnbachs Augen. Das klare Grün stach dabei so präsent hervor, dass man die Falten darum gar nicht mehr wahrnahm, die ihr Alter verrieten. In diesem Moment wirkte sie viel jünger und auch viel agiler, als sie eigentlich war. Sie sagte nichts und auch ihrem Mund war keine Reaktion anzusehen. Aber ihre Augen lächelten. Eine Weile saßen wir einfach so da. Bis ich es nicht mehr aushielt.

„Entschuldigen Sie, Frau Lehnbach. Ich wollte nicht indiskret sein."

Jetzt lachte sie. „Ach, Frau Weber, das ist doch Quatsch. Wie lange arbeiten Sie schon als Immobilienmaklerin?"

„Nicht so lange", gab ich kleinlaut zu.

Sie lachte wieder. „Ich würde gerne sagen, dass man das merkt, aber das würde Sie nur noch mehr verunsichern und das möchte ich nicht. Denn diese Aussage würde Ihnen auch nicht gerecht. Sie sind einfach anders. Und auch wenn Ihre Methoden ungewöhnlich sind, denke ich, dass sie Sie weit bringen können."

Ich sah sie verwirrt an. Was wollte sie mir damit sagen?

„Wissen Sie, Frau Weber, um der Wahrheit die Ehre zu geben, muss ich Ihnen gestehen, dass Sie nicht die Erste waren, die sich mein Haus für einen möglichen Verkauf angesehen hat. All Ihre Kollegen, die vorher hier waren, waren gleich. Nett, sympathisch, zuvorkommend. Sie können sich gar nicht vorstellen, was die mir alles prophezeit haben, was aus diesem alten Schätzchen alles werden kann und wie viel Geld ich durch den Verkauf machen könnte. Aber keiner Ihrer Kollegen hat mich einmal gefragt, warum ich dieses Haus verkaufen will und wohin ich vorhabe zu gehen.

Bei Ihnen war das eine der ersten Fragen, die Sie mir gestellt haben. Sie sind empathisch, interessiert, engagiert und sind selbst nicht zu überzeugt von sich. Sie sehen Ihre Kunden nicht nur als Geschäft, sondern auch die Menschen dahinter."

Wow, noch nie hatte mich jemand in zwei Sätzen so treffend beschrieben. Ich wusste nicht, was ich davon halten sollte. Das war nicht die Art von Gespräch, die man normalerweise mit seinem Kunden führt und, wie ich glaubte, auch nicht führen sollte.

„Was ich damit sagen will, Frau Weber, ist, dass Sie vielleicht nicht die typische Maklerin sind und dass Sie im Gegensatz zu Ihren Kollegen vielleicht anders an Ihre Aufgabe herangehen. Aber ich denke, dass Sie dabei durchaus erfolgreich sein können!"

Die Worte musste ich erst einmal sacken lassen. Das, was Frau Lehnbach da gerade sagte, war genau das, warum meine Familie mir so vehement davon abriet, mich als Immobilienmaklerin selbstständig zu machen.

Im Gegensatz zu ihr glaubte meine Familie nämlich nicht wirklich daran, dass ich es mit diesen Eigenschaften weit bringen würde. Sie sahen die Immobilienbranche als Haifischbecken, in dem es nur einen Weg gab, zu überleben. Nämlich die anderen zu bekämpfen. Und tatsächlich würde ich das niemals können. Wenn ich ehrlich war, hatten sie da ja auch nicht ganz unrecht. War das nicht auch genau der Grund, warum ich mich bisher auch „nur" um die Mietobjekte kümmerte, die den anderen zu wenig einbrachten?

Aber Frau Lehnbach hielt an ihrer Überzeugung fest und riss mich aus meinen Gedanken.

„Wissen Sie, was Henry Ford einmal gesagt hat? ‚Erfolg besteht darin, dass man genau die Fähigkeiten hat, die im Moment gefragt sind.' Und genau das meine ich. Sie haben nämlich diese Fähigkeiten. Sie sind nicht die knallharte Geschäftsfrau, die man sich vielleicht normalerweise unter einer Immobilienmaklerin vorstellt, aber Sie gehen auf Ihre Kunden ein und eben das wird Sie erfolgreich machen."

Frau Lehnbachs Worte brachten mich zum Nachdenken. Sie merkte das natürlich sofort. „Was denken Sie?"

Ich war immer noch überzeugt, dass man dieses Gespräch besser nicht mit einem potentiellen Kunden führte, aber jetzt war ich eh schon zu tief drin. Also entschloss ich mich für eine ehrliche Antwort.

„Naja, also ich denke, dass Sie recht haben, zumindest was meine Arbeitsweise betrifft. Ich bin einfach nicht knallhart. Ich könnte niemals einfach hingehen und ohne Rücksicht auf Verluste ein Haus verkaufen, geschweige denn, den Verkauf unter allen Umständen an mich reißen. Ich muss mich vorher informieren, mir sicher sein, dass ich dem Verkäufer gerecht werde und auch dass er es wirklich will. Das mag vielleicht ein guter Charakterzug sein, aber wahrscheinlich kein Geldbringer. In der Zwischenzeit haben meine Kollegen diese Objekte nämlich schon verkauft.“

Frau Lehnbach lachte. „Vielleicht haben Sie recht. In vielen Fällen wird das so sein, dass hauptsächlich das schnelle Geld zählt. Und damit meine ich nicht nur für Ihre Kollegen, sondern auch für die Hausbesitzer. Beide Seiten wollen sich nicht lange mit der Immobilie aufhalten und ziehen den Verkauf einfach schnellstmöglich durch. Aber ich bin genau so überzeugt davon, dass nicht bei allem Quantität vor Qualität steht.“

Sie machte eine kurze Pause und nahm einen Schluck Kaffee, bevor sie fortfuhr.

„Die Empathie, die Sie besitzen, fehlt den meisten Ihrer Kollegen. Sie punkten zwar mit aufgesetzter Freundlichkeit und großen Worten, aber das ist nicht immer zielführend. Ich wette, dass es vielen so geht wie mir. Dass es aus Altersgründen eigentlich die beste Entscheidung wäre, das Haus zu verkaufen. Dass sich die meisten alten Leute aber einfach nicht trauen. Sie schieben die Entscheidung vor sich her, gehen dabei in Arbeit mit ihrem Haus unter und irgendwann ist es dann zu spät für einen entspannten Lebensabend. Mir wäre es ja fast ähnlich ergangen.“

Dieses Mal machte sie eine kurze Pause, um sich ein Stückchen Kuchen zu gönnen. Danach sprach sie weiter. „Eine Maklerin wie Sie, die auf diese Menschen eingeht, ist da Gold wert. Das würde vielen die Entscheidung leichter machen, da bin ich mir sicher!"

Wieder musste ich ihre Worte erst einmal sacken lassen und wieder ergriff Frau Lehnbach direkt das Wort.

„Glauben Sie an sich und bleiben Sie sich selbst treu. Ich bin mir ganz sicher, dass Ihre Art Sie weit bringen wird. Ein etwas ausgeprägteres Pokerface würde Ihnen nicht schaden, aber ansonsten sind Sie genau das, was der Immobilienmarkt gebrauchen kann – zumindest bei Leuten wie mir." Sie lächelte und schenkte uns beiden noch einmal Kaffee nach.

Frau Lehnbach überraschte mich immer wieder. Hätte man sie in den letzten Minuten nicht beobachtet, sondern ihr nur zugehört, hätte man niemals angenommen, dass eine zierliche ältere Dame vor einem sitzt. Während ihrer kleinen Rede wirkte sie eher wie eine überzeugende Politikerin, die ihr Publikum von ihren ambitionierten Plänen überzeugen will.

Ich musste lachen und war erleichtert, dass dieses tiefgehende Gespräch nun doch so schnell ein so leichtes Ende nahm. Gleichzeitig war ich mir sicher, dass Frau Lehnbachs Worte mich noch lange beschäftigen würden. Aber damit würde ich mich noch einmal in einer ruhigen Minute befassen. Jetzt müsste ich mich dringend wieder auf den eigentlichen Grund meines Besuchs konzentrieren.

Aber auch in diesem Punkt war Frau Lehnbach mir heute voraus.

Sie räusperte sich. „Um also noch einmal auf Ihre Frage zurückzukommen: Ja, ich bin mir sicher, dass ich dieses Haus verkaufen möchte. Auch wenn es mir schwerfällt, meine Heimat hinter mir zu lassen, bin ich überzeugt, dass das der richtige Schritt ist. Und ich bin Ihnen sehr dankbar für Ihr Einfühlungsvermögen, Ihre Fürsorge und Ihre Zeit. Ich denke nämlich, ohne Sie wäre ich noch nicht so weit, endlich diesen einzig richtigen Schritt zu gehen. Ich hoffe, das beseitigt Ihre Zweifel und wir werden den Kasten hier zusammen nun schnellstmöglich an den Richtigen los."

Frau Lehnbachs Wangen waren leicht gerötet und sie glich in diesem Moment wieder viel mehr einem jungen Mädchen als der alten Dame, die sie eigentlich war.

Dankbar sah ich sie an und mir fiel gleichzeitig ein Stein vom Herzen. So hatte ich die Sache noch gar nicht gesehen. Ihre Worte ließen die Situation in einem ganz neuen Licht erstrahlen.

Mir war ja eigentlich selbst direkt beim ersten Anblick dieses Hauses aufgefallen, wie viel hier zu tun wäre. Frau Lehnbach konnte die ganze Arbeit gar nicht schaffen und ich konnte mir vorstellen, wie unzufriedenstellend das war.

Sie hatte sich also entschieden und diese Entscheidung hatte sie ganz allein gefällt. Ich war glücklich. Scheinbar ließen sich mein Beruf und mein Gewissen doch ganz gut vereinbaren.

Und tatsächlich wurde mir an diesem Nachmittag noch etwas anderes klar. Erfolgreich zu sein hieß nicht, sich im direkten Vergleich mit anderen zu behaupten, sondern für sich den besten Weg zu finden, mit seinen eigenen Fähigkeiten zu glänzen. Und ich fand, dass ich da auf einem guten Weg war.

Bei dieser Erkenntnis musste ich unwillkürlich an Becci denken. Meine alte Freundin Becci, die sich so glücklich schätzen könnte mit allem, was sie bisher erreicht hatte. Das alles konnte sie aber irgendwie nicht sehen. Wie sehr ich mir für sie wünschen würde, dass auch sie mit den ständigen Vergleichen aufhörte und sich ihr eigenes Glück bewusst machte. Vergleichen war anstrengend und niederschmetternd und überhaupt einfach sinnlos. Gerade in diesem Moment merkte ich, wie glücklich man sein konnte, wenn man einfach damit aufhörte und sich auf sich selbst konzentrierte.

Ich würde es zumindest jetzt tun.

Mir war schon klar, dass ich mir dieses Mantra immer wieder aufsagen müsste, bis ich es auch wirklich verinnerlichte. Aber jetzt in diesem Moment war ich überzeugt, bei Frau Lehnbach einen guten Job machen zu können und mir und meinen Prinzipien gleichzeitig treu zu bleiben. Und das war alles, was ich wollte.

„Das werden wir!", antwortete ich ihr deshalb mit einer Inbrunst an Überzeugung, die ich auch wirklich fühlte.

15

Erkenntnisse

Als ich zu meinem Auto ging, hätte ich die Welt umarmen können. Frau Lehnbach hatte den Vertrag unterschrieben und mein
erster großer Auftrag war mir sicher. Ich war so erleichtert und
so stolz auf mich, dass ich am liebsten einmal um mein Auto ge-
tanzt wäre. Aber ich riss mich zusammen.

Tatsächlich war es nicht nur der Vertragsabschluss, der meine
Freude ins Unermessliche steigen ließ. Es war noch vielmehr
die Erkenntnis, die mir Frau Lehnbach heute beschert hatte. Ich
konnte erfolgreich sein. Genau so, wie ich war. Ich mochte eine
andere Arbeitsweise als meine Kollegen an den Tag legen und
manchmal vielleicht auch etwas zu empathisch sein. Aber trotzdem würde ich zu meinem Ziel kommen.

Ab jetzt würde ich aufhören, mit aller Macht versuchen zu wollen, mich meinen Kollegen anzupassen und ihnen hinterher zu
eifern. Ich würde mich viel mehr auf meine Stärken konzentrieren und genau diese zu meinen Erfolgstools machen. Damit
würde ich nicht jeden Auftrag für mich gewinnen können, das
war mir bewusst. Aber dafür konnte ich Aufträge bekommen,
an denen meine Kollegen scheitern würden. Und das Beste war,
dass ich dabei so sein konnte, wie ich war, und damit meinen
Job gut machte.

Ich genügte.

So einfach, wie es sich anhörte, so eine große Wirkung hatten
diese beiden kleinen Worte für mich. Eine tiefe Zufriedenheit
machte sich in mir breit und vermischte sich mit den warmen

Sonnenstrahlen, die durch die Fensterscheiben auf meine Haut drangen. Glücklicher hätte ich in diesem Moment nicht sein können. Als ich meinen Arm hob, um den Zündschlüssel zu greifen und das Auto zu starten, reflektierte mein Armband die Sonnenstrahlen und ließ es ordentlich funkeln. Ich musste lächeln.

„Der Pyrop gibt Energie, Mut und Willenskraft und stärkt so das Selbstvertrauen." Bisher hatte der Stein alle seine Versprechen gehalten, das musste ich zugeben.

Beschwingt fuhr ich zurück ins Büro. Ich konnte es kaum erwarten, meine Freude mit jemandem zu teilen. Da unser Büro durch Marens Urlaub und Sinas Gemütszustand aber eh nur auf Minimalbesetzung heruntergefahren war, machte ich mir keine allzu große Hoffnung, noch jemanden anzutreffen.

Als ich allerdings aus dem Parkhaus kam und mich unserem Büro näherte, wurde ich eines Besseren belehrt. Die Blumenkübel standen noch vor der geöffneten Tür. Vielleicht konnte ich mein Glück also doch noch teilen. Timo oder Matthias mussten noch da sein. Es stand 50:50, wobei ich einen klaren Favoriten hatte.

Ich betrat unser Büro und mein Herz machte einen kleinen Hüpfer, als ich Timos aufgeräumten Schreibtisch sah und gleichzeitig ein Lichtschein aus Matthias Büro drang. Automatisch fasste ich an mein Handgelenk und begann, mein Armband darum zu drehen. Ich dachte erst gar nicht daran, mich an meinen Schreibtisch zu setzen, und steuerte direkt auf Matthias' Bürotür zu.

„Hi!" Ich konnte meine Freude nicht verbergen und legte allein in dieses kleine Wort so viel Enthusiasmus, dass ich sicherlich leicht verstrahlt wirkte.

„Felicitas! Hallo!" Matthias sah überrascht von seinem Schreibtisch auf. Offensichtlich hatte er mich noch gar nicht gehört. Als er zu mir aufblickte, huschte ein kleines Lächeln über sein Gesicht.

„Was machst du denn noch hier?"

„Ich komme gerade von Frau Lehnbach und wollte noch eben die Unterlagen ins Büro bringen." Eigentlich wollte ich direkt auch noch das Exposé online stellen, aber das würde ich auf morgen früh verschieben. Heute gönnte ich mir eine Pause und genoss meinen Triumph.

„Ach ja, dein Termin. Wie ist es gelaufen?"

Ich lehnte an der Wand und drehte verlegen mein Armband hin und her.

„Gut", grinste ich in mich hinein. Ich wollte mich zusammenreißen. Für Menschen wie Matthias war dieser Abschluss ein nettes Geschäft, aber keinesfalls besonders. Und ich wollte ihm gegenüber nicht wirken wie ein überdrehter, kleiner Hamster.

„Gut?" Jetzt grinste auch er. „Du meinst, du hast den Auftrag in der Tasche? Hat Frau Lehnbach unterschrieben?"

„Ja!!!"

Er stand von seinem Schreibtisch auf und nahm mich kurz in die Arme.

„Herzlichen Glückwunsch, Felicitas! Du kannst stolz auf dich sein!" Seine Berührung löste einen Schauer in mir aus und ich bekam eine Gänsehaut. Es war nur ein ganz kurzer Moment, aber der zeigte Wirkung. Was bedeutete das? Ich war zu aufgewühlt, um mir weiter Gedanken darüber zu machen. Er ließ mich los und setzte sich auf die Kante seines Schreibtisches.

„Danke!" Wieder machte sich direkt eine Verlegenheit in mir breit und ich senkte meinen Blick, der dabei auf das Armband fiel.

„Das hab ich wahrscheinlich dir zu verdanken. Dein Armband gibt mir genau das, was ich brauche."

Erst, als ich es ausgesprochen hatte, merkte ich, wie zweideutig und wie pathetisch sich diese Aussage anhörte. Peinlich. Apropos Armband. Jetzt, wo ich es eh erwähnt hatte, wäre vielleicht eine gute Gelegenheit, einmal über dieses unverhältnismäßig teure Geschenk zu sprechen.

Ja, vielleicht. Aber ich wollte nicht das Thema wechseln. Nicht jetzt, wo ich mich so über seine Worte freute. Bevor ich das Wort wieder ergreifen konnte, kam Matthias mir auch schon zuvor.

„Nein, nein. Felicitas. Das hast du ganz alleine geschafft. Ich habe dir immer gesagt, dass du gut bist und dass du deinen Weg gehen wirst. Jetzt bist du dabei."

Wir sahen uns kurz in die Augen und keiner von uns sagte etwas. Dieser Moment war so vertraut und fühlte sich so gut an, dass ich mich ihm einfach hingab. So gerne hätte ich Matthias erzählt, was Frau Lehnbach heute zu mir gesagt und wie sie mir die Augen geöffnet hatte. Ich wollte ihm sagen, dass ich verstanden hatte, dass mich meine Arbeitsweise zum Erfolg bringen könnte und dass ich diesen Weg nun weiterverfolgen würde. Ich hätte gerne mit ihm darüber philosophiert und mir seine Meinung angehört.

War es das gewesen, was er mir durch seine Bestärkung die ganze Zeit sagen wollte? Dass ich mich nicht ändern sollte, sondern nur meine Auftragssuche anpassen musste? Dass ein direkter Vergleich mit meinen Kollegen gar nicht nötig war? Ein paar professionelle Ratschläge, wie ich meine Erkenntnis nun gewinnbringend umsetzen könnte, hätte ich natürlich auch nicht abgelehnt.

Aber dazu kam es nicht. So schnell, wie der Zauber zwischen uns entstand, so schnell war er auch wieder verflogen. Matthias räusperte sich.

„Wie gesagt, Felicitas. Das ist erst dein Anfang und du wirst noch viele tolle Projekte an Land ziehen. Ich würde gerne mit dir anstoßen, aber ich habe noch so viel vorzubereiten. Morgen habe ich zwei wichtige Termine und nachmittags kommen schon die Kinder zu mir." Er rieb sich den Nacken und sah in diesem Moment wieder sehr gestresst aus.

„Kein Problem", versuchte ich meine Enttäuschung zu verbergen. „Ich bin auch gleich wieder weg. Ich wollte ja nur schnell die Unterlagen abliefern."

Wir lächelten uns ein letztes Mal an und verabschiedeten uns.

Auf dem Weg zum Auto versuchte ich, mich abzulenken, und zog mein Handy aus der Tasche. Dabei fiel mir auf, dass ich es seit meiner Ankunft bei Frau Lehnbach nicht mehr in der Hand gehabt hatte.

Ich scrollte mich durch meine ungelesenen Nachrichten und blieb zuerst in der WhatsApp-Gruppe hängen, die ich mit Mara und Franzi hatte. Beide hatten mir schon vor meinem Termin aufmunternde Worte geschickt und beteuert, dass sie mir die Daumen drückten und ganz fest daran glaubten, dass ich es schaffen würde.

Mir wurde ganz warm ums Herz. Erst Frau Lehnbach und Matthias, jetzt noch Mara und Franzi. Es war ein so schönes Gefühl, zu spüren, wie mich alle unterstützten und an mich glaubten. Am liebsten hätte ich mich direkt mit Mara und Franzi getroffen und ihnen alle Einzelheiten erzählt. Aber ich wusste, dass die beiden heute unterwegs waren. Außerdem waren wir schon für morgen Abend verabredet, so lange konnte ich jetzt auch noch warten. Ich lächelte in mich hinein und setzte meinen Weg fort.

Um mich herum dämmerte es bereits, trotzdem war die Stadt noch proppenvoll. Als ich den Alten Markt überquerte, gab es fast keinen Platz im Außenbereich der vielen angrenzenden Lokale, der nicht besetzt war. Kein Wunder! Es war ein lauer Abend und man merkte, dass sich die Leute langsam, aber sicher auf den kommenden Sommer freuten und die milden Temperaturen auskosteten.

Vor dem Theater am Alten Markt, das ganz früher das Rathaus war, prosteten sich die Leute zu und genossen ihre kleinen Köstlichkeiten der urigen Weinstube, die sich im historischen Gewölbekeller des Theaters im Herzen der Bielefelder Altstadt befand. Ich liebte diesen Teil der Stadt.

Auf der gegenüberliegenden Seite des Theaters reihten sich wunderschöne alte Häuserfassaden aneinander. Zwar erinnerte lediglich noch eine Fassade an die alten Bürgerhäuser, die sich früher einmal um den Platz befanden, aber die war wunderschön.

Matthias hatte mir einmal erzählt, dass die alten Häuser im Krieg zerstört wurden, diese Fassade aber immer wieder restauriert und erhalten wurde. Heute verbarg sich dahinter ein Bankhaus, welches prächtiger nicht sein könnte. Mit seinen goldenen Schriften und Verzierungen im natürlichen Sandstein und dem verschnörkelten Satteldach war das Haus ein besonderer Hingucker und verlieh dem Platz eine erhabene Atmosphäre.

Diese wurde durch das Crüwell-Haus, das sich fast neben der Bank befand, untermalt. Die liebevoll restaurierten und nachgebauten historischen Fassaden und die prächtigen Staffelgiebel zeugten von einem spätgotischen Stil. Ich steuerte auf den Springbrunnen zu, der sich in der Mitte des Platzes befand, und beschloss, mich kurz zu setzen und das Treiben in dieser wunderschönen Kulisse zu genießen. Wie gerne würde ich mit einem Wein dazwischen sitzen und über den tollen Tag erzählen.

Ich schüttelte leicht den Kopf und lächelte in mich hinein, als ich mich dabei ertappte, wie ich immer und überall die Charaktere der Immobilien in mich aufnahm, die sich um mich herum befanden, und so doch nie wirklich meinen Job aus dem Kopf bekam. Ich war wirklich etwas verrückt.

Als mein Handy vibrierte, wurde ich aus meinen Gedanken gerissen. Ich zog es aus meiner Tasche und erinnerte mich, dass neben den lieben Nachrichten von Mara und Franzi ja noch einige weitere auf mich warteten. Ich scrollte durch die Nachrichten und sah, dass Becci mir seit langer Zeit mal wieder geschrieben hatte.

Witzig, dachte ich. Erst heute Nachmittag hatte ich noch an sie gedacht. Ich freute mich, ihren Namen zu lesen, und öffnete die Nachricht.

„Hey Feli, wie läuft's? Ich dachte, ich schreib dir mal wieder. Hier ist alles beim Alten, nicht viel los. So wird es wahrscheinlich in 100 Jahren noch nichts mit den Männern. Wie sieht es bei dir aus? Bist du wenigstens erfolgreicher? Vielleicht müsste ich mal nach Bielefeld kommen und da mein Glück versuchen."

Ich las die Nachricht und meine Freude, Beccis Namen zu lesen, war wie verflogen. Gab es wirklich nur ein Thema? Definierten wir uns nur über unsere Beziehung? Ich merkte leise Wut in mir aufsteigen. Immer nur Männer, immer nur Becci, immer nur negative Stimmung. Normalerweise würde ich diese Nachricht nicht so ernst nehmen und aufmunternd antworten, aber das ging heute nicht. In diesem Moment zog mich Beccis Nachricht einfach runter und darauf wollte ich mich jetzt nicht einlassen. Mir war schon klar, dass ich mich wohlmöglich etwas in meine Abwehrhaltung reinsteigerte, aber ich konnte es einfach nicht mehr ertragen. Nicht heute, nicht an so einem schönen Tag. Ignorieren konnte ich sie allerdings auch nicht. Also riss ich mich zusammen und antwortete kurz.

„Nichts Neues in Sachen Männer, aber du bist immer herzlich willkommen bei mir. Drück dich!"

Mir war klar, dass sie diese Antwort nicht zufriedenstellen würde, weil ich nicht weiter nachfragte und eine Konversation in diesem Moment nicht weiter verfolgte, aber das war mir egal. Ich brauchte erstmal Abstand von ihrer Schwarzmalerei, zumindest heute.

Ich scrollte weiter und blieb an einer Nachricht von Timo hängen.

„Viel Glück, Feli, das wird schon klappen! Wenn du fertig bist, stoßen wir an, ich hab einen Sekt kaltgestellt. Meld dich, wenn du Lust hast."

Timo hatte die Nachricht bereits um 14 Uhr gesendet. Nervosität stieg in mir auf. Eine Mischung aus schlechtem Gewissen, weil ich ihn schon so lange auf eine Antwort warten lassen hatte, und, wenn ich ehrlich war, auch ein bisschen Freude. So kam ich wohl doch noch zu meinem After-Work-Drink und netter Gesellschaft.

Obwohl ich tief in meinem Inneren wusste, dass ich einfach absagen sollte, um Komplikationen jeglicher Art von mir fernzuhalten, musste ich mich heute meiner Unternehmungslust geschlagen geben. Ich überlegte nicht lange und wählte seine Nummer.

Während es klingelte, zweifelte ich noch kurz an meiner Entscheidung. Timo hatte in den letzten Tagen immer wieder ein paar Flirtversuche mir gegenüber unternommen. Auch wenn ich wusste, dass er ein Draufgänger war und die ganze Sache nicht so ernst nehmen sollte, ließ er doch immer wieder andere Züge an sich erkennen, die manchmal an einen verliebten Jungen erinnerten.

Was, wenn er wirklich mehr wollte?

Dann sollte ich ihn auf keinen Fall treffen und es nicht zu Missverständnissen kommen lassen. Die Sache mit Sina und Timo sollte eigentlich Beweis genug sein, dass man von Kollegen besser

Abstand nimmt. Wieder musste ich über meine eigenen Gedanken lachen, als ich an meine plötzlichen Sympathien für Matthias dachte. Super, Feli, das klappte wohl nicht ganz so gut mit der Differenzierung.

Dann riss mich Timos Stimme aus meinen Gedanken.

„Feli, schön, dass du anrufst. Ich habe mir schon Sorgen gemacht!"

Tatsächlich freute ich mich, seine Stimme zu hören und seine gute Laune teilen zu können.

„Sorgen … Wieso? Dachtest du, Frau Lehnbach würde mich in einen Hinterhalt locken?"

Er lachte. „Nein, nein. Ich dachte nur, es wäre irgendetwas schief gelaufen. Aber zum Glück hörst du dich nicht danach an. Wollen wir anstoßen?"

„Sehr gerne!"

„Super, dann mach dich auf den Weg. Der Sekt und ich warten auf dich."

Ich ließ mein Handy wieder in meine Tasche gleiten, genoss noch einmal den Blick auf das quirlige Treiben in der Stadt und freute mich umso mehr, dass mein Abend nun auch bei einem kühlen Getränk und unterhaltsamer Gesellschaft ausklingen würde. Meine Zweifel waren verflogen oder – eher gesagt – so weit nach hinten gedrängt, dass ich mich beschwingt auf den Weg zum Auto machte. Heute war so ein aufregender Tag gewesen, den konnte ich jetzt nicht einfach allein auf der Couch verbringen. Der Tag musste gefeiert werden.

Ich fand glücklicherweise direkt einen Parkplatz vor dem Haus. Als Timo mir die Tür öffnete, war ich kurz überrascht. Der

Freizeit-Timo aus dem Pepper's stand vor mir. Er trug Shorts, Flip Flops und ein schlichtes T-Shirt und sah mal wieder so ganz anders aus als in seinem Büro-Outfit. Auch seine Haare waren wieder nicht gemacht, was mir besonders gut gefiel. Ich kam mir dagegen in meinem Röckchen und mit meinen zusammengesteckten Haaren direkt spießig vor und war sehr froh, dass ich mich wenigstens heute Morgen für den weitfallenden Blumenrock entschieden hatte, der zumindest nicht ganz so steif wirkte.

„Feli! Schön, dass du da bist. Komm rein!"

Er nahm mich in die Arme und zog mich gleichzeitig durch die Tür in seine Wohnung. Ich hatte ihn zwar schon oft zu Hause abgesetzt, war aber noch nie mit reingekommen.

„Willkommen in meinem kleinen Reich!"

Mit einer ausladenden Armbewegung gab er den Weg frei. Ich trat weiter ein und ließ einen neugierigen Blick durch das Zimmer schweifen. Ich war überrascht, wie klein seine Wohnung war. Einen Flur gab es nicht, ich stand direkt in der Wohn-Ess-Küche. Das Auffälligste in diesem Zimmer war der überdimensionale Fernseher, der an der Wand hing, mit diversen Spielekonsolen darunter.

Ansonsten schien Timo sehr spartanisch eingerichtet zu sein, dafür aber offensichtlich sehr hochwertig. Ein schlichtes dunkles Ledersofa, eine weiße Hochglanz-Küchenzeile mit einer Theke und zwei Barhockern als Essbereich. Gemütlich war etwas anderes, dafür war alles hochmodern und stylisch. So wie Timo eben.

„Danke, nett hast du es hier."

Er grinste. „Ja für mich reicht es. Aber ich dachte, wir setzen uns raus und genießen noch die letzten Sonnenstrahlen."

Ich hatte noch gar nicht gemerkt, dass es einen Balkon gab. Die Tür, die nach draußen führte, war hinter den Vorhängen versteckt.

„Sehr gern."

„Geh schon mal raus. Ich hole eben die Gläser."

Der Balkon war wie die Wohnung: klein. Es passten so gerade ein kleiner Tisch und zwei Stühle darauf. Ich fühlte mich wie in einem Werbespot für Getränke oder Snacks, die den Großstädtern die lauen Sommernächte versüßen sollten. Nur die Blumen und die Lichterketten fehlten, die den Balkonen in der Werbung einen besonders gemütlichen Charakter verliehen.

Trotzdem entspannte ich mich sofort und schloss die Augen, als ich Platz nahm und die Sonnenstrahlen mein Gesicht kitzelten. Als ich meine Augen wieder öffnete, saß Timo mir schon mit einem breiten Grinsen gegenüber und hielt mir ein Glas Sekt hin.

„Oh, ich hab dich gar nicht gehört."

„Kein Problem, ich hätte dich auch noch weiter beobachten können."

Ich verdrehte die Augen, musste aber gleichzeitig lachen und nahm ihm das Glas aus der Hand. Irgendwie war Timo immer in Flirtlaune. Trotzdem war es mit ihm immer locker und leicht und nicht verkrampft. So wie mit Matthias manchmal. Das mochte ich und das war genau das, was ich heute brauchte.

„Auf dich, Feli Weber, nach mir der neue Stern am Immobilienhimmel!"

„Du bist so ein Spinner!", prustete ich los und erhob mein Glas ebenfalls. Er grinste mich an und das Klingen, das unsere Gläser beim Zusammenstoßen auslösten, rundete die lockere Atmosphäre ab.

Die Sonne ging langsam unter, hatte aber noch ein paar letzte Strahlen für uns über, die sich in unseren Gläsern spiegelten. Der Himmel war ansonsten bereits von einem satten Orange gesäumt.

Ich schloss wieder die Augen und genoss diesen Moment. Gerade war ich unglaublich glücklich. Ein lauer Sommerabend, gute Unterhaltung und ein kaltes Gläschen Sekt nach einem erfolgreichen Arbeitstag – das war heute wirklich viel besser, als alleine auf dem Sofa zu hängen. Mein aufregender Tag nahm also noch ein perfektes Ende.

„Also los, erzähl! Wie ist es gelaufen?", hakte Timo nach, als könnte er Gedanken lesen.

Ich schmunzelte und erzählte ihm von meinem Termin bei Frau Lehnbach. Plötzlich war ich wieder ganz aufgeregt und redete mich richtig in Rage. Ich ließ kein Detail aus und erzählte ihm auch von meinem Fail, der mich meinen Auftrag hätte kosten können.

Frau Lehnbach zu fragen, ob sie sich mit dem Verkauf wirklich sicher war und sie somit möglicherweise noch zu verunsichern und den Verkauf zu gefährden, war in unseren Kreisen normalerweise wirklich kein kluger Schachzug. In meinem Fall aber wohl goldrichtig.

Normalerweise wäre es mir peinlich, einem Kollegen gegenüber zuzugeben, dass ich einen möglichen Auftrag so leichtsinnig aufs Spiel gesetzt hatte, nur um ein reines Gewissen zu haben. Aber bei Timo ging es mir jetzt ganz leicht über die Lippen.

Seit unserem Treffen im Pepper's und unserer gemeinsamen Mittagspause, in der er mir Tipps für mein Exposé gegeben hatte, bröckelte seine perfekte Fassade mir gegenüber. Timo war für mich nicht mehr der supercoole, unfehlbare Sunnyboy, sondern der nette Kollege, der vielleicht ein kleines bisschen draufgängerisch war, aber sein Herz am rechten Fleck hatte. Und mir vor allem gerade zuhörte.

Es tat gut, noch einmal über den ganzen Tag reden zu können und die Meinung eines Kollegen zu der Situation zu hören. Denn obwohl mein Termin mit Frau Lehnbach ein erfolgreiches Ende genommen hatte und ich nicht nur mit einem Großauftrag, sondern auch mit einem gestärkten Selbstbewusstsein daraus gegangen war, war es mir irgendwie wichtig, noch einmal von einem Profi bestätigen zu lassen, dass er das Ganze genau so sah. Und dass ich mit meiner Arbeitsweise wirklich Erfolg haben könnte und nicht nur unglaubliches Glück hatte heute.

Mein neues Selbstbewusstsein sollte es zwar nicht mehr benötigen, immer wieder bestätigt werden zu müssen, aber ich konnte nun mal auch nicht einfach so aus meiner Haut. Ich war noch nie die Selbstbewussteste gewesen, aber die Zeit mit Mirko hatte offensichtlich ihr Übriges dazu getan. Auch wenn ich es endlich geschafft hatte, von Mirko loszukommen und mein Leben wieder selbst in die Hand zu nehmen, würde es noch lange dauern, mein Selbstbewusstsein wieder auf Stand zu bringen.

Als ich meinen Monolog beendete, grinste Timo mich an und füllte mein Glas wieder auf. „Also Feli, du bist wirklich sonderbar."

Ich lachte. „Na, vielen Dank auch. Da hatte ich mir irgendwie ein bisschen mehr Bestätigung erhofft."

„Bestätigung? Wozu?" Auch Timo lachte. „Die beste Bestätigung ist dein unterschriebener Auftrag. Was willst du mehr?"

„Ja, ich weiß! Und ich bin wirklich überglücklich. Aber weißt du, noch mehr als der unterschriebene Vertrag haben mich Frau

Lehnbachs Worte gefreut. Ich dachte immer, meine Gewissenhaftigkeit und meine Empathie würden meinen Job behindern. Aber so bin ich nun mal und ich kann das auch nicht so einfach ablegen. Zu hören, dass ich das vielleicht auch gar nicht muss und dass meine offensichtliche Schwäche sogar eine Stärke sein kann, war wie eine kleine Erleuchtung."

Timo sah mich immer noch etwas belustigt an und ich war kurz davor, mich für meinen kleinen Gefühlsausbruch zu schämen. Aber er kam mir zuvor.

„Das freut mich für dich, Feli, wirklich! Und das Beste an deiner neuen Strategie ist, dass wir so niemals wirklich konkurrieren werden." Er lachte und ich stimmte ein. In diesem Moment fiel alles von mir ab und ich war einfach erleichtert.

„Ich weiß noch genau, wie sich mein erster großer Auftrag damals angefühlt hat. Bis dahin glaubten meine Eltern, dass ich nichts auf die Reihe kriegen würde und dass ich mich mit dem Makler-Kurs nur vor der ‚richtigen' Arbeit drücken wollte. Aber sie haben sich geirrt. Als ich von Zuhause ausgezogen bin, war das die größte Genugtuung für mich."

Ich war überrascht, zu hören, dass auch Timo so eine Situation kannte. Das hätte ich nun wirklich nicht gedacht.

„Ich wollte allen zeigen, dass ich es zu was bringen kann", fuhr er fort. „Und weißt du, Feli, mein großer Traum ist es, mich selbstständig zu machen. Also so richtig: eigenes Büro, eigene Kunden, eigene Verantwortung."

„Oh, wow!", ich war überrascht von seinen Plänen.

„Ja, ich möchte mein Ding machen und nicht immer von Menschen wie Matthias abhängig sein." Ich war überrascht von seiner scharfen Wortwahl.

„Was hast du denn gegen Matthias?“

Er lachte. „Eigentlich nichts. Aber, auch auf die Gefahr hin, dass ich mich arrogant anhöre, ich brauche ihn nicht. Ich möchte mein Ding machen und selbst die Früchte ernten und nicht noch andere bereichern.“

Ich nickte nur. Ein bisschen konnte ich ihn verstehen. Er war halt ein Alphatier und nicht der rücksichtsvolle Teamplayer. Dennoch gefiel es mir nicht, dass er so abwertend von unserem Chef redete. Ich biss mir auf die Zunge, um mir meinen Kommentar dazu zu verkneifen. Nicht, dass er es noch in den falschen Hals bekam und merkte, dass Matthias und ich irgendwie eine besondere Beziehung hatten. Ehhm, ich meinte natürlich, dass er es fälschlicherweise annahm.

„Ich mag es, erfolgreich zu sein“, unterbrach er meine Gedanken. Er sah zufrieden mit sich aus, fast ein bisschen selbstgefällig.

„Nicht nur im Job, was?“ Ich konnte mir ein breites Grinsen nicht verkneifen und war froh über die Steilvorlage zum Themenwechsel.

„Mann, Feli! Musst du auch noch Salz in die Wunden streuen? Ja, ich bin kein Kind von Traurigkeit. Aber ich habe dir auch gesagt, dass ich lieber mit der Frau meiner Träume zusammen wäre, als weiterhin irgendwelche netten Mädchen kennenzulernen.“

„Eine Frau, die dir für deine großen Karrierepläne den Rücken frei hält?“ Diesen Kommentar konnte ich mir nicht verkneifen, er passte so sehr in sein klischeehaftes Bild. Aber er erwiderte nichts darauf, sondern nahm einen Schluck aus seinem Glas und fixierte mich.

„Naja, und bis du sie gefunden hast, nimmst du halt, was dir auf der Strecke begegnet“, trieb ich es auf die Spitze und mein Grinsen wurde breiter.

Ich konnte Timo in dieser Sache einfach nicht ernst nehmen. Auch wenn ich mittlerweile gemerkt hatte, dass ich mit ihm auch durchaus gute Gespräche führen konnte und besonders im Job froh war, ihn zu haben, kam er mir in Liebesangelegenheiten immer noch vor wie ein kleiner, wilder Macho-Junge. Zugegeben: ein kleiner, wilder, anziehender Macho-Junge. Aber den Gedanken beförderte ich direkt wieder aus meinem Kopf.

Er sah mich an und winkte gespielt verärgert ab. Statt einer Antwort prostete er mir erneut zu. Das Thema war für ihn aber noch lange nicht gegessen. Eine Weile saßen wir einfach so da und schauten in die Ferne. Das besondere Licht der untergehenden Sonne spiegelte sich in den Fenstern der zahlreichen Häuser um uns herum. Obwohl dieser Ausblick nicht so idyllisch war, wie ich es aus meinem Heimat-Dorf kannte, fühlte ich mich unheimlich wohl.

Ich merkte immer wieder, dass ich Bielefeld einfach wunderschön fand. Auch wenn es sicherlich noch nicht annähernd mit einem wirklichen Großstadtleben zu vergleichen war, war das geschäftige Treiben auch nach 22 Uhr faszinierend für mich. Es war aufregend und gleichzeitig war dieser Trubel war genau das, was mich zur Ruhe brachte – auch wenn das für viele sicherlich schwer zu verstehen war. Die vielen Geräusche nahmen mich mit und ließen mich abschalten. Einfach mal an gar nichts denken, mich einfach von dem Strom mitreißen lassen.

Ein leichter Wind zog auf und ließ mich frösteln, obwohl es nur eine leichte Sommerbrise war.

„Ist dir kalt?"

„Nein, alles gut. Es ist alles perfekt!" Ich sagte das mehr zu mir selbst, als dass ich Timos Frage beantwortet hätte. Denn genau das fühlte ich gerade. Es war perfekt. Ich war rundum zufrieden.

Zufrieden mit mir, zufrieden mit meiner Umwelt, zufrieden mit allem.

„Bist du immer so, Feli?"

„Wie?" Ich wusste nicht, worauf Timo hinauswollte.

„Naja, so leicht glücklich zu machen eben."

Ich war verwundert und gleichzeitig äußerst belustigt. „Wie kommst du darauf?"

„Du wirkst halt so. Du sitzt hier, immer noch in deinem Businessoutfit, feierst einen netten Auftrag wie einen Lottogewinn, trinkst einen Sekt, schaust in die Sonne und siehst aus, als würdest du mehr nicht brauchen."

„Aber das ist doch schon ganz schön viel", protestierte ich.

Er lachte. „Du bist echt besonders." Bevor ich darauf reagieren konnte, stand er auf.

„Auch wenn er dich so glücklich macht, muss ich dir leider mitteilen, dass der Sekt leer ist. Ich würde vorschlagen, wir steigen dann mal auf Weißwein um. Der liegt zufällig immer kalt."

Er zwinkerte, nahm unsere Sektgläser vom Tisch und verschwand direkt in der Wohnung, ohne meine Antwort abzuwarten. Kurz darauf kehrte er mit zwei vollen Weißweingläsern zurück. An den Gläsern perlten außen Kondenströpfchen ab und wurden zu kleinen Rinnsalen, die den langen Stiel des edlen Weinglases hinunterliefen. Er setzte sich wieder an den Tisch und schob mir ein Glas rüber.

„Also Feli, was macht dich wirklich glücklich? Also ich meine so generell."

Komische Frage. Nicht nur, dass ich von Timo nicht erwartet hätte, dass er das Thema noch weiter vertiefen würde. Ich konnte sie auch nicht so einfach beantworten. Jetzt gerade war ich glücklich, ja. Aber eine persönliche Glücksdefinition hatte ich noch nicht aufgestellt und ich wusste auch gar nicht, ob ich es konnte. Nach der Trennung von Mirko stand erstmal der Neustart auf dem Programm.

Timo schaute mich an. Er hielt mich mit seinem Blick fest, sodass eine Antwort unausweichlich wurde.

„Der Moment", sagte ich also, weil ich nicht besser formulieren konnte, was ich eigentlich dachte.

„Wie meinst du das?" Ich hatte befürchtet, dass er sich mit meiner Antwort nicht zufrieden gab, war mir aber relativ sicher, dass er mich nicht verstehen würde. Ich versuchte es trotzdem. Ihm war das Thema offenbar sehr wichtig und schließlich hatte er mich in letzter Zeit auch gut beraten.

„Naja, im Moment bin ich glücklich. Das hast du ja eben selber festgestellt", ich zwinkerte. „Lauer Sommerabend, kühler Weißwein und meine Anspannung ist auch abgefallen. Ich fühle mich leicht und das ist einfach schön!"

Er lächelte. „Ja, das ist schön!", sagte er nachdenklich und eine kurze Weile schwiegen wir beide. „Aber fehlt dir nicht etwas?", hakte er nach.

Ich lachte. „Was soll mir denn fehlen?"

„Na, ein Partner zum Beispiel."

Ich verdrehte die Augen. Typisch, dass gerade er, der wirklich bei jeder Gelegenheit eine Frau zu sich holte, das nicht verstand. „Nein!", gab ich nur wahrheitsgemäß zur Antwort. Gleichzeitig hatte ich nicht vor, weiter auf dieses Thema einzugehen.

„Und was macht dich glücklich?" Ich wollte den Spieß umdrehen, bevor er weiter nachfragen konnte. Mir war nämlich vollkommen bewusst, dass ich Gefahr lief, Dinge von mir auszupacken, die ich eigentlich lieber bei mir behalten wollte. Es war komisch, aber in diesem Moment fühlte ich mich mit Timo so vertraut, ich hätte ihm alles erzählt. Wahrscheinlich war der Sekt dabei nicht ganz unschuldig.

„Erfolg und Liebe." Das kam wie aus der Pistole geschossen und ich war verblüfft. Er sah mir dabei direkt in die Augen, wandte aber schnell seinen Blick ab, so als ob er sich schämen würde.

„Das ist doch mal ‚ne klare Aussage!" Etwas Besseres fiel mir nicht ein, aber ich hatte das Gefühl, dass dieses Mal er es war, der unbedingt Bestätigung brauchte.

„Das stimmt wohl!" Er lächelte schief. „Weißt du, Feli, ich habe mir in der letzten Zeit so viele Gedanken gemacht. Darüber, was ich eigentlich will. Ich war mir ganz sicher, dass das die beiden Ziele in meinem Leben sind und ich zumindest bei dem einen ganz gut dastehe. Und bei dem anderen versuche ich das genauso. Und wenn ich beides erreiche, bin ich glücklich."

„Klingt doch logisch!"

„Ja, aber jetzt sitzt du hier und brauchst nicht mehr als einen Wein und ein paar Sonnenstrahlen, um auszusehen, als wärst du der glücklichste Mensch auf Erden, und ich komme mir irgendwie banal vor."

Banal? So, wie er es beschrieb, sollte man meinen, dass meine Ansicht eher banal wäre. Aber ich war eigentlich nicht der Meinung, dass die Worte „Glück" und „banal" in irgendeiner Weise zusammenhingen.

„Aber Glück ist doch niemals banal! Es ist doch vollkommen egal, wie man glücklich ist. Zu wissen, was einen glücklich macht und es dann auch fühlen zu können, ist doch etwas ganz Großes!"

Mir war vollkommen bewusst, dass unser Gespräch in sehr tiefsinnige Bahnen abglitt. Bisher habe ich immer versucht, so etwas gerade bei Kollegen zu vermeiden, aber jetzt war ich bereits zu tief drin und ich musste zugeben, dass ich es gut fand.

„Ja, schon, aber meinst du nicht, mit 30 sollte man irgendwie mehr wollen? Irgendwie langfristig gesehen."

Ich sah ihn an. Was sollte das heißen? Dass ich mich nicht meinem Alter entsprechend verhielt? Dass ich es mir zu leicht machte? Ich konnte nichts dagegen tun, aber irgendwie fühlte ich mich durch seine Worte angegriffen. Gleichzeitig wusste ich aber auch nicht, was ich ihm entgegnen sollte. Timo schien meine kleine Verstimmung zu merken und ruderte sofort zurück.

„So mein ich das nicht, Feli!"

„Wie?"

„Naja, ich wollte dich damit nicht angreifen. Ich meine das ja auch nicht auf dich persönlich bezogen, sondern eher generell halt." Junge, der schien ja feinfühliger zu sein, als ich dachte! Obwohl ich das Thema immer noch scheiße fand, wurde ich etwas versöhnlicher.

„Schon gut. Aber weißt du, mich nervt das einfach. Du bist ja nicht der Erste, der offensichtlich meint, dass mit 30 alles anders sein muss. Irgendwie setzt mich das unter Druck, obwohl ich doch eigentlich vollkommen zufrieden bin mit mir und meinem Leben. Was soll denn dieser Aufriss?"

„Naja, es gibt halt Dinge, für die hat man nicht ewig Zeit …"

„Du meinst, eine Familie zu gründen?"

„Zum Beispiel."

Jetzt war ich baff. „Und das willst du?"

„Ja, klar."

„Aha." Mehr fiel mir dazu nicht ein. Seinem Verhalten nach zu urteilen, schien mir das nämlich nicht wirklich so.

„Wie, aha?!" Jetzt schien er etwas angepisst.

„Naja, ich will dir nicht zu nahe treten. Aber du machst mir nicht wirklich den Anschein, als wärst du bereit, deine Freiheit aufzugeben und monogam zu leben. Geschweige denn dich ganz auf Frau, Kind und Haus zu konzentrieren."

„Wieso nicht?"

„Weil du jedes Abenteuer mitnimmst, das du kriegen kannst, von morgens bis abends arbeitest und auch sonst nur unterwegs bist."

„Ja, aber ja nur, weil ich keine Alternative habe." Er grinste versöhnlich und ich war froh, dass wir langsam wieder in ruhige Gefilde kamen.

„Aha", machte ich wieder. Dieses Mal aber weniger ironisch, um unseren versöhnlichen Ton beizubehalten. Offensichtlich würden wir nicht auf einen Nenner kommen.

„Weißt du, alle sind jetzt gerade an diesem Punkt und ich wäre gerne dabei. Ich würde auch gerne nach Hause kommen und jemand wartet auf mich."

Dann kauf dir einen Hund, dachte ich mir, verkniff mir aber, es laut auszusprechen. Stattdessen antwortete ich ehrlich.

„Siehst du, Timo, und genau das verstehe ich nicht. Genauso höre ich das immer von meinen Freunden zu Hause. Warum will man etwas nur, weil es andere haben und weil es vermeintlich an der Zeit ist? Ich meine, es ist ja vielleicht vollkommen verständlich, sich eine Familie zu wünschen. Aber das kann man doch nun mal nicht erzwingen. Man muss doch erst einmal einen Menschen treffen, den man liebt, und dann schauen, wie man sich die gemeinsame Zukunft vorstellt. Ich denke nicht, dass es sinnvoll ist, hier das Pferd von hinten aufzuzäumen und sich einen Partner zu suchen, der ganz gut zu Haus und Kind passen würde." Ich sah Timo an, konnte seinen Gesichtsausdruck aber nicht wirklich deuten.

„Aber das muss ja am Ende auch jeder für sich selbst entscheiden", fügte ich deshalb noch hinzu, um das Thema vielleicht doch schnell beenden zu können.

Timo sagte weiterhin nichts und sah mich einfach nur an. Irgendwie nachdenklich, aber trotzdem lächelte er.

„Und ich denke nicht, dass es weniger erwachsen ist, sein Glück auch in anderen Dingen zu sehen." Diesen Satz konnte ich mir dann doch nicht verkneifen. Diese insgeheime Unterstellung vom Anfang wollte ich schließlich nicht auf mir sitzen lassen.

„Ja, wenn du das so sagst, hast du vollkommen recht!" Er prostete mir zu, ohne mich aus den Augen zu lassen, und ich war froh, dass das Thema beendet schien. Ich fröstelte wieder und rieb mir die Arme.

„Mensch, Feli, komm, wir gehen rein. Du frierst ja und wir brauchen eh Nachschub." Er zwinkerte.

Da konnte ich nicht protestieren. Mein Glas war schon wieder leer und ich war wirklich froh, ins Warme zu kommen. Ich folgte Timo in die Küche. Als ich aufstand, merkte ich, dass der Wein und der Sekt nicht spurlos an mir vorbeigegangen waren. Ich hatte mit einem kleinen Schwindel zu kämpfen. Kein Wunder nach der ganzen Aufregung, dachte ich mir. Und gleichzeitig musste ich wieder grinsen, als ich an diesen wunderbaren Tag zurückdachte, und der Schwindel verwandelte sich in eine wohlige Welle, die mich einmal durchzog. Und dieser wunderbare Tag war ja noch nicht mal zu Ende.

Ich stand an Timos Küchenzeile gelehnt und beobachtete, wie er die Kühlschranktür öffnete und die Flasche Wein herausholte. Durch sein weißes Shirt konnte ich dabei beobachten, wie seine Rückenmuskulatur sich bewegte. Seine Locken kräuselten sich im Nacken und ich musste zugeben, dass er mir in diesem Moment ganz besonders gut gefiel. Auch wenn wir nicht ganz einer Meinung waren, was das Thema Glück betraf, war ich immer noch positiv überrascht, diese andere Seite von Timo kennenzulernen. Auch wie er mir zugehört und mir geholfen hatte, gefiel mir. Er war schon doch ein toller Typ. Und dieser tolle Typ fand mich besonders. Niemals in meinem ganzen Leben hätte ich gedacht, dass so ein Frauen-Schwarm wie Timo jemals auf mich aufmerksam werden würde. Dafür war ich viel zu unscheinbar.

In diesem Moment drehte er sich zu mir um und mich durchzuckte ein Kribbeln. Ich fühlte mich ertappt.

Timo lachte. „Was ist los, Feli, hab ich was im Gesicht?"

„Nein, nein", versuchte ich, auszuweichen.

„Oder habe ich dich mit meinen Worten nachhaltig schockiert?", grinste er.

„Nö." Jetzt grinste ich auch. „Musst du ja wissen, was dich glücklich macht."

Ich hatte meinen Worten eigentlich keine tiefere Bedeutung beigemessen, aber offensichtlich hatten sie eine Wirkung.

Timo hatte gerade mein Glas abgestellt und stand ganz nah vor mir. Wir sahen uns direkt an. Er ließ meinen Blick nicht los und ich hatte ehrlich gesagt auch nicht das Bedürfnis, diesen besonderen Moment zu beenden. Timo hob seine Hand und bevor ich es richtig realisierte, strich er mir sanft über meinen Arm. Ganz langsam. Und jede Stelle, die er berührte, fing an zu kribbeln. Ich wusste nicht, was hier passierte, aber mein Gehirn setzte eh gerade aus. Ich hielt Timos Blick einfach stand und genoss das Kribbeln und seine Aufmerksamkeit. Timo lächelte.

„Weißt du, Feli", sagte er verschmitzt, „jetzt ist es auch gerade einfach der Moment."

Ich konnte nicht anders, als sein Lächeln zu erwidern. Das Kribbeln wurde stärker und weitete sich auf meinen ganzen Körper aus. Timos Hand wanderte zu meinem Gesicht und zog mich langsam näher zu sich heran. Ich fühlte gar nichts mehr außer dieses verdammte Kribbeln und wollte mich dem einfach nur noch hingeben.

Als unsere Lippen sich langsam berührten, hatte ich alle Zweifel über Bord geworfen, die ich an Timo hatte. Er wollte mich und das war gerade einfach schön.

Timos Daumen strich langsam an meiner Wange hinunter Richtung Hals, während er seine Lippen öffnete und unser Kuss intensiver wurde. Ich ließ mich darauf ein. Ich genoss seine Berührungen und vor allem genoss ich dieses Gefühl, endlich wieder wahrgenommen zu werden. Timos Finger bahnten sich weiter ihren Weg über meine Haut. Als er mein Schlüsselbein erreichte, zuckte ich zusammen. Er hatte meine empfindlichste Stelle getroffen. Ich wich zurück und schaute in Timos Gesicht.

Er wirkte belustigt, dachte gleichzeitig aber nicht ans Aufhören. „Was ist los?"

Er küsste meinen Hals. Aber der Zauber war verflogen. Zum zweiten Mal an diesem Abend. Was war denn los mit mir?! Erst der intensive Blickkontakt mit Matthias im Büro und jetzt ein Kuss mit Timo. Ich war wirklich nicht ganz auf der Höhe!

Ich wich ein Stück zurück und er sah mich verwirrt an. „Was ist los, Feli?", fragte er erneut, blieb dieses Mal aber zum Glück auf Distanz.

„Ich weiß nicht, ich …" Mehr brachte ich nicht heraus.

„Feli, entspann dich!" Er berührte meinen Arm, aber ich zuckte zurück.

„Feli…", versuchte er es wieder. „Das war wunderschön! Ich mag dich wirklich!"

Langsam fand ich meine Fassung wieder.

„Ich mag dich auch Timo, aber nicht so."

„Wieso? Ich hatte das Gefühl, du hast es auch genossen." Er legte den Kopf schief und grinste.

Und wieder war ich froh, dass Timo war, wie er war und die Situation mit seiner Art einfach entspannte.

„Schlecht war es nicht", grinste jetzt auch ich.

Wir standen eine Weile so da. Aber ich wusste, dass ich noch etwas klarstellen musste. Also versuchte ich, es hinter mich zu bringen.

„Weißt du, Timo, ich mag dich auch. Aber ich bin kein Typ für eine Affäre unter Kollegen."

„Ich will keine Affäre mit dir!", kam es ohne Zögern zurück.

Ich lächelte und musste an Franzi denken, die mir das ja bereits im Pepper's prophezeit hatte.

„Aber ich bin auch nicht die Frau, die zu Hause auf dich wartet", versuchte ich es behutsam, weil ich keine Ahnung hatte, wie der coole Timo reagierte, wenn er wirklich seine Felle schwimmen sah.

Er schwieg.

Na toll, damit hätte ich nun gar nicht gerechnet.

„Ich meine, wie kommst du überhaupt darauf, dass ich die perfekte Frau dafür wäre?", versuchte ich, den Ball zu ihm zu spielen.

„Weil du besonders bist, anders halt."

Ich saugte diese Worte in mich auf und beschloss, sie zusammen mit meinem neuen Selbstbewusstsein zu speichern. Das von jemandem zu hören, der eigentlich jede haben könnte, machte mich irgendwie stolz, da ich in diesem Moment wusste, dass er es auch so meinte. Gleichzeitig wusste ich aber auch, dass Timo es sich selbst wohl auch ein bisschen einfach machen wollte, wenn auch unbewusst.

„Danke, dass du das sagst! Ich weiß das sehr zu schätzen. Aber ich glaube auch, du weißt, dass das niemals gut gehen könnte mit uns."

„Wieso?"

„Naja, wir verstehen uns, haben Spaß, alles gut … Aber zu einer Beziehung gehört doch mehr."

Seinem Blick nach zu urteilen, schien er mich nicht ganz zu verstehen. Ich musste wohl deutlicher werden.

„Ok, also ich bin anders als deine anderen Ladies, ja. Aber bisher hast du ja auch nur nach diesen Ladies Ausschau gehalten, weil du Lust darauf hattest und weil genau die dich ansprechen. Jetzt zeigt dir dein Umfeld, dass es vielleicht an der Zeit ist, den nächsten Schritt im Leben zu gehen und an eine Zukunft zu denken. Und weil das eben so gut passt, siehst du mich da in deinen Gedanken."

Er nickte nachdenklich. „Aber was ist daran so schlimm?"

„Nichts ist schlimm! Aber es ist eben auch nicht richtig. Das ist genau das, worüber wir gerade gesprochen haben. Ich möchte nicht die Frau von jemandem sein, weil ich gerade ganz gut in seine weitere Lebensplanung passe. Ich möchte einen Partner finden, mit dem ich das Leben plane."

„Aber du könntest alles planen. Bei der Inneneinrichtung zum Beispiel bin ich ganz offen." Er grinste schief, schien mich aber zu verstehen. Ein bisschen zumindest.

Ich grinste zurück, froh darüber, dass wir offensichtlich normal miteinander umgehen konnten. „Ach, Timo, du sagst es ja selbst. Für dich sind Erfolg und Liebe wichtig. Und ich bin mir ziemlich sicher, dass du die Reihenfolge nicht zufällig gewählt hast. Und das passt einfach nicht zu mir!"

„Ja, vielleicht hast du recht, Feli. Aber trotzdem mag ich dich und trotzdem bin ich bereit für mehr als eine lockere Affäre."

„Das ist doch auch super! Aber dann finde dir jemanden, der auch wirklich zu dir passt und den du nicht nur wegen der Kompatibilität interessant findest, sondern der die gleichen Werte mit dir teilt."

„Hey, ich finde dich nicht nur interessant.", versuchte er einen letzten halbherzigen Protest. „Ich finde dich wirklich besonders ... und heiß!"

Ich prustete los. Er war wieder der Alte.

„Und verdammt schlau ... Du hast recht, Feli!" Er kam auf mich zu und nahm mich in den Arm.

„Freunde?", nuschelte er in meine Haare.

„Sehr gerne!"

Wir stießen noch einmal an und grinsten uns zu.

„Dir ist schon klar, dass du jetzt zu meinem exklusiven Beziehungsratgeber wirst?"

Fast verschluckte ich mich an meinem Wein. Ja, sicher, dachte ich. Wenn du wüsstest, wie gut ich das Ganze in der Praxis drauf hatte. Nämlich gar nicht. Aber gut, man wurde ja schließlich immer besser.

„Nichts lieber als das!", antwortete ich also stattdessen und vertrieb die Gedanken an Mirko aus meinem Kopf. Die waren in Kombination mit Alkohol nämlich noch gefährlicher als sonst.

„Und du wirst mein Verkaufscoach."

„Deal!"

Eine perfekte Symbiose also. Mann, war ich froh, dass wir das klären konnten. Es war mittlerweile weit nach Mitternacht. Obwohl ich mich nach diesem Gespräch direkt wieder nüchtern fühlte, war ich weit entfernt davon, mein Auto nach Hause fahren zu können. Glücklicherweise bot mir mein neuer Freund an, auf seinem Sofa zu schlafen. Das Angebot nahm ich dankend an. Als Profiabschlepper hatte er sogar eine Zahnbürste für mich parat. Ich stellte mir den Wecker auf 6 Uhr. So würde ich genug Zeit haben, vor der Arbeit noch nach Hause zu fahren, zu duschen und wieder frisch in den Tag zu starten.

16

Übertrieben

Ich hätte einiges dafür gegeben, dass heute Samstag wäre. Als ich unsanft vom Wecker aus dem Schlaf gerissen wurde, spürte ich direkt einen höllischen Kopfschmerz. Außerdem hatte ich einen ganz unangenehmen Pelz auf der Zunge, den ich dankend mit dem Wasser hinunter spülte, das Timo mir gestern Nacht wohl noch ans Sofa gestellt hatte. Ich musste unglaublich schnell eingeschlafen sein, denn mitbekommen hatte ich diese lebensrettende Geste nicht mehr.

Ich setzte mich auf und hielt kurz inne, bis mein Kopf sich an die neue Position gewöhnt hatte. Angezogen war ich praktischer Weise schon und meine Tasche lag direkt neben mir. Ich konnte mich also direkt auf den Weg machen. Ich schlich zur Haustür. Um Timo nicht zu wecken, betätigte ich den Lichtschalter nicht, sondern bahnte mir mit meinem spärlichen Handylicht den Weg zur Wohnungstür. Kleine Wohnungen hatten doch auch ihre Vorteile. Den Geräuschen nach zu urteilen, war er noch tief und fest am Schlafen. Kurz überlegte ich, ihm eine Nachricht zu hinterlassen, verwarf den Gedanken aber direkt wieder, als ich im Dämmerlicht nirgends Zettel und Stift erspähte. Egal, wir würden uns ja eh später im Büro sehen. Also nichts wie weg hier.

Zum ersten Mal konnte ich an diesem Tag einen klaren Gedanken fassen, als mir das kalte Wasser in der Dusche über meinen Körper lief. Davor war ich damit beschäftigt, sicher nach Hause zu kommen. Fahren durfte ich bestimmt noch nicht. Normalerweise hasste ich es, aber heute brauchte ich definitiv eine kalte Dusche. Als die erste Besserung eintrat, war ich direkt erleichtert und wechselte zu warmem Wasser. Ich ließ mich die Duschwand hinunter gleiten und setzte mich. Ja, das tat gut. Ich blieb einige Minuten so sitzen, bis ich mich wieder stark genug fühlte, mich aufzurichten.

Eingewickelt in meinen Bademantel ließ ich mich auf den Badezimmerteppich plumpsen und versuchte beim Zähneputzen, den ekelhaften Pelz endgültig aus meinem Mund zu vertreiben. Der Versuch, einen Blick auf mein Spiegelbild zu erhaschen, schlug fehl. Es war immer noch alles beschlagen. Die warmen Dämpfe meiner Duschorgie hingen noch im Raum. Ganz plötzlich hatte ich das dringende Bedürfnis nach Luft. Es war viel zu heiß und viel zu stickig hier. Ich stand auf und wollte das Fenster öffnen, als ich von einer Welle der Übelkeit überrannt wurde.

Gerade noch rechtzeitig schaffte ich es, die Zahnbürste ins Waschbecken zu schmeißen und mich vor die Toilettenschüssel zu knien. Bah, war das ekelhaft. Ich übergab mich so lange, bis ich nur noch Galle spuckte. Stöhnend lehnte ich mich gegen die Dusche und hielt mir den Kopf. Hilfe!

Naja, verdient hatte ich es nach der Menge Alkohol gestern, und das auf nüchternen Magen.

Und trotzdem war es ein schöner Abend gewesen! Ich lächelte in mich hinein. Timo hatte ernsthaftes Interesse an mir. Wer hätte das gedacht?! Auch wenn ich meinen Rückzieher gestern Abend nicht bereute und immer noch froh war, dass ich rechtzeitig die Notbremse gezogen hatte, musste ich zugeben, dass mir seine Avancen doch ein wenig schmeichelten. Nicht mehr und nicht weniger. Das Sitzen tat gut und langsam fasste ich neue Kraft, um aufzustehen und mich fertig zu machen. Dann schlürfte ich in die Küche und stellte den Wasserkocher an. Heute würde es Tee zum Frühstück geben. Kaffee schaffte ich beim besten Willen noch nicht.

Mit Broten und Tee zog ich mich noch einmal zurück ins Bett. Nach dem Frühstück schaffte ich es tatsächlich, mich wieder einigermaßen fit zu fühlen.

Leider schien diese Information nicht in meinem Gesicht ankommen zu wollen. Ich sah doch sehr mitgenommen aus. Naja, musste halt etwas mehr Make-up her. Aber auch dieser Trick wollte heute nicht helfen. Meine Augenringe sprachen für sich. Musste ich eben mit einem absolut korrekten Outfit dagegenhalten. Zum Glück hatte ich noch eine gebügelte Bluse im Schrank und einen frischen Hosenanzug. Wenigstens etwas. So konnte ich mich zumindest im Büro sehen lassen.

Kleider machen Leute, hatte Opa mir immer eingetrichtert und er hatte recht. Ich fühlte mich direkt wieder wie eine starke Frau, die den Immobilienmarkt erobern konnte. Und das würde ich! Schließlich durfte ich mein gestärktes Selbstbewusstsein von gestern nur wegen eines kleinen Katers nicht direkt wieder verlieren.

Termine hatte ich zum Glück heute keine und auf der Agenda stand nur die Veröffentlichung des Exposés. Meine Hoffnung auf einen frühen Feierabend war ungebrochen, als ich gegen halb 9 das Büro betrat. Matthias war schon da. Ich winkte ihm flüchtig durch die Glasscheibe zu seinem Büro und steuerte direkt auf meinen Schreibtisch zu.

Leider war das Glück heute nicht ganz auf meiner Seite. Aus dem Augenwinkel sah ich, wie Matthias von seinem Schreibtisch aufstand und auf die Tür zuging. Ich gab mich beschäftigt und starrte auf meinen Bildschirm. Vielleicht wollte er ja gar nicht zu mir.

„Hallo Felicitas! Na, hast du deinen Erfolg …" Ich sah zu ihm hoch und er verstummte. „Du siehst ja schrecklich aus! Was ist los mit dir? Bist du krank?"

Na toll, Feli, das lief ja wunderbar!

„Nein, nein!" versuchte ich, meinen offensichtlich immer noch
nicht ganz so guten Zustand herunterzuspielen. „Es ist alles gut,
ich bin nur ein bisschen müde."

Ich versuchte mein bestes Lächeln.

„Na, dann ist ja gut. Bisschen viel gefeiert, was?" Er grinste.
Meine Taktik ging anscheinend auf.

„Naja, du hast es dir auch verdient. Was hältst du von einem
Kaffee?"

„Sehr gerne!" Ich stand auf. Allerdings war ich mir noch nicht
ganz sicher, was mein Magen zu dem Kaffee sagen würde, aber
meinen Kopfschmerzen würde er definitiv gut tun.

Als Matthias und ich vor der Kaffeemaschine standen, kündigte
die Klingel einen Besucher an. Wir drehten uns herum und er-
blickten einen gut gelaunten Timo.

„Hallo zusammen", pfiff er fröhlich und setzte direkt hinterher:
„Mensch, Feli, warum bist du denn heute Morgen einfach abgehauen? Ich hätte doch noch Frühstück gemacht."

Das hatte er jetzt nicht wirklich gesagt?! Ich verfiel in leichte
Panik. Musste das sein? Vor Matthias?! Das konnte man ja nur
falsch verstehen. Ein Piepen durchbrach die Stille und sagte uns,
dass der erste Kaffee durchgelaufen war.

„Oh, habe ich was verpasst?" Matthias war überrascht.

„Nur einen tollen Abend", zwinkerte Timo. Ich blieb sprachlos.

„Ah", machte Matthias nur, griff sich seinen Kaffee und machte sich direkt wieder auf den Weg in sein Büro. „Na, dann bis später." Und schon war seine Tür geschlossen.

„Was sollte das denn?!" Erst jetzt erwachte ich aus meiner Schockstarre. Ich war sauer.

Timo blieb gelassen. „Wieso? Ich hätte dir wirklich Frühstück gemacht."

„Das meine ich nicht!"

Er grinste nur und klappte seinen Laptop auf.

„Mann, Timo, das kann man doch nur falsch verstehen!", zischte ich. „Ich dachte, wir hätten alles geklärt."

„Haben wir doch auch!" Er zuckte mit den Schultern. „Aber lass den alten Spießer doch auch mal ein bisschen fantasieren."

Ich sah Timo entgeistert an. Mann, der hatte ja noch einen stärkeren Geltungsdrang Matthias gegenüber, als ich gestern Abend vermutet hatte. Vielleicht war die komplette Selbstständigkeit doch keine schlechte Idee.

„Mensch, Feli, was ist denn los mit dir? War doch nur 'n blöder Spruch. Sorry! Kommt nicht wieder vor, ok?" Er tätschelte meine Schulter und ich wurde direkt versöhnlicher. Ich hatte auch keine Energie, jetzt weiter zu streiten.

„Ist gut. Aber ich hab keinen Bock auf so ein blödes Gerede, klar?"

„Glasklar!" Er hob seine Hände und ergab sich gespielt. Ich war zufrieden.

Wir lachten und ich machte auf dem Absatz kehrt, um meinen Kaffee zu holen, der mittlerweile auch durchgelaufen war. Dabei erhaschte ich einen Blick auf Matthias, der aber beschäftigt auf den Bildschirm starrte.

„Du siehst übrigens etwas mitgenommen aus, Feli!", rief Timo mir hinterher, als ich mich wieder an meinen Schreibtisch setzte. „Geht's dir gut?"

Puh, mein Zustand war also weiterhin desaströs. Meine Kollegen konnte ich offensichtlich nicht mit einem Hosenanzug hinters Licht führen. „Naja", lachte ich, „ich gebe mein Bestes. Der letzte Wein ist mir wohl nicht so gut bekommen. Aber ich werde mich jetzt um das Exposé kümmern, damit es endlich raus in die Welt kommt und dann so schnell wie möglich nach Hause gehen", gab ich mich geschlagen.

Auch Timo lachte. „Du Arme! Das klingt nach einem guten Plan."

„Geht es dir gar nicht schlecht?"

„Ach, es geht. Aber ich bin froh, dass ich heute auch einen Bürotag habe."

Wir arbeiteten schweigend vor uns hin, als Matthias aus seinem Büro kam und sich räusperte. Er hatte schon seinen Mantel an und seinen Laptop in der Hand.

„Ich muss jetzt zu einem Termin und würde eigentlich nicht mehr reinkommen. Wer hält von euch die Stellung?"

Was, wollte er jetzt einfach so gehen? Ich wollte die Sache mit Timo doch noch klarstellen.

„Kein Problem, ich mache das, ich habe hier eh noch zu tun", unterbrach Timo meine Gedanken und ich lächelte ihn dankbar an.

„Alles klar, dann bis morgen!" Bildete ich mir das ein oder war Matthias' Ton wirklich kühl geworden? Bevor ich das weiter herausfinden konnte, war er aber auch schon weg.

„Wir haben heute aber wieder gute Laune!", stellte dann auch Timo fest.

Ich sagte nichts weiter. Zum einen wusste ich nicht, was, zum anderen war ich nicht in der Lage dazu, mich auf mehr zu konzentrieren als auf mein Exposé.

Mein Kopf hämmerte unermüdlich weiter. Als ich endlich fertig war, packte ich meine Sachen zusammen. Bis zu meinem Treffen mit Mara und Franzi hatte ich noch ausreichend Zeit, um noch ein kleines Schläfchen abzuhalten. Ich verabschiedete mich von Timo und dankte ihm noch einmal dafür, dass er die Stellung hielt. Auf dem Nachhauseweg wählte ich noch schnell Frau Lehnbachs Nummer, um ihr mitzuteilen, dass das Exposé veröffentlicht war und es jetzt losgehen konnte.

„Wunderbar, Frau Weber, vielen Dank!"

„Sehr gerne, Frau Lehnbach. Ich melde mich, sobald wir geeignete Interessenten haben."

„Danke!", kam es von Frau Lehnbach zurück. Ich wollte mich schon verabschieden, als sie aber noch einmal ansetzte. „Ach, Frau Weber?"

„Ja?" Ich bemühte mich, nicht genervt zu klingen, aber ich musste wirklich dringend auf mein Sofa. Oder noch besser in mein Bett.

„Ich habe mir das Exposé noch einmal genau angesehen. Wirklich tolle Bilder! Aber wir wollten da doch reinschreiben, dass das Fachwerk erhalten bleiben soll?"

„Ja, da haben Sie recht, Frau Lehnbach. Ich hatte mich allerdings mit einem Kollegen dazu besprochen und er hat uns dazu geraten, diese Information in einem persönlichen Gespräch mitzuteilen, um keine unnötigen Hürden aufzubauen."

„Verstehe. Naja, wenn Sie meinen ... Dann vertraue ich Ihnen." Sie wirkte nicht sehr überzeugt. Ich hatte aber keine Kraft für eine ausführlichere Argumentation und so versuchte ich, das Gespräch schnell zu Ende zu bringen. Sie machte allerdings keine Anstalten, aufzulegen.

„Das können Sie!" Langsam wurde ich wirklich ungeduldig.

„In Ordnung, dann warte ich auf Ihren nächsten Anruf." Jetzt klang sie etwas niedergeschlagen und ich hatte direkt wieder ein schlechtes Gewissen.

„Ja, ich melde mich schnellstmöglich, versprochen. Und wenn ich das nächste Mal komme, bringe ich Ihnen die Bilder von Ihrem Haus mit", versuchte ich, ihr doch noch eine Freude zu machen.

Frau Lehnbach war zufrieden und ich konnte mir beruhigt meine Pause gönnen.

Ich wachte erst mit dem Klingeln meines Weckers auf und fühlte mich wie neu geboren. Mit meiner Vitalität kehrte auch die gute Stimmung von gestern zurück. Ein Blick auf die Uhr verriet mir, dass ich bis zu meinem Treffen mit Mara und Franzi noch genug Zeit hatte, mich auch ein bisschen ansehnlich zu gestalten. Heute würde ich meinen Abend so verbringen, wie ich es mir gestern anfangs gewünscht hatte: mit meinen Mädels bei einem kühlen Drink mitten im Trubel auf dem Alten Markt. Der Gedanke an Alkohol machte mir nach meinem ausgiebigen Schläfchen auch schon gar keine Angst mehr.

Die Sonne schien und ich entschied mich für ein buntes langärmeliges Frühlingskleid und halboffenen Bastsandalen mit passender

Tasche. Sicherheitshalber packte ich noch meine beige Strickjacke ein. Abends konnte es immer noch recht kühl werden.

Heute war ich die Erste bei unserem Treffen und ergatterte noch einen Tisch draußen. Ich bestellte schon mal drei Aperol Spritz. Irgendwie hatte sich das so eingebürgert zwischen uns. Wir tranken immer das gleiche Getränk und wer zuerst da war, der bestellte direkt für alle. Dann mussten wir uns damit nicht mehr aufhalten, wenn wir erstmal ins Quatschen kamen.

Als der Kellner die Bestellung aufgenommen hatte und mich wieder allein ließ, vertiefte ich mich in die Umgebung. Wie gestern war der Alte Markt auch heute noch gut besucht und es gab einiges zu sehen. Wäre auch gar nicht so schlimm, alleine hier zu sitzen, dachte ich bei mir und genoss die Sonne auf meiner Haut. Als plötzlich jemand von hinten die Arme um meinen Hals schlang. Ich erschrak und wirbelte herum. Es war Mara, die mich freudestrahlend anblickte. Ich erwiderte ihre Umarmung und drückte sie an mich. Neben mir stand Franzi mit einem kleinen Blumenstrauß in der Hand. Auch sie nahm mich in die Arme.

„Feli, heute feiern wir dich!", kam es von den beiden wie aus einem Mund. Und ich verspürte wieder das gleiche Glücksgefühl wie am Tag zuvor.

Unsere Getränke kamen und schon nach dem ersten Anstoßen wurde Mara ganz ungeduldig.

„Na los, erzähl!"

Also erzählte ich. Von Frau Lehnbach, meiner Unsicherheit, ihren netten Worten. Davon, wie ich zum ersten Mal begriffen hatte, dass man nicht immer irgendwie versuchen musste, irgendwem nachzueifern, sondern seine eigenen Fähigkeiten nur richtig einsetzen musste, um erfolgreich und glücklich sein zu können.

„Du siehst auch sehr glücklich aus, Feli! Ich freue mich so für dich! Ich weiß noch genau, wie es bei mir damals war. Ich weiß zwar eigentlich schon immer, dass das Makler-Ding genau meins ist, aber als ich darin auch bestätigt wurde, war ich unheimlich glücklich." Sie tätschelte meinen Arm und ich lächelte Mara dankbar an.

„Ja, da hat sie recht! Ich habe sowieso nie verstanden, warum du nicht mal früher auf die Kacke gehauen hast. Du brauchst dich nicht immer nur zurücknehmen. Du kannst etwas und du liebst das, was du tust. Das ist etwas ganz Besonderes und vor allem ist es auch wert, das zu zeigen. Genieß das und erinnere dich da immer wieder dran!"

„Danke, Mädels, ich bin so froh, dass ich euch habe!"

Jetzt kamen mir fast die Tränen vor Rührung. So emotionale Worte von der toughen Franzi. Und gleichzeitig meldete sich direkt wieder mein Helfersyndrom zu Wort.

„Aber Franzi, wie ist das denn bei dir? Du liebst ja nicht wirklich, was du tust, oder?" Ich hoffte, sie verstand meine Worte nicht falsch und fühlte sich davon angegriffen.

Aber meine Sorge war unbegründet. Sie lachte.

„Naja, meinen Job liebe ich nicht, da hast du recht. Aber dafür ermöglicht er es mir, das uneingeschränkt zu tun, was ich wirklich liebe: meinen Sport. Ich verdiene genug und bin zeitlich superflexibel. Ich kann mich also voll und ganz darauf konzentrieren. Und das ist so viel wert. Man muss es nur aus der richtigen Perspektive betrachten."

So hatte ich das noch nicht gesehen. Jetzt verstand ich auch, warum Franzi trotzdem immer gut drauf und ausgeglichen war. Auch wenn ich ihre Auslandspläne immer belächelte und nicht ganz daran glaubte, wusste sie genau, was sie tat. Sie wartete gar nicht darauf, dass ihr Traum Wirklichkeit wurde, sondern sie lebte ihn schon jetzt. Das gefiel mir.

„Aber Franzi, dann würde doch dein Tom ganz gut zu dem passen, was du liebst. Ich meine, diese Sport-Leidenschaft teilt ihr ja schließlich", stellte Mara ganz plump mit einem leicht belustigten Unterton fest.

„Ach ja, Tom!", stieg ich ein, „Was ist eigentlich mit ihm?"

Franzi verdrehte nur die Augen, musste aber gleichzeitig auch grinsen.

„Ihr habt euch ja auch sogar durch eure Liebe zum Sport kennengelernt. Wenn das kein Wink des Schicksals ist. Ich würde fast sagen, diese Begegnung sollte genauso passieren wie die von Feli und Frau Lehnbach. Das hat doch etwas zu bedeuten." Mara kam jetzt richtig in Fahrt. Ihre Augen strahlten mit ihren derzeit wasserstoffblonden Haaren und den riesigen goldenen Creolen um die Wette.

„Spinnst du, Mara?!", empörte sich Franzi gespielt. „Du willst doch nicht etwa Tom mit einer alten Frau vergleichen?"

„Ey!", stieg ich direkt in die kleine Frotzelei ein. „Lass Frau Lehnbach in Ruhe. Über sie lasse ich nichts kommen!"

„Entspannt euch, Leute!" Mara lachte. „Ich wollte damit ja nur sagen, dass diese Begegnungen vielleicht nicht umsonst sind. Wenn sie euch so gut tun, dann sollte es vielleicht genau so sein!"

„Und dieser Tom tut dir doch gut?", hakte ich noch einmal nach und sah Franzi erwartungsvoll an.

„Mann, ja! Es ist ganz nett mit ihm." Wieder verdrehte Franzi die Augen, musste aber gleichzeitig auch grinsen.

„Wie oft seht ihr euch denn?" Die Ausweich-Taktik zog bei Mara nicht.

„Naja, beim Sport halt", versuchte es Franzi trotzdem weiter.

„Also jeden Tag?!"

„Nicht jeden!"

„Aber jeden zweiten?", unternahm ich einen Versuch, ein bisschen präzisere Informationen zu bekommen.

„Ungefähr", blieb Franzi ausweichend. „Und es ist nur Spaß!"

Mara und ich tauschten einen wissenden Blick. Wir wussten, dass es keinen Sinn hatte, weiter auf das Thema einzugehen. Franzi würde es eh abwehren. Wir grinsten nur und nickten stumm.

„Was ist denn mit deinem Männer-Chaos, Feli?", nutzte Franzi die Gelegenheit und gab den Ball an mich ab.

Haha, wenn sie wüsste. Wenn sie die Situation mit Matthias als Männer-Chaos bezeichnete, war ich gespannt, was sie sagen würde, wenn ich erstmal die ganze Geschichte ausgepackt hatte.

„Vielleicht könnten wir erst noch einen Drink bestellen, dann erzähle ich euch alles!"

Das ließ sich Mara nicht zweimal sagen und rief dem Kellner direkt unsere Bestellung zu.

„Na, dann mal los!", riefen die beiden aufgeregt.

Ich fing an dem Punkt an zu erzählen, als ich Matthias nach meinem Termin mit Frau Lehnbach im Büro begegnete. Mit seinen netten Worten, seinem etwas zu langen Blickkontakt und dieser allgemein komischen Situation. Die beiden hörten gespannt zu.

„Ich meine, vielleicht war es ja auch nur Einbildung. Vielleicht war es ein ganz normaler Blick und keiner, der etwas länger dauerte, als er sollte."

„Oder Wunschdenken", zwinkerte Franzi.

„Mann, Franzi, du nimmst mich nicht ernst!", empörte ich mich, musste aber gleichzeitig auch lachen. Vielleicht hatte sie ja recht.

„Natürlich nehme ich dich ernst! Aber ich werde aus diesem Typen einfach nicht schlau. Das Armband, der Auftrag und die ganzen netten Worte. Offensichtlich liegt ihm was an dir. Aber warum kommt dann nicht mal der nächste Schritt?!"

„Von einem nächsten Schritt sind wir ganz weit entfernt!", stellte ich klar und erzählte auch direkt von Matthias' Abwehrhaltung, als es um mein Exposé ging. „Mir ist schon klar, dass er noch etwas anderes zu tun hat, als mich zu coachen. Aber es ist ja nicht so, dass ich ihn ständig mit irgendetwas belästigen würde und schließlich wollte ER noch ein letztes Mal drüber schauen!"

„Wirklich seltsam", bestätigte auch Mara. „Aber mal abgesehen von ihm, was willst du überhaupt, Feli? Ich meine, als wir uns vor ein paar Wochen unterhalten haben, hattest du keinen Mann im Auge und warst auch sehr glücklich damit."

„Ja, das war auch so!", erinnerte ich mich an unser Gespräch nach meinem Geburtstag. „Und das ist eigentlich auch immer noch so."

„Eigentlich?" fragte Franzi misstrauisch.

„Ja! Matthias ist mein Chef. Ich habe ihn immer bewundert. Er schien immer so … zufrieden. Perfekt eben. Ich habe nicht einmal drüber nachgedacht, ob ich ihn als Mann gut finde. Ich meine neben der Tatsache, dass er mein Chef ist, ist er viel älter, verheiratet und hat zwei Kinder."

„Naja, viel älter ist übertrieben und verheiratet ist er auch nicht mehr lange", gab Franzi zu bedenken.

„Ja, das stimmt, aber auch so … Er war immer mein Traumchef und nicht mein Traummann."

„War?", witterte jetzt auch Mara ein Indiz für meine Gefühlswelt.

Ich war verwirrt. Darüber musste ich nachdenken. Konnte ich mir wirklich mehr mit Matthias vorstellen als ein wunderbares Angestelltenverhältnis?

Um Zeit zu gewinnen, nahm ich einen Schluck von meinem neuen Aperol, der in der Zwischenzeit an unseren Tisch gebracht wurde. Der Papierstrohhalm begann sich schon aufzulösen und ich zog ihn aus meinem Getränk und legte ihn daneben auf meiner Serviette ab.

Ich blickte in Maras und Franzis abwartende Gesichter. Und bevor ich selbst genau verstand, welchen Weg meine Gedanken nahmen, wusste ich die Antwort auf meine Frage.

Plötzlich schien es ganz klar. Die Antwort war: nein!

„Ist", rief ich entschieden. Froh darüber, den beiden eine klare Aussage geben zu können. Die Neugier meiner Freundinnen wandelte sich direkt in Verwirrung.

„Wie?!", fragten beide wie aus einem Munde. Offensichtlich konnten sie nicht verstehen, wie ich die ganze Zeit über komische Situationen mit Matthias philosophieren konnte und versuchte, sie in irgendeine Richtung zu deuten, wenn ich eigentlich gar nichts von ihm wollte, geschweige denn mir mehr erhoffte.

Tatsächlich war ich im ersten Moment selbst verwirrt von meiner plötzlichen Antwort. Aber langsam klärte sich das Gedankenchaos in meinem Kopf auf.

„Also ehrlich gesagt war mir das bis eben selbst nicht ganz klar", versuchte ich, die beiden an meiner Eingebung teilhaben zu lassen. „Aber als ich über deine Frage nachgedacht habe, Mara, war mir irgendwie klar, dass ich mir niemals mehr mit Matthias vorstellen kann."

Sie sahen mich beide weiter schweigend an. Offensichtlich warteten sie noch auf eine nachvollziehbare Erklärung. Verständlich.

„So war es ja auch die ganze Zeit. Aber irgendwie haben mich die letzten Wochen verwirrt. Erst dieses ganze 30er-Gerede, dann die viele Aufmerksamkeit. Irgendwie passte das zusammen und ich habe mich einfach mitreißen lassen und nicht wirklich darüber nachgedacht. Aber du hast vollkommen recht, Mara. Wichtig ist, mich zu fragen, was ich überhaupt will. Und ehrlich gesagt, weiß ich es ja auch."

„Naja, aber darüber nachzudenken, was DU willst, zählt eindeutig nicht zu deinen Stärken", schlussfolgerte Franzi trocken.

„Ich weiß, deswegen wohl auch die anfängliche Verwirrung", gab ich mich ertappt.

„Aber ich verstehe dich auch irgendwie, Feli.", versuchte Mara, mich zu ermuntern. „Wenn man eine Person mag und diese einen dann auch noch besonders behandelt und einem gibt, was man sich gerade wünscht, lässt man sich schnell dazu verleiten, einfach anzunehmen, dass da mehr ist."

„Ja, aber wünschst du dir das denn? Einen Partner? Ich dachte nämlich eigentlich gerade nicht", hakte Franzi etwas forscher nach.

„Naja, nein … ich meine, ja vielleicht. Ach, Mann, ich bin verwirrt!" Ich regte mich selber auf. Warum war ich so kompliziert?!

„Wie?", ließ Franzi aber nicht locker.

„Also ich versuch, es mal zusammenzufassen: Eigentlich hatte ich die Schnauze voll von Männern! Ich bin hierher gekommen, um mich erstmal um mich zu kümmern und mich in ein neues Abenteuer zu stürzen. Damit meine ich den Job und nicht die Männer", versuchte ich einen Witz, beide grinsten.

„Und ich liebe es! Ich liebe alles hier in Bielefeld und bin sehr glücklich. Ich entdecke gerade so viel an mir selbst und ich merke, wie gut mir das tut und wie wichtig das für mich ist."

Mara nickte nachdenklich. Ich glaubte sie, verstand mich.

„Aber nach meinem Geburtstag ging es irgendwie immer nur um Zukunftspläne und Partnersuche. Von allen Seiten. Offensichtlich habe ich mich unterbewusst irgendwie davon mitreißen lassen. Und dann habe ich wieder angefangen, erst zu analysieren, was andere wollen und ob das zu diesen möglichen Zukunftsplänen passt, die andere für mich annehmen, bevor ich mich gefragt habe, was ich überhaupt will", schloss ich meinen Erklärungsversuch, unsicher, ob mich jemand verstehen konnte. Ich konnte es ja selbst nicht so richtig. „Und irgendwie gibt mir Matthias das Gefühl, dass ich gut bin", fügte ich etwas verschämt hinzu. „Und das wiederum tut gut."

Mara nickte weiter nachdenklich. „Ich versteh dich, Feli. Also zumindest deine Verunsicherung, wenn dir alle irgendwelche Zukunftsvisionen einreden. Aber es ist gut, dass du das selbst siehst und dich nicht von deinem Weg abbringen lässt, wenn auch nach kleinen Verwirrungen." Sie zwinkerte. „Und dass dich seine besondere Aufmerksamkeit freut, ist doch ganz normal. Ich denke, davon könnte sich keiner frei sprechen. Nimm es einfach als Selbstbewusstseins-Booster!"

„Ja, aber trotzdem ist beim Selbstvertrauen noch viel Luft nach oben!" Franzi war da weniger einfühlsam. Trotzdem wollte sie immer das Beste für einen. „Aber gut, dann werden wir wohl in Zukunft zusätzlich darauf achten, dass dir diese Verwirrungen nicht wieder in die Quere kommen und du so schnell nicht wieder in so eine Situation gerätst."

Ich lächelte dankbar. Das wäre so ein schöner Abschluss für dieses Thema gewesen. Aber da war ja noch etwas.

„Ehrlich gesagt ist es mir diese Woche schon ein zweites Mal passiert", warf ich kleinlaut ein.

„Was?!", kam es wieder unisono.

„Timo und ich haben uns geküsst", ließ ich gleich die Katze aus dem Sack. Was sollte ich noch länger drum herum reden?! Und jetzt wo ich es laut aussprach, war es ja nur der nächste klare Beweis, dass Matthias für mich nicht wirklich infrage kam.

„Ich wusste es!", klatschte Franzi begeistert in die Hände, während mich Mara einfach mit offenem Mund anstarrte.

Ich musste lachen. „Ruhig bleiben. Es ist nicht, wie du denkst und wir haben bereits alles geklärt."

„Die Geschichte würde mich jetzt aber schon ganz interessieren!" Mara hatte ihre Worte wiedergefunden.

Und dann erzählte ich wieder. Von Timos Interesse, seiner Hilfe bei meinem Exposé und seinen lieben Nachrichten.

„Naja, und ehrlich gesagt habe ich mich gestern einfach gefreut, den Tag mit jemandem feiern zu können und direkt nochmal über die ganze Aufregung zu sprechen. Ich weiß, ich habe Timo immer als Draufgänger dargestellt. Aber so ist er gar nicht. Also zumindest hat er auch noch eine andere Seite." Ich versuchte, den beiden zu erklären, warum ich überhaupt auf Timos Einladung angesprungen war.

„Mir brauchst du das nicht erzählen, Feli. Ich habe dir im Pepper's schon gesagt, dass er auf dich steht!" Franzi freute sich immer noch über ihren richtigen Riecher.

„Jaaaaaa, ich weiß, aber ganz ehrlich, so richtig stimmt das auch nicht."

„Wieso?", wollte Franzi wissen.

„Naja, also an dem Abend hatten wir dann auch ein tieferes Gespräch. Nach eindeutig zu viel Wein, wohlgemerkt, aber gut. Jedenfalls ging es auch mal wieder um die Zukunft und was wir mit 30 tun sollten." Ich verdrehte die Augen. „Timo ist ebenfalls von der Sorte ‚Eigentlich will ich jetzt Frau, Kind und Haus, weil es jetzt nun mal Zeit ist'. Ich habe dann zu ihm gesagt, dass ich das nicht verstehe. Also schon, dass man sich das wünscht. Aber eben nicht, weil es jetzt an der Zeit ist. Und dann haben wir weiter geredet und er hat mir Komplimente gemacht und gesagt, ich sei etwas Besonderes."

Keiner sagte etwas, beide grinsten.

„Jaja, ich weiß!", ich verdrehte wieder die Augen. Dieses Mal, weil ich mich über mich selbst ärgerte. Wie naiv sich das anhörte!

„Aber irgendwie war da noch etwas anderes. Er hat mir einfach durchgehend das Gefühl gegeben, dass ich wirklich etwas Besonderes BIN. Also nicht nur an dem Abend. Auch davor. Wie er an mir interessiert war und wie er für mich da war. Und außerdem hat ER auch das tiefgründige Thema angeschnitten. Und naja, irgendwie hat mich das an dem Abend schwach gemacht. Es war schön, mal wieder gewollt zu werden. Vielleicht wollte ich den perfekten Tag einfach auch nur noch ein bisschen perfekter machen. Und der Wein war ja auch nicht ganz unschuldig."

„Und wie war es?!", wollte Franzi aufgeregt wissen.

„Es war … toll!", gab ich zu. Wieder klatschte Franzi begeistert in die Hände.

„Ist ja auch ein heißer Typ", mischte sich jetzt auch Mara grinsend ein.

„Jaa!", gab ich zu. „Und noch mehr, wenn er Freizeitklamotten anhat."

„Ja, und warum ist es dann nur bei dem Kuss geblieben?", hakte Franzi nach.

„Naja, weil ich beim Kuss irgendwie wieder zur Besinnung gekommen bin."

„Und was sagt dir deine Besinnung?"

„Es ist schön, zu hören, etwas Besonderes zu sein. Und irgendwie ist es auch ein schönes Gefühl, umworben zu werden. Aber in Wirklichkeit bin ich für Timo gar nicht die EINE. Also er meint das schon ernst, was er sagt. Ich bin mir auch sicher, dass er mich nicht verarscht hat. Aber er macht sich da einfach selbst etwas vor. Er meint, er müsste jetzt langsam mal sesshaft werden, weil er über 30 ist. Dafür sucht er eine Frau. Aber eigentlich steht auch gerade seine Karriere für ihn an erster Stelle. Also müsste sich das halt so unterordnen. Und das ist für mich keine Definition einer angestrebten Liebesbeziehung. Zumindest reicht mir das nicht."

Franzi musterte mich. „Also Feli, alles, was du so erzählst …
Hier liegt wirklich ein klarer Fall von Verwechslung vor, in
beiden Fällen. Die beiden interessieren sich für dich, schätzen
dich als Menschen und wollen dich unterstützen. Das bedeutet aber nicht, dass sie deine Traumprinzen sind!" Sie machte
eine kurze Pause.

„Feli, was auch immer dieser Mirko mit dir gemacht hat. So wie
Matthias und Timo dich behandeln, das ist NORMAL! Das ist
das Mindeste, was jede Frau, jeder Mensch verdient hat!"

Wieder stoppte sie, um sich zu vergewissern, dass ich ihr folgen
konnte. Und das tat ich. Wahrscheinlich hatte sie recht! Wahrscheinlich war das der ganz normale Umgang. Aber den kannte
ich halt nicht. Und da der Mann, den ich mal geliebt habe, mit
dem ich sogar eine Beziehung geführt habe, mir genau das nicht
gegeben hat, dachte ich jetzt sofort, dass Respekt und Anerkennung ein Zeichen für die große Liebe waren … An dieser Einstellung musste ich wirklich arbeiten.

Ich sagte nichts, das musste ich erstmal verarbeiten. Und tatsächlich wurde jetzt auch Franzi einfühlsamer.

„Aber Feli, ich bin stolz auf dich! Klappt ja langsam, aber sicher
doch schon ganz gut, deine Selbstbestimmungsphase. Schließlich hast du es bei beiden Typen von selbst eingesehen!" Franzi prostete uns zu und ich war dankbar über ihre klaren Worte.

„Ja! Sehr gut, Feli! Hätte ich ja eigentlich nicht gedacht, dass
Timo so ein Typ ist, der sich auch so in den Strudel hineinzie-
hen lässt", lenkte Mara glücklicherweise die Aufmerksamkeit von
mir ab. Auch wenn es ein leidiges Thema war, war ich froh, dass
wir uns wieder mit dem 30er-Zukunftsplan auseinander setzten.
Hier war ich klar bei Verstand und wusste, was ich wollte. Zumindest mehr als bei dem perfekten Mann. Aber auch das würde ich noch herausfinden. Irgendwann.

„Ich kann das wirklich nicht verstehen", empörte sich Mara weiter und unterbrach dabei meine Gedanken. „Warum ist das so?! Bei Johannes und mir kommt auch jedes Mal die Frage, ob wir schon ein Kind planen. Warum muss man eigentlich immer nur davon ausgehen?!"

Sie sagte das mehr zu sich selbst als zu uns. Franzi und ich wechselten einen Blick.

„Ja, aber es wäre ja jetzt nicht so abwegig, oder?", versuchte Franzi, vorsichtig nachzuhaken.

„Nein! Nur weil wir heiraten, gibt es aber doch auch noch andere Themen. Mich fragt zum Beispiel nie jemand außer euch, wie es in meinem Job läuft!" Sie machte eine kurze Pause und beruhigte sich etwas.

„Wisst ihr, ich finde das ja alles auch nicht so schlimm. Ich wollte damit nur sagen, dass ich genau verstehe, was Feli sagt, beziehungsweise dass ich es genauso nicht verstehe, wie man plötzlich einfach nur noch irgendwelchen Zeitschienen folgt und aufhört, das Leben als Abenteuer zu genießen."

Am liebsten hätte ich Mara in den Arm genommen. Sie hatte genau die Worte gefunden, die ich suchte. Und das freute mich noch mehr, weil sie ja eigentlich zu denen gehörte, die theoretisch noch schneller in diesen Strudel gerieten, von dem sie sprach. Sie und Johannes waren jetzt schon so lange zusammen und trotzdem nahmen sie Rücksicht auf ihre eigenen Wünsche und hörten nicht auf, ihr Ding durchzuziehen. Ich fand das toll! So musste wahrscheinlich eine gute Beziehung aussehen. Und mit Mirko war das nicht so gewesen und so würde es auch weder mit Matthias noch mit Timo sein, das war mir jetzt wirklich klar geworden.

„Dafür fragt mich nie jemand, ob ich ein Kind möchte." Franzi zuckte mit ihren Schultern. Aber man konnte ihr ansehen, dass sie einen Spaß machen wollte und sie genau wusste, was wir meinten. Sie sah das offensichtlich genauso wie wir auch.

„Weil alle Angst vor dir haben!", stieg Mara ein und entspannte nun auch die Situation.

Wir lachten und in diesem Moment war ich noch dankbarer, dass ich die beiden getroffen hatte.

„Ja, aber nochmal zurück zu dir, Feli. Wie bist du denn jetzt aus der Nummer wieder rausgekommen?", nahm Mara noch einmal das Timo-Thema auf.

„Eigentlich habe ich es ihm genauso erklärt wie euch gerade."

„Und das hat er einfach so hingenommen?!"

„Ja. Heute im Büro war alles ganz locker. Naja, und das zeigt mir irgendwie auch, dass ich recht hatte. Hätte er wirklich Gefühle für mich, könnte er doch eigentlich nicht so locker sein. Ich bin mir sicher, dass es ihn mehr schockiert hätte, wenn ihm ein Auftrag geplatzt wäre."

„Da hast du wohl recht", stimmte Mara mir zu.

„Wenn er jetzt noch mit seinen Anspielungen aufhört, ist alles gut."

„Wie?", hakte Mara nach.

„Naja, Timo hat es sich natürlich in seiner Macho-Art nicht nehmen lassen, unmissverständlich im Büro verlauten zu lassen, dass ich die Nacht bei ihm verbracht habe. Er hat es betont mit sehr viel Interpretationsspielraum formuliert. Leider stand Matthias direkt daneben."

„Nicht wirklich, oder?!"

„Leider ja."

„Und, hat er was gesagt?"

„Nein, das nicht. Aber irgendwie war er komisch und ist dann auch abgehauen."

„Glaubst du doch, dass ihn das stört?", hakte Mara nach.

„Ich weiß es nicht, ehrlich gesagt. Er ist irgendwie schon komisch … Naja, aber ich werde das weiter beobachten. Ich weiß ja jetzt, was ich will beziehungsweise nicht will. Und wenn nötig, muss ich halt mal mit Matthias reden." Ich lehnte mich in meinem Stuhl zurück und nahm einen Schluck von meinem Getränk.

„Sehr guter Plan!" Mara tat es mir gleich.

„Dann ist doch wenigstens alles geklärt. Auch wenn es schade um den heißen Typen ist", zwinkerte Franzi und spielte noch einmal auf Timo an.

„Feel free", gab ich großzügig zurück.

„Nein, danke, ich bin versorgt!"

Mara warf mir einen triumphierenden Blick zu. „Aha! Wie wäre es, wenn du deinen Sportler mal mit zum Fußball bringst? Samstag? Wir wollen wieder ins Pepper's."

„Fußball ist gut, ich bin dabei. Aber allein." Franzi grinste.

„Was ist mit dir, Feli?", nahm Mara Franzis Ausweich-Taktik dieses Mal einfach hin.

„Eigentlich super gern, aber ich fahre das Wochenende ins Dorf. Lena wird 30."

„Ach, auch cool! Na, dann bist du nächstes Mal wieder dabei."

„Auf jeden Fall!"

Wir genossen noch die restliche Sonne und machten uns dann auf den Weg nach Hause. An diesem Abend fiel die Abschluss-umarmung noch ein bisschen intensiver aus als sonst, sogar von Franzi. Es war schön, zwei Gleichgesinnte gefunden zu haben, auch wenn wir eigentlich doch so verschieden waren.

17

Aufklärung

Aufzuwachen und fit zu sein, war ein Traum! Ich trank meinen Kaffee im Bett und nahm mir Zeit bei meiner Kleiderauswahl. Anschließend gab ich mir Mühe bei meinem Make-up. Das Ergebnis war eigentlich genauso zurückhaltend wie sonst auch, aber eben sorgfältiger. Meine Haare ließ ich offen und war zufrieden mit meinem Look. Noch hatte ich zwar keine Termine, aber es konnte ja nie schaden, auf alles vorbereitet zu sein. Außerdem fühlte ich mich einfach gut und das wollte ich auch zeigen.

Pünktlich um 7 Uhr war ich im Büro, wo ich noch zwei Stunden für mich alleine war und in Ruhe die unzähligen Anfragen sortierte, die sich bereits auf das Exposé von Frau Lehnbachs Haus gemeldet hatten.

Es schlug wirklich ein wie eine Bombe!

Nach einer ersten Vorauswahl nahm ich mir nun vor, die geeigneten Kandidaten weiter unter die Lupe zu nehmen. Es sollte schließlich alles gut vorbereitet sein und Frau Lehnbach sollte nicht enttäuscht werden.

Dazu würde ich mir noch einen Kaffee gönnen.

Gut gelaunt beobachtete ich, wie der Kaffee in meine Tasse floss, und summte dazu das Gute-Laune-Lied, das gerade im Radio lief, mit.

Dann riss mich eine Stimme aus den Gedanken.

„Guten Morgen, Felicitas!" Ich blickte in Matthias' leicht belustigtes Gesicht.

Da hatte ich wohl unsere Klingel nicht gehört. Peinlich!

„Oh, ehhm, guten Morgen, Matthias!", gab ich leicht beschämt zurück. Sein Grinsen wurde breiter.

„Na, du hast aber gute Laune!"

„Ja." Jetzt grinste ich zurück. „Ich habe die Anfragen für das Fachwerkhaus gesichtet. Scheint echt gut anzukommen!"

„Das freut mich! Sehr schön. Und auch schön, dass du heute wieder so gut aussiehst. Also … ich meine frisch." Er stammelte. „Also im Vergleich zu gestern meine ich … Da habe ich mir Sorgen gemacht. Naja, aber wenn du am Abend vorher noch deinen verdienten Erfolg gefeiert hast, ist das natürlich verständlich."

Er verstummte und ich konnte ihm ansehen, dass er viel mehr gesagt hatte, als er eigentlich wollte.

Normalerweise hätte mich das verunsichert. Heute nahm ich es gelassen. Trotzdem wollte ich die Situation gerne aufklären.

Ich lachte kurz. „Ja, du hast recht, heute fühle ich mich auch viel frischer. Naja, und wegen gestern. Das, was Timo gesagt hat …"

„… geht mich ja auch nichts an.", schnitt er mir das Wort ab und ich war etwas überrumpelt von dem plötzlichen Stimmungswechsel.

Na gut, dann eben nicht, dachte ich mir eingeschnappt, wollte mich aber nicht weiter darauf einlassen. Was auch immer ihn störte, ich würde mir davon nicht die Laune verderben lassen. Wenn er ein Problem hatte, sollte er halt mit mir reden und ansonsten würde ich jetzt nicht weiter darauf eingehen.

Ich nahm meinen Kaffee, lächelte ihn noch einmal an und ging zu meinem Platz zurück.

Innerlich war ich zwar immer noch etwas verwirrt, aber ok. Ich wurde aus ihm nicht schlau. Egal, wichtig war, dass ich mich jetzt nicht wieder verunsichern ließ und mir immer wieder meine gestern errungenen Erkenntnisse ins Gedächtnis rief. Ich hatte in Matthias einen Traumchef gefunden, mehr nicht! Und so würde ich ihn auch einfach weiter behandeln. Was auch immer er von mir wollte. Wieder an meinem Platz lächelte ich trotzig in meine Kaffeetasse. Mich würde keiner mehr so schnell durcheinander bringen.

Timo kam und ich genoss seine Lockerheit. Es war erleichternd, hin und wieder einen dummen Spruch zu hören und einfach wieder Spaß im Büro zu haben. Ohne zu viele Gedanken. Seine Anspielungen auf unseren Abend ließ er zwar immer noch nicht sein, aber sie prallten an mir ab. Es war alles geklärt, sollte er seinen Spaß haben.

Als Timo mich fragte, ob wir mittags zusammen etwas essen wollten, überlegte ich dieses Mal nicht lange, sondern sagte zu. Es sprach schließlich nichts mehr dagegen.

Um meine Coolness auf die Spitze zu treiben, fragte ich sogar Matthias, ob er mitwollte. Aber er lehnte ab. Er hätte zu viel zu tun. Natürlich.

Timo hatte am Nachmittag direkt einen Termin und kam nicht mehr mit zurück ins Büro. Laufkundschaft gab es auch keine. Also hatte ich genug Ruhe, um meine Favoriten aus der ersten Bewerberphase anzurufen und meinen persönlichen Eindruck zu vertiefen.

Zuerst wählte ich die Nummer eines jungen Pärchens Mitte 20, die einen sehr sympathischen Eindruck machten. Sie suchten laut eigener Aussage ein altes Schätzchen, das sie mit viel Liebe zu ihrem persönlichen Wohlfühlort umgestalten wollten. Zugegeben klang das etwas pathetisch. Aber ich war mir sicher, dass Frau Lehnbach diese Worte gefallen würden.

Die Frau nahm ab und freute sich riesig, als ich mit ihr einen Besichtigungstermin für die kommende Woche ausmachte. Ihre Freude wurde auch nicht gedämpft, als ich erwähnte, dass es Wunsch der Verkäuferin sei, das Fachwerk zu erhalten. Sehr gut!

„Mein Freund und ich freuen uns sehr, vielen Dank! Mein Vater wird sicherlich auch mitkommen wollen. Das ist doch kein Problem?"

„Nein, natürlich nicht! Bis Dienstag dann."

Als nächstes meldete ich mich auf die Anfrage einer Familie zurück. Das Paar war Anfang 40 und hatte einen kleinen Sohn. Sie hatten ihrer Mail direkt ein Foto beigefügt und geschrieben, ihre Familie wäre nun komplett und es würde nur noch ihr Traumhaus zum absoluten Glück fehlen.

Ich fand es immer wieder bemerkenswert, wie schnell man als Maklerin in das Privatleben der Menschen eintauchen konnte. Aber genau das reizte mich ja auch an diesem Job. Die drei sahen supersüß aus auf dem Bild. Und ich freute mich, dass sich die Frau am Telefon genauso glücklich anhörte, wie sie aussah. Auch ihre Euphorie flachte nicht ab, als ich sie über Frau Lehnbachs Wünsche informierte und so hatte ich bereits den zweiten Besichtigungstermin im Kalender stehen.

Mein dritter und letzter Favorit aus der ersten Sichtung verriet zwar nicht ganz so viel über sich, aber er schrieb direkt von seiner Leidenschaft für Fachwerk und von seinen Visionen für dieses Haus. Da waren Angaben zu seiner Person auch nebensächlich. Das Hauptkriterium erfüllte er schließlich. Leider erreichte ich nur seine Mailbox. Ich überlegte nicht lange und bot ihm direkt einen Termin nach den beiden anderen Besichtigungen an und bat ihn um Bestätigung. Wenn er konnte, war gut, wenn nicht, würde ich sicherlich noch einen anderen Interessenten finden. Die Anzeige war ja schließlich erst einen Tag online.

Ich war sehr zufrieden und beschloss, dass ich mir meinen Feierabend nun verdient hatte. Ich packte meine Sachen zusammen und freute mich auf einen gemütlichen Fernsehabend. Nur mein Sofa und ich – wie schön! Das hatte ich schon lange nicht mehr gehabt. Als ich zur Garderobe ging, um meinen Mantel zu holen, ging Matthias' Bürotür auf.

„Felicitas, willst du los? „

„Ja, eigentlich schon."

„Hast du vielleicht noch ein paar Minuten? Ich würde gerne kurz etwas mit dir besprechen."

Oh, das hörte sich wichtig an. Da musste mein Sofa wohl noch etwas warten.

„Natürlich."

„Sehr gut! Setz dich doch schon in mein Büro. Ich mache uns schnell einen Kaffee."

„Oh super, vielen Dank!" Das schien doch ein längeres Gespräch zu werden. Was wollte er wohl?

Matthias kam mit zwei Tassen zurück und schloss seine Bürotür. Es war zwar eh keiner mehr da, aber gut. Offensichtlich wollte er trotzdem sichergehen, dass wir ungestört waren.

Als er anfing zu reden, verstand ich auch direkt, warum.

„Hör zu, Felicitas, ich möchte mich bei dir entschuldigen.“

Entschuldigen?! Ok, er war etwas komisch in der letzten Zeit. Aber er hatte ja nichts Schlimmes verbrochen.

„Wofür?“

„Für mein Verhalten. Das war nicht angebracht.“

Ah, ok. Schlauer wurde ich dadurch aber auch nicht. Was meinte er genau? Die besondere Aufmerksamkeit oder die Ablehnung heute Mittag?!

„Was meinst du genau?“, versuchte ich, Licht ins Dunkel zu bringen.

„Eigentlich alles in letzter Zeit. Ich habe mich nicht so verhalten, wie ein guter Chef das sollte. Das tut mir leid!“

Ich verstand immer noch nicht ganz. Dieses Mal sagte ich aber nichts. Ich sah ihn einfach an. Er rieb sich die Schläfen. Offenbar musste er sich dazu durchringen, weiter zu reden.

„Weißt du, meine Scheidung, die Kinder … das hat mich alles irgendwie aus der Bahn geworfen. Mir ist klar, dass das alles nichts im Büro zu suchen hat. Besonders als Chef sollte man das eigentlich ausblenden können. Aber ich bekomme das irgendwie nicht hin. Es ist gerade alles ein bisschen viel“, setzte er zu einer Erklärung an. Er sah ehrlich niedergeschlagen aus. Ich wollte ihm gerne sagen, dass ich dafür vollstes Verständnis hatte. Aber er fuhr direkt fort.

„Aber trotzdem ist das kein Grund, dich das spüren zu lassen.“

Auch jetzt blieb ich stumm, ich wollte ihn nicht weiter unterbrechen in der Hoffnung, dass sich gleich alles aufklären würde.

„Eigentlich sollte ich auch gar nicht mit dir darüber reden. Aber ich will das aus dem Weg räumen, wenn etwas zwischen uns steht."

„Alles gut, Matthias, wirklich! Aber ehrlich gesagt weiß ich immer noch nicht genau, worauf du hinauswillst", versuchte ich, das Gespräch dann doch etwas voranzutreiben.

„Ok, also du und Timo …"

„Da ist nichts!", schnitt ich ihm das Wort ab. Ich wollte es erst gar nicht wieder zu Missverständnissen kommen lassen.

Er sah verwirrt aus.

„Nein?", fragte er überrascht.

„Nein!"

„Es geht mich ja auch wirklich nichts an!", besann er sich dann doch wieder. „Was ich sagen will, Felicitas, du kannst natürlich machen, was und mit wem du willst – sollst es sogar", er lachte verlegen. „Ich wollte mich nur für meine überzogene Reaktion gestern und heute dazu entschuldigen. Trotzdem muss ich auch zugeben, dass es mich erleichtert, wenn du sagst, dass da nichts ist. Weißt du, ich kann es mir einfach nicht erlauben, dass sich der Fall von Sina wiederholt. Ich meine, sie macht ihren Job weiter. Wir haben wirklich eine gute Lösung gefunden. Aber gerade in meiner jetzigen Situation muss ich mich darauf verlassen können, dass es auch im Büro läuft. Ich kann einfach nicht immer vor Ort sein, wenn ich meine Kinder noch sehen möchte. Und nach Timos Aussage gestern dachte ich, dass ihr jetzt auch anbändelt, und ich habe schon das nächste Drama kommen sehen. Da sind mir die Sicherungen durchgebrannt. Dafür habe ich im Moment einfach keinen Kopf!"

Ach, daher wehte der Wind. Also doch keine Eifersucht, sondern nur Panik, was das Geschäft anging. Naja, wenn ich so darüber nachdachte, konnte ich ihn schon verstehen. Noch einen Ausfall im Büro konnten wir uns wirklich nicht leisten, wenn Matthias weiterhin mehr für seine Kinder da sein wollte.

„Das verstehe ich, Matthias. Aber du musst dir wirklich keine Sorgen machen! Timo und ich sind nur Freunde. Er hat mich einfach zu einem Drink für meinen ersten großen Auftrag eingeladen. Daraus wurden dann ein paar mehr, ich konnte nicht mehr fahren und habe auf seinem Sofa geschlafen", kürzte ich die Geschichte ab. Ich wusste, dass Matthias nicht weiter nachgefragt hätte. Aber ich wollte die Sache ein für alle Mal aus dem Weg räumen und ihm seine Sorgen nehmen. Das schien zu klappen. Er entspannte sich merklich.

„Ok!" Matthias lächelte. „Dann mache ich gleich mit meinen Entschuldigungen weiter. Ich hätte mir etwas mehr Zeit für dich nehmen sollen. Du machst deine Sache gut. Aber du bist halt auch noch recht frisch dabei. Gerade bei deinem ersten Auftrag hätte ich dich mehr unterstützen müssen."

„Alles gut, Matthias!" Auch wenn ich tatsächlich etwas enttäuscht gewesen war, tat ich es ab. Was sollte ich noch Salz in die Wunde streuen? „Timo hat mir auch sehr geholfen", versuchte ich noch, sein Gewissen zu entlasten.

„Ja, aber eigentlich wäre es meine Aufgabe gewesen!", blieb er selbstkritisch.

„Dafür sind wir ja aber auch ein Team!" Ich lächelte ihn an und hoffte, dass er sich jetzt nicht noch weiter schlecht redete.

Er lächelte zurück.

„Danke!", sagte er nur und wir schwiegen kurz.

„Weißt du, Felicitas, auch auf die Gefahr hin, dass sich das jetzt etwas komisch anhört, aber ich bin wirklich froh, dass du bei uns bist. Du bist etwas Besonderes!"

Wow, ich war sprachlos. In so kurzer Zeit von zwei verschiedenen Personen zu hören, ich sei etwas Besonderes, DAS war besonders. Ich wusste gar nicht, was ich sagen sollte. In meinem alten Job hatte das nie jemand zu mir gesagt und der war weit anspruchsloser als dieser hier. Ich lächelte verlegen. Gleichzeitig musste ich direkt wieder an die kritischen Stimmen von Zuhause denken, als ich ihnen meine Pläne vom Jobwechsel und vom Umzug unterbreitete. „Felicitas, du stellst dir das alles so einfach vor. Aber glaub nicht, dass da jemand auf dich wartet." Ich wusste, sie meinten es alle gut mit mir und machten sich Sorgen um mich. Mit ihrer negativen Haltung wollte mich meine Familie einfach nur beschützen. Gleichzeitig verunsicherten sie mich mit ihren Prophezeiungen, dass ich mich in der Großstadt nicht behaupten konnte, aber sehr. Und jetzt sagten mir so viele verschiedene Menschen, dass sie an mich glaubten, und machten mir Mut. Das war wirklich verrückt! Am liebsten hätte ich direkt zuhause angerufen. Nicht, um ihnen etwas zu beweisen, sondern um ihnen ihre Ängste zu nehmen und zu sagen, dass es mir gut ging. So was von gut! Ich spürte ein warmes Kribbeln der Euphorie in mir aufsteigen, als Matthias mich mit seinen Worten wieder in die Realität zurückholte.

„Versteh mich bitte nicht falsch", fuhr Matthias hastig fort und unterbrach meine Gedanken. „Das soll jetzt keine Anmache sein. Ich meine das nicht auf diese Art. Ich meine deine Persönlichkeit, deine Rolle in unserem Team ... Ich bin einfach froh, dich zu haben."

„Danke ...", stotterte ich, mehr fiel mir beim besten Willen nicht ein. Ich war gerührt und überglücklich. Am liebsten hätte ich dieses Gespräch aufgenommen und meiner Familie und meinen Freunden vorgespielt. Ich war so überwältigt von seinen Worten und gleichzeitig so erleichtert, dass nichts weiter als berufliche und menschliche Wertschätzung dahinter steckte.

„Du bist unaufgeregt, ehrlich, motiviert und herzensgut. Ich mochte dich vom ersten Tag an, weil du dich eben nicht immer in den Vordergrund gespielt hast und nicht meintest, dich behaupten zu müssen. Und dabei machst du deinen Job ganz einfach gut", versuchte er, mir seine Emotionen weiter zu erklären. Das hätte er gar nicht mehr tun müssen. Ich war so beseelt, ich wäre ihm am liebsten um den Hals gefallen. Aber ich riss mich zusammen. Es war trotzdem schön, diese Worte zu hören.

„Für unser Team bist du Gold wert, denn du hältst es zusammen. Ich mag jeden einzelnen von uns, aber dir vertraue ich, Felicitas! Und ich weiß, dass ich mich auf dich verlassen kann! Dafür möchte ich dir danken!"

Mir stiegen die Tränen in die Augen, weil seine Worte mich wirklich berührten. Ich bemühte mich, mir nichts anmerken zu lassen. Ich wusste, wenn ich jetzt etwas sagte, würde ich mich nicht länger zurückhalten können. Also schwieg ich lieber und beließ es bei meinem verlegenen Lächeln.

„Ich wollte dir dafür etwas zurückgeben und habe mir deshalb ein ganz besonderes Geburtstagsgeschenk für dich ausgedacht. Ich wollte dir damit zeigen, dass du an dich glauben sollst, weil ich ahne, was alles in dir steckt. Weißt du, früher war ich ganz ähnlich wie du!" Er lächelte und schien seinen Gedanken nachzuhängen. Und auch ich musste das erst einmal verdauen. Matthias war wie ich? Im Leben nicht! Matthias war die Souveränität in Person. Ich konnte mir beim besten Willen nicht vorstellen, dass er jemals so unsicher war wie ich. Ich hing noch meinen Gedanken nach, als er fortfuhr.

„Aber das war ein großer Fehler … Ich weiß, dass dich diese Geste verunsichert hat. Ich habe es bei unserem letzten Gespräch bemerkt, als du immer wieder an dem Armband herumgefingert hast. Du wirktest, als hättest du etwas auf dem Herzen."

Oh, hatte er es also doch gecheckt. So viel zu meinen Schauspielkünsten.

„Ich weiß, dass ich dir das alles als dein Chef nicht sagen sollte. Es ist nicht ganz fair gegenüber deinen Kollegen. Aber mir ist es wichtig, alle Missverständnisse aus dem Weg zu räumen und unser Verhältnis nicht zu belasten. Ich möchte dich auch nicht bevorzugen, ich möchte dir einfach nur zurückgeben, was du uns gibst! Und ich möchte dir Mut machen, weil ich aus eigener Erfahrung weiß, dass man das manchmal gut gebrauchen kann."

„Oh ..." Wieder lächelte ich verlegen. „Dann war es wirklich nur nett gemeint ..." Ich verstummte. Ich wollte nicht, dass er wusste, dass ich unser Verhältnis jemals aus der Beziehungsperspektive betrachtet hatte. Das war mir superpeinlich und in diesem Moment schien es auch einfach wieder vollkommen abwegig.

Aber Matthias hatte mich durchschaut. Er grinste.

„Ja, das war es! Und es ist vollkommen meine Schuld, dass du das eventuell anders interpretiert hast. Meine Reaktion Timo gegenüber hat ihr Übriges dazu getan, das wurde mir heute bewusst ... Es tut mir wirklich leid. Natürlich musste es wie ein Hahnenkampf ausgesehen haben. Aber in Wirklichkeit hatte ich einfach nur Angst, dass Timo dir auch das Herz bricht und du unser Team verlässt."

Erst jetzt merkte ich, wie angespannt ich die ganze Zeit war. Ich hatte meine Hände so ineinander gepresst, dass sie schon ganz weiß wurden. Aber in diesem Moment fiel meine ganze Anspannung ab und ich merkte, wie sehr mich dieses Thema trotz meiner Erkenntnis aus dem Gespräch mit Mara und Franzi noch belastet hatte.

Jetzt wandelte sich mein verlegenes Lächeln ebenfalls in ein breites Grinsen.

„Mann, bin ich froh, dass du das sagst!" Meine Wortwahl war mir in diesem Moment egal. Mir fielen tausend Steine vom Herzen.

Jetzt lachte Mattias. Und ich versuchte, mich wieder zu fassen.

„Aber im Ernst: Danke für deine Worte. Es macht mich wirklich glücklich, das zu hören. Ich weiß gar nicht, was ich sagen soll. Ich meine, ich hätte nie gedacht, dass ich hier jemals irgendeine besondere Stellung zugeschrieben bekomme …"

„Das weiß ich!", fiel Matthias mir ins Wort. „Und genau das macht dich auch so besonders. Aber jetzt ist Schluss. Nachher bekommst du doch noch deinen Höhenflug und das kann ich mir nicht leisten."

Er zwinkerte mir zu. Und obwohl ich mich gerne noch einmal mehr bedankt hätte, wusste ich, dass unser Gespräch jetzt beendet war. Seine Worte würden mich aber noch lange beschäftigen.

18

Überzeugung

Ich wachte mit der allerbesten Laune auf! Es war Freitag und heute würde ich nach Hause fahren. Ich freute mich schon riesig darauf, meine Liebsten zu sehen. Mit Matthias hatte ich gestern noch abgesprochen, dass ich heute nicht ins Büro kommen würde. Ich hatte eh noch einen Termin mit Frau Lehnbach und den Rest würde ich von Zuhause aus erledigen, so konnte ich mich früh genug auf den Weg ins Dorf machen und würde pünktlich auf Lenas Party erscheinen.

Als Frau Lehnbach die Tür öffnete, strahlte sie mit der Sonne um die Wette.

„Frau Weber! Wie schön, dass Sie da sind. Sie sehen fantastisch aus."

Ich lachte und freute mich über ihre gute Laune. Das Kompliment konnte ich nur zurückgeben. Ihre Freude wurde noch größer, als ich ihr die Bilder von ihrem Haus überreichte, die ich ihr versprochen hatte.

„Ach, Frau Weber, Sie sind ein Schatz, vielen Dank! Und die Bilder sind wirklich wunderschön geworden. Die bekommen einen besonderen Platz in meinem neuen Zuhause."

„Das freut mich. Haben Sie denn schon etwas Neues von den Einrichtungen gehört?"

Frau Lehnbach schob mich direkt auf die Terrasse durch, wo sie uns natürlich schon wieder eine schöne Kaffeetafel hergerichtet hatte. Sie füllte meine Kaffeetasse, dieses Mal ohne zu fragen. Wir verstanden uns mittlerweile ohne viele Worte. Auch ich merkte, wie selbstverständlich ich mich einfach nach ihrer Zukunft erkundigte. Letztes Mal hätte ich noch ein schlechtes Gewissen gehabt, dass sie mich falsch verstehen könnte und denken würde, es könnte mir nicht schnell genug gehen, sie aus dem Haus zu bekommen. Aber es war einfach nur reines Interesse meinerseits und kein Grund, dass ich mich ständig wie auf rohen Eiern bewegte. Und sie verstand mich auch nicht falsch, im Gegenteil.

Sie sah von ihrer Kaffeetasse auf und schüttelte aufgeregt den Kopf.

„Nein, leider nicht, aber eine Dame aus der Verwaltung hat angerufen. Ich stehe auf der Warteliste ganz oben und es könnte wohl gar nicht mehr so lange dauern." Sie redete ganz schnell und ich merkte, wie sehr sie sich über diese Aussichten freute. „Diese Einrichtung wäre auch mein Favorit." Sie zwinkerte.

„Das ist doch schön!" Ich nahm einen Schluck Kaffee und freute mich mit ihr.

Frau Lehnbachs Wangen waren immer noch vor Aufregung gerötet, als sie ungeduldig fortfuhr.

„Und jetzt zeigen Sie mir aber die Kandidaten. Ich bin ganz gespannt!"

Die neuen Anfragen, die ich heute Morgen bereits durchgearbeitet hatte, konnten meine Favoriten vom Vortag nicht toppen. Also stellte ich sie Frau Lehnbach vor. Sie war ganz entzückt von dem Bild der kleinen Familie. Aber auch mit den andern beiden war sie sehr zufrieden.

Obwohl Kandidat Nummer 3 noch nicht zurückgerufen hatte, war ich guter Dinge, dass auch er sich die Chance nicht entgehen lassen würde, so wie er von dem Fachwerk geschwärmt hatte.

„Ach, Frau Weber, ich kann es gar nicht glauben, dass so viele Interesse daran haben, diesen alten Kasten zu erhalten. Mir bedeutet dieses Haus so viel, aber doch nur, weil so viele Erinnerungen für mich darin stecken."

„Die neuen Besitzer werden sicherlich genauso viele wunderbare Erinnerungen hier sammeln!", versuchte ich sie zu ermutigen.

„Ja, da haben Sie recht. Was für ein wunderschöner Gedanke!"

Sie lächelte versonnen und lehnte sich in ihrem Stuhl zurück. Sie hatte ihren Frieden mit der Situation geschlossen und noch mehr, sie war sogar glücklich darüber! Und das machte auch mich glücklich! Sie steckte mich mit ihrem versonnenen Lächeln an und auch ich lehnte mich kurz in meinem Stuhl zurück und genoss die Sonne, die sich auf unseren Gesichtern ausbreitete.

Was für eine Woche! So viele Erkenntnisse und vor allem so viele Klarstellungen. Ein leichter Wind wehte mir eine Strähne ins Gesicht und ich sog die Luft tief ein. Ich fühlte mich in diesem Moment so leicht und hatte keinen Zweifel, dass mir alles gelingen könnte.

Als ich die Augen wieder öffnete, merkte ich, dass Frau Lehnbach mich beobachtete. Ich fühlte mich etwas peinlich berührt, aber sie konnte ja schließlich keine Gedanken lesen. Trotzdem lächelte sie.

„10 Pfennig für Ihre Gedanken, Frau Weber", grinste sie.

Ich grinste zurück. „Ich freue mich einfach, dass es Ihnen gut geht und Sie sich offenbar sehr wohl fühlen mit Ihrer Entscheidung!"

„Das tue ich! Und Sie? Sie scheinen sich heute auch besonders wohl zu fühlen! Sie sehen nicht nur wunderschön aus, Sie strahlen richtig!"

„Oh, vielen Dank!", antwortete ich etwas beschämt. „Ja, mir geht es auch sehr gut."

„Keine falsche Bescheidenheit", durchschaute sie mich direkt. „Ich habe Ihnen doch gesagt, dass Sie einfach an sich glauben müssen und dass Sie dann alles schaffen können. Da können Sie auch ruhig mal stolz auf sich sein!"

Da hatte sie wohl recht. In diesem Moment war ich einfach glücklich. Und das Beste war, dass ich dafür selbst verantwortlich war. Ich ganz allein.

„Das steht Ihnen jedenfalls, behalten Sie sich das!"

Das würde ich, denn ich hatte mir in dieser Woche selbst bewiesen, dass ich mich glücklich machen konnte, indem ich einfach nur auf mich selbst hörte. Und das würde ich weiter tun! Mein Lächeln wurde breiter.

Ein Blick auf die Uhr verriet mir, dass es schon spät geworden war und dass es, obwohl ich meine Sachen fürs Wochenende glücklicherweise schon mit ins Auto gepackt hatte, knapp werden würde, um pünktlich zu Lenas Party zu kommen.

Ich verabschiedete mich von Frau Lehnbach und versprach ihr, am Dienstag eine Stunde vor der ersten Besichtigung bei ihr zu sein, um uns bei einem gemeinsamen Kaffee auf die „Besucher", wie sie es nannte, vorzubereiten.

19

Vergangenheit

Im Auto wählte ich Louisas Nummer, um ihr zu sagen, dass sie nicht auf mich warten sollten. Seit ich nach Bielefeld gezogen war, übernachtete ich an den Heimat-Wochenenden immer bei meiner Schwester. Sie hatte in ihrem Haus genug Platz und Emmi freute sich immer riesig, wenn sie mich vereinnahmen konnte. Meine alte Wohnung bei meinen Eltern war außerdem vermietet und so war es für uns alle die beste Lösung. Auch wenn Mama, glaubte ich, manchmal ein schlechtes Gewissen hatte, dass sie mir kein Zimmer mehr bieten konnte. Aber für mich war das vollkommen in Ordnung. Hauptsache, ich konnte immer irgendwohin.

„Dann kannst du dich morgen Früh schon einmal auf ein Weck-Komitee einstellen", lachte meine Schwester. „Emmi kann es kaum erwarten, mir dir zu spielen!"

Auch ich lachte. „Kein Problem! Ich freue mich auf euch!"

„Und wir uns auf dich! Aber jetzt genieß erstmal den Abend und trink nicht zu viel. Spätestens morgen wirst du es bereuen, da spreche ich aus Erfahrung!"

Ich drehte die Musik lauter und das Fenster runter. Um meine Haare musste ich mir keine Sorgen mehr machen. Eine etwas zerstörte Frisur konnte nicht schaden. Da ich mich nun nicht mehr umziehen konnte und in meinem ockerfarbenen Hosenanzug und weißer Bluse zur Party musste, würden mich die zerzausten Haare vielleicht zumindest etwas weniger overdressed wirken lassen.

Ich fuhr aus Bielefeld raus und entschied mich heute dazu, die Landstraße zu nehmen und auf die Autobahn zu verzichten. So konnte ich mein offenes Fenster und die Musik besser genießen und viel länger würde es auch nicht dauern. Es sei denn, ich würde auf Trecker oder LKWs stoßen. Aber ich hatte Glück und konnte meinen Weg ungehindert fortsetzen. Der Wind spielte mit meinen Haaren und ich lächelte verträumt vor mich hin. Der nächste Song im Radio brachte mich noch mehr zum Lächeln: „Castle On The Hill" von Ed Sheeran. Ich liebte den Sänger und drehte die Lautstärke gleich noch etwas mehr auf, damit meine schiefen Töne überdeckt wurden.

Bei dem Song konnte ich mir das Mitsingen nicht verkneifen. Und er passte so gut.

Gerade im Hinblick auf meine letzte Woche und überhaupt auf meine Entscheidung, nach Bielefeld zu gehen.

Ich war gewachsen, seitdem ich das letzte Mal meine Heimat besucht hatte, und auf diese Entwicklung war ich unheimlich stolz.

Ich war sehr glücklich mit meinem Leben und dankbar, mich durch meine neuen Begegnungen mit anderen Augen zu sehen. Franzi und Mara, die so anders waren als meine Dorfmädels, Matthias und Frau Lehnbach, die mich persönlich und beruflich so sehr schätzten und an mich glaubten. Und auch Timo, der mir noch das Gefühl gab, irgendwie begehrt zu sein. Das alles waren Menschen, die ich nicht mehr missen wollte.

Aber genauso glücklich war ich über meine Heimat. Da, wo ich herkam, wo die Menschen lebten, die ich mein Leben lang kannte und mit denen ich aufgewachsen war. Die, die ich über alles liebte. Und ohne die ich sicher nicht die wäre, die ich bin. Ed Sheeran verstand mich offensichtlich sehr gut. Sein Songtext sprach mir aus der Seele. Ich drehte die Lautstärke noch etwas auf und grölte weiter.

Ach, ich freute mich so auf Zuhause und meine gute Laune stieg immer mehr. Fast wurde ich ein bisschen melancholisch.

Um das zu verhindern, zwang ich mich, mich auf die Straße zu konzentrieren. Wer hätte gedacht, dass das ein Fehler sein konnte.

Ich sah ihn schon von weitem. Eine Verwechselung war fast unmöglich, denn den knallroten, tiefergelegten Golf mit schwarzen Rallye-Streifen erkannte ich direkt. Es war nur ein ganz kurzer Blickkontakt, als unsere Autos aneinander vorbeifuhren. Aber der reichte, um mich mal wieder vollkommen aus der Bahn zu werfen. Mein Herz begann, unkontrolliert zu pochen, und meine Hände wurden schwitzig. Ich drehte die Musik leiser und die Fenster weiter hinunter und hoffte, dass der Fahrtwind einfach all die negativen Gedanken und Gefühle mitnehmen würde. Aber das tat er leider nicht. Ich entschloss mich, kurz rechts ran zu fahren und einmal durchzuatmen.

Ich stellte den Motor ab. Die Gedanken ließen sich aber leider nicht so einfach verdrängen. Tatsächlich hatte mich bei meinen letzten Heimfahrten immer ein mulmiges Gefühl begleitet, wenn auch unterschwellig. Ich hatte genau vor dieser Begegnung Angst gehabt. Auch wenn sie noch so kurz und unbedeutend war.

Der Gedanke an Mirko warf mich immer noch aus der Bahn. Ihn zu sehen noch mehr. Bisher hatte ich allerdings Glück gehabt und es blieb bei der Angst davor, ihm begegnen zu können. Auch wenn es natürlich sehr unwahrscheinlich war, dass wir zufällig genau zur selben Zeit an einem Ort waren. Schließlich war uns das vor diesem einen Schützenfest unser ganzes Leben nicht passiert. Heute trat der Zufall allerdings ein und traf mich umso härter.

Ich ließ meinen Tränen freien Lauf und den Kopf sinken. Immer wieder stieß ich meine Stirn gegen meine Hände, die das Lenkrad noch fest umklammert hielten. Wahrscheinlich hoffte ich, so die negativen Gedanken vertreiben zu können. Aber vergeblich. Die Bilder zogen bereits wie ein Film durch meinen Kopf und führten mich zurück zu dem Tag, den ich am liebsten für immer aus meinem Leben streichen würde. Es war, als würde ich jede Sekunde noch einmal erleben.

Es war ein Samstag. Abends waren wir zu der Einweihungsparty von Mirkos bestem Kumpel Leon eingeladen. Er und seine Freundin waren gerade in das Haus eingezogen, bei dem Mirko so viele Stunden geholfen hatte. Schon beim Aufwachen herrschte schlechte Stimmung. Mal wieder. Mirko hatte keine Lust, aufzustehen, und hing nur an seinem Handy. Er machte sich Gedanken, dass unser Geschenk nicht gut genug für seinen besten Kumpel sei, und überlegte, wie wir es noch optimieren könnten. Tatsächlich hatten wir die ganze letzte Woche an einem Weinregal aus Europaletten gebaut, es geschmirgelt und gestrichen, sodass es perfekt in das neue Haus passte. Ich hatte außerdem noch den Lieblingstropfen der beiden Weinliebhaber besorgt und wusste wirklich nicht, welches Geschenk besser passen könnte.

Ich war genervt, ließ es mir aber nicht anmerken. Mittlerweile wusste ich, dass das nichts brachte und die Stimmung nur noch schlechter machte. Außerdem musste ich gerade beim Thema „Leon" aufpassen. Leon gefiel es überhaupt nicht, dass Mirko eine Freundin hatte und so nicht wie sonst 24/7 für ihn verfügbar war – was er ja für seine Freunde ironischerweise trotzdem immer noch war. Zudem hatte er einmal vor Mirko erwähnt, dass er nicht wirklich fand, dass ich in ihren Freundeskreis passen würde. Dementsprechend war auch sein Verhalten mir gegenüber.

Ich beherrschte mich also und versuchte, nachdem ich unendlich viele Vorschläge für mögliche Ersatz-Geschenke gebracht hatte, die Ablenkungstaktik. Ich machte Frühstück und brachte es ans Bett. Ich dachte, das könnte vielleicht zur Stimmungsaufhellung beitragen – Fehlanzeige. Mirko nahm einen Schluck Kaffee, ohne dass er von seinem Handy aufsah. Ich legte mich wieder neben ihn und kuschelte mich noch einmal an ihn heran in der Hoffnung, dass wir endlich Pläne für den heutigen Tag schmieden konnten. Unsere gemeinsame Zeit war so selten geworden, dass ich es kaum erwarten konnte, den Tag zu nutzen. Aber weder antwortete er mir noch erwiderte er meine Annäherungsversuche. Erst als ich begann, seinen Hals zu küssen und ihm den Nacken zu massieren, schien er mich wahrzunehmen. Tatsächlich legte er sein Handy weg und zog mich zu sich. Wir schliefen miteinander. Als er kam, sagte er, ich wäre der Wahnsinn und beteuerte, wie sehr er mich liebte. Dann verließ er das Bett und ging duschen. Allein, ohne mich weiter wahrzunehmen.

Diese Situation kam so nicht zum ersten Mal vor. Aber an diesem Tag konnten die eigentlich so schönen Worte, die ich mir immer von ihm zu hören wünschte, nicht davon ablenken, dass er sie zwar sagte, aber mir nicht das Gefühl gab, sie auch so zu meinen. Ich konnte meine Gefühle nicht unterdrücken. Ich blieb im Bett zurück und begann zu weinen. Ich fühlte mich benutzt, wischte meine Tränen aber schnell weg, als ich hörte, dass Mirko zurückkam.

Ich wollte das Thema ansprechen und klären, aber ich wusste, dass jeder Versuch auf ein vernünftiges Gespräch zwecklos wäre, wenn Mirko sah, dass ich geweint hatte. Er würde sich dann unter Druck gesetzt fühlen und das wollte ich verhindern. Die Mühe hätte ich mir aber nicht machen müssen. Mirko kam zurück ins Zimmer. Er war komplett angezogen und griff nach seinen Autoschlüsseln, die auf meinem Nachttisch lagen.

„Was hast du vor?"

„Ich fahre zu Leon, aufbauen für heute Abend."

„Oh, ok … Kommst du denn später nochmal wieder? Ich dachte, wir könnten noch etwas Schönes unternehmen?"

„Nee, ich denke, das wird zu knapp. Sorry!"

„Alles klar. Dann treffen wir uns später bei dir und gehen zusammen zur Party?"

„Nee. Am besten du kommst direkt dahin. Kannst du das Regal noch einpacken und mitbringen? Danke – bis später." Und mit einem flüchtigen Kuss auf die Stirn und ohne meine Antwort abzuwarten war er weg.

Ich zog meine Bettdecke über meinen Kopf und begann wieder zu weinen, dieses Mal hemmungslos. Die Situation am Morgen war dabei allerdings lediglich der Tropfen, der das Fass zum Überlaufen gebracht hatte. Seit Monaten ertrug ich Mirkos Launen. Er war so unzufrieden mit sich, seinem Job und irgendwie allem, unternahm aber keine Anstalten, etwas dagegen zu unternehmen. Vor allen anderen ließ er sich nichts anmerken. Er war wie immer der tolle Kumpel, der immer für alle da war. Der Gute-Laune-Mann, der alle zum Lachen brachte, und der liebevolle Sohn, der sich um alles kümmerte. Tatsächlich war er auch der wunderbarste Partner. Aber eben nur, wenn andere dabei waren. Dann war er fürsorglich und zärtlich. Ich wusste, dass er das alles nicht spielte, aber immer, wenn wir alleine waren, kam seine Unzufriedenheit hoch, die sich angestaut hatte, und er war wie ausgewechselt. Er war lustlos und ließ sich hängen. Das Schlimmste war für mich, dass er sich so in seinem Trübsal verlor, dass ich gar nicht mehr an ihn herankam. Alle meine Versuche, ihm zu helfen, wurden ignoriert. So wie ich auch. Aber das war meist das bessere Los. Entweder ignorierte er mich oder er wurde richtig fies. Oft entschuldigte er sich dann schnell wieder, aber von den negativen Gefühlen blieben immer ein paar zurück.

Ich wusste nicht, wie lange ich so da lag. Irgendwann versiegten die Tränen und ich begab mich unter die Dusche, um einen freien Kopf zu bekommen.

Ich konnte mich noch genau daran erinnern, wie das Wasser auf mir abperlte und ich einfach so dastand. Sekunden, Minuten, Stunden – ich wusste es nicht. Irgendwann stellte ich das Wasser ab und sah durch einen Blick in den Spiegel, dass meine Haut feuerrot war. Wahrscheinlich hatte ich das Wasser etwas zu heiß eingestellt. Aber die Temperatur hatte ich gar nicht wahrgenommen.

Ich streunte durch die Wohnung und begann mechanisch, alles aufzuräumen. Als das erledigt war, griff ich zu Lappen und Eimer und putzte meine komplette Wohnung, sogar die Fenster. Erst als ich wirklich nichts mehr fand, was ich tun konnte, ließ ich mich erschöpft aufs Sofa fallen und schlief einfach ein. Als ich aufwachte, schminkte ich mich aufwendig und bemühte mich, ein Outfit zu finden, das Mirko besonders an mir gefiel. Ich war zufrieden und beim Geschenkeinpacken war mein Plan ausgereift:

Ich würde mit Mirko reden. Heute würde ich mich zusammenreißen und mit ihm einen tollen Abend auf einer tollen Party verbringen. Und morgen würde ich dann alles ansprechen. Ich würde ihm erklären, dass es wehtat, mal seine große Liebe und mal einfach ein Nichts für ihn zu sein und dass das so nicht weitergehen konnte. Dass mich sein sprunghaftes Verhalten verletzte und verunsicherte. Ich würde ihm noch einmal sagen, dass ich für ihn da wäre und dass ich ihm bei allem unterstützen würde und ihn einfach darum bitten würde, sich mit seiner Situation auseinanderzusetzen und zu überlegen, was er ändern möchte, um glücklich zu sein.

Wir würden dann alles aus dem Weg räumen, was ihn beschäftigte, und es schaffen, wieder zusammen glücklich zu sein. „Mein Mirko" würde mich wieder häufiger mit diesem Blick ansehen, der mir zeigte, dass er mich aufrichtig liebte. Wir würden endlich auch über unsere Zukunft sprechen und einen wunderschönen gemeinsamen Weg finden, wie auch immer der aussehen würde. Aber wir würden glücklich werden. So wie unsere Freunde.

Mit diesem Plan schaffte ich es, gut gelaunt auf der Party zu erscheinen. Ich begrüßte erst Leon, der sich etwas zu viel Mühe gab, sich über meine Anwesenheit zu freuen, und seine Freundin, die wirklich nett war, mit der ich aber nicht wirklich warm wurde. Dann ließ ich mich durch das Haus führen und sparte nicht mit Komplimenten. Es war auch wirklich toll geworden! Und dann stand Mirko vor mir, strahlte mich an, gab mir einen innigen Kuss und sagte mir, wie schön er es fand, dass ich da war. Es würde alles gut werden!

Wie immer unter Leuten war er zuvorkommend und bemüht um mich. Ich genoss seine Aufmerksamkeit und hatte wirklich einen schönen Abend. Mit der Zeit wurde das Haus immer voller und wir mischten uns unter die Leute. Mirko war zunehmend unterwegs, um seinem Kumpel zu helfen, die Gäste mit Getränken zu versorgen. Aus den Augenwinkeln sah ich immer wieder, wie Leon dafür sorgte, dass Anna, die beste Freundin seiner Freundin, in Mirkos Nähe war. Schnaps ausschenken, Geschenke wegräumen – er fand immer neue Aufgaben für die beiden. Und natürlich mussten sie zum Dank immer einen zusammen trinken. Ich war eigentlich nicht eifersüchtig, aber ich wünschte mir einfach so sehr, Mirko an meiner Seite zu haben. Hin und wieder kam er vorbei und vergewisserte sich, dass alles gut war, um mir auch gleichzeitig zu sagen, dass ich verstehen müsste, dass er heute seinen besten Kumpel unterstützte. Es war ja so ein wichtiger Tag für Leon.

Natürlich hatte ich, wie immer, Verständnis.

Später, als ich mich mit einem Bier zu meinem Freund in den Kreis gesellen wollte, schnappte ich gerade noch die Bemerkung von Leon auf, der zwischen Mirko und Anna stand und beide im Arm hielt.

„Die beiden hier", lallte er zu den anderen im Kreis, „sind unsere besten Freunde. Und Mirko war schon immer ein bisschen scharf auf Anna." Er machte eine bedeutende Pause. Alle grinsten.

„Aber leider war Anna immer vergeben und Mirko hat zu spät erfahren, dass sie wieder zu haben ist. Sonst wäre er heute sicherlich mit ihr hier." Ich konnte nur auf seinen Rücken gucken, wusste aber genau, wie er selbstgefällig grinste.

„Oder, Mirko?!" Mein Freund sah zu Anna und lächelte sie an, während sie gekünstelt auflachte.

„Tja, bisher hatten wir wohl ein schlechtes Timing", trällerte sie.

„Das hatten wir wohl bisher." Das letzte Wort betonte Mirko so, dass mir schlecht wurde.

Warum musste Mirko immer allen gefallen wollen?! Ich wusste, dass er mal ein Auge auf Anna geworfen hatte. Aber das war lange her. Erst vor ein paar Wochen hatte er mir erzählt, wie aufgesetzt und arrogant sie wäre und wie sehr sie sich verändert hatte. Er könnte gar nicht mehr verstehen, was er einmal an ihr gefunden hatte. Aber jetzt, wo der heilige Leon Anna und Mirko als Traumpaar auserwählte, musste Mirko natürlich zustimmen. Das konnte ich mir nicht länger anhören. Ich änderte meinen Plan und stieß mit meinem Bier wieder zu den anderen, die mich direkt auf die Tanzfläche zogen. Irgendwie schaffte ich es noch, zwei Lieder durchzuhalten, um dann behaupten zu können, ich bräuchte unbedingt eine Pause.

Ich ging zu Mirko und verabschiedete mich unter dem Vorwand, müde zu sein. Egal, was ich tat, meine Stimmung würde ich nicht mehr retten können und ich wollte nicht, dass das jemand bemerkte. Ich wünschte ihm noch einen tollen Abend und wollte bei ihm zu Hause auf ihn warten.

Und das tat ich. Da ich eh nicht schlafen konnte, wartete ich und wartete. Der einzige Gedanke, der mich nicht durchdrehen ließ, war die Aussicht auf das klärende Gespräch. Aber die Hoffnung war vergeblich. Mirko kam in dieser Nacht nicht nach Hause.

Ich wollte unter keinen Umständen wie ein Kontrollfreak dastehen. Aber um 7 Uhr morgens hielt ich es nicht mehr aus und schrieb ihm eine WhatsApp-Nachricht, um zu fragen, wo er war.

So lange konnte die Party doch nicht gehen?!

Ich bekam keine Antwort auf meine Nachricht. Um halb 8 ging die Tür zu seinem Schlafzimmer auf und ein etwas mitgenommener Mirko kam herein. Er grinste, als er mich sah.

„Hallo, schöne Frau!"

Mir fiel zunächst ein Stein vom Herzen.

„Hey, wo warst du denn?" Ich hatte mir wirklich Sorgen gemacht, aber er nahm meine Frage direkt als Angriff.

„Bei Leon natürlich, wo ist das Problem?!"

„Nein, so meinte ich das doch nicht … Ich wollte einfach nur … Hattet ihr noch einen schönen Abend?" Ich wollte keinen Streit. Nicht jetzt, nicht mit einem übernächtigten und betrunkenen Mirko und schon gar nicht vor unserer großen Aussprache.

„Und wie! Feli, es war so genial! Leon war richtig happy!"

Na dann … „Das freut mich! Jetzt bist du bestimmt total fertig, oder? Wie viele haben denn noch so lange durchgehalten?"

„Ach …" Sein Grinsen verflog plötzlich und ich wartete, dass er weiterredete. „Naja …"

„Wie?", hakte ich dann doch nach. Irgendetwas war komisch an ihm.

Er starrte mich an und kam auf mich zu. „Naja …", fing er erneut an und grinste wieder. „So müde bin ich gar nicht …", sagte er anzüglich, küsste mich und schob seine Hand unter mein Shirt.

Seine Alkoholfahne schreckte mich aber so ab, dass ich zurückwich. Außerdem hatte ich irgendwie ein komisches Gefühl.

„Wieso bist du denn so fit? Hast du etwa bei Leon geschlafen?"

Mirko setzte sich auf. „Ja, irgendwann hatte ich wohl ein Bierchen zu viel und Leon meinte, ich sollte einfach sein Gästezimmer einweihen. Eine kurze Pause und dann wieder Vollgas."

„Ah, und dann ging die Party weiter?"

„Das war der Plan, aber irgendwie hab ich den Wiedereinstieg verpasst."

„Verschlafen?" Es machte mich misstrauisch, dass ich ihm alles aus der Nase ziehen musste.

„Ja, irgendwie schon."

„Irgendwie?"

„Naja, Anna kam kurze Zeit später auch ins Zimmer, sie brauchte auch eine Pause."

„Anna?" Ja klar, ganz zufällig. Warum gingen die beiden nicht einfach nach Hause, wenn sie genug hatten?!

„Mann, Feli … Ja, Anna! Was hast du denn gegen sie?!"

„Ich habe nichts gegen sie. Ich finde es nur nicht ganz so toll, wenn mein Freund mich alleine nach Hause gehen lässt und dann mit einer anderen im Bett pennt." Langsam, aber sicher kochte meine Wut hoch. Wie konnte er so ignorant sein?

„Leon meinte es doch nur gut! Kurze Pause und dann weiter."

Ja, klar! Fast hätte ich hysterisch aufgelacht. Aber ich riss mich zusammen und versuchte stattdessen, noch mehr Informationen zu bekommen.

„Und dann habt ihr kurz gepennt und dann ging es weiter?"

„Nein, wir sind dann leider versackt."

„Versackt?!"

„Ja, gut, wir haben uns geküsst. Aber mehr lief nicht, echt. Naja, und irgendwann sind wir halt dann doch eingepennt und ich bin erst von deiner Nachricht aufgewacht."

Das glaubte ich nicht. „Geküsst?!"

Er blieb still.

„Und sie liegt da immer noch?"

„Ja, klar, die pennt ja."

Ich fasste es nicht. Es war nicht nur so, dass mein Freund eine andere geküsst hatte, er war vor allen Gästen mit einer anderen Frau in ein Zimmer verschwunden und nicht mehr herausgekommen. Natürlich würden alle annehmen, dass da mehr lief.

Ich fühlte mich so gedemütigt, ich wusste nicht mehr, was ich sagen sollte. Meine Wut wandelte sich in Tränen, die einfach nur noch über mein Gesicht strömten.

„Mann, Feli, bitte dreh jetzt nicht durch. Ich weiß, der Kuss war scheiße. Aber ich will nichts von ihr." Sein Ton wurde weicher, fast flehend. Aber ich konnte immer noch nichts sagen. Ich merkte, dass mein Körper langsam anfing zu beben und meine Tränen immer stärker flossen. Ich konnte schon fast nichts mehr sehen. Ich musste hier weg, bevor ich mich gleich gar nicht mehr beruhigen konnte.

„Mirko, ich kann nicht mehr ..." Mehr brachte ich nicht heraus. Ich stand auf und machte mich auf den Weg zum Gehen.

„Feli, ich muss jetzt pennen. Ich muss fit sein für das Spiel später. Wir mussten dem Trainer versprechen, dass wir auch nach der Party abliefern. Das war die Bedingung. Lass uns danach quatschen. Ich ruf dich an."

Aber das tat er nicht. Sie hatten trotz Kater 5:0 gewonnen und das mussten sie feiern. Er meldete sich am Montag nach der Arbeit und fragte, ob wir was kochen wollten.

Noch nie in meinem ganzen Leben hatte ich mich so wertlos gefühlt.

Das Schlimmste war, dass ich tief in meinem Herzen noch immer an „meinen Mirko" glaubte und dass ich ihn immer noch nicht ganz aufgegeben hatte. Aber ich zwang mich dazu, mich selbst zu schützen. Ohne Mirko fühlte ich mich wie ein Wrack. Ich weinte wochenlang und ich wusste lange nicht, wie ich es schaffen sollte, wieder einen Tag einfach glücklich zu sein.

„Das nennt man Liebeskummer!", sagte mein Schwager. Aber ich wusste, dass es mehr war. Es war nicht nur die Trauer um die Trennung. Es war die ganze Beziehung, die mir Stück für Stück nicht nur meine Unbeschwertheit, sondern auch einen Teil von mir selbst genommen hatte.

Ich hob meinen Kopf und starrte aus der Windschutzscheibe. Immer wieder dieses miese Gefühl. Ich wollte das nicht mehr. Ich war schon so weit gekommen. Aber ich musste es endlich schaffen, diese Zeit hinter mir zu lassen und damit abzuschließen. Ich wollte keine Bauchschmerzen mehr bekommen, wenn ich nach Hause fuhr, nur weil ich Angst hatte, ihn zu sehen. Es war MEIN Zuhause. Auch wenn ich mir ein zweites Zuhause gesucht hatte und dort sehr glücklich war, war hier meine Heimat und die sollte nicht mehr mit negativen Gedanken behaftet sein.

Mein Blick wanderte zu meinem Handschuhfach und wie von selbst holten meine Hände den Umschlag heraus, der nun schon einige Monate dort auf mich wartete. Ich wusste, dass ich den Brief lesen musste, um wirklich abschließen zu können.

Er lag in meinem Briefkasten, einen Tag nach der Party, bei der ich Mirko nach unserer Trennung zum ersten Mal wiedergesehen hatte. Ich wusste, dass er auf dieser Party sein würde und am liebsten hätte ich einfach abgesagt. Aber meine Freundinnen ließen mich nicht. Also nahm ich es als Versuch, mir zu beweisen, welche tollen Fortschritte ich in Sachen „Mirko" gemacht hatte. Um mich aber doch noch etwas zu schützen, vereinbarte ich mit meinen Mädels, dass sie, sollte jemand nachfragen, sagen sollten, ich hätte bereits jemand Neues kennengelernt.

Tatsächlich scharwenzelte Mirko, nachdem er sich ordentlich Mut angetrunken hatte, den ganzen Abend um mich herum und ließ mich nicht aus den Augen. Irgendwann stand er neben mir und wollte mit mir reden. Er entschuldigte sich tausend Mal und sagte mir, dass er so gerne alles rückgängig machen würde und dass er mich vermisste.

Als ich kurz davor war, schwach zu werden, zog ich meinen zugegebenermaßen erbärmlichen Joker und erzählte von meiner neuen Bekanntschaft. Dann ging ich nach Hause, weinte die ganze Nacht und buchte meinen Kurs zur Immobilienmaklerin.

Da mich das Gespräch so aufgewühlt hatte, schaffte ich es nicht, den Brief zu lesen, und versteckte ihn in meinem Handschuhfach. Dann ging ich nach Bielefeld und wollte meinen Neustart genießen und mich nicht mehr mit alten Dingen belasten. Also blieb der Brief, wo er war.

Jetzt hielt ich den Umschlag in meinen Händen und öffnete ihn zitternd:

Hallo Feli,

ich habe dir am Freitag viele Dinge gesagt, die du wahrscheinlich nicht wissen wolltest, aber ich bin froh, dass du dir das angehört hast. Und ich hoffe, dass du meine Worte nicht falsch verstanden hast! Ich weiß, in welchen Umständen du jetzt bist, und ich werde das respektieren müssen, weil ich weiß, dass ich dich für immer verloren habe. Ich verspreche dir, dass ich dich nach dieser Nachricht nicht mehr belästigen werde. Ich wollte in unserem Gespräch nur ausdrücken, wie es in mir aussieht und dass du mir nie egal sein wirst. Ob wir zusammen sind oder nicht. Ich weiß, dass inzwischen viel Zeit vergangen ist und ich dich in Ruhe lassen sollte, aber es fällt mir schwer, das Ganze hinter mir zu lassen, weil ich noch nie jemanden so sehr geliebt habe, wie ich dich geliebt habe. Egal, was irgendwann kommen mag, es wird nie das sein, was es mit dir war. Du bist das Beste, was mir jemals passiert ist, und es tut mir so leid, dass ich es nicht geschafft habe, den Weg, den du einschlagen wolltest, mitzugehen. Nein, ich versuche hiermit nicht wieder, irgendwas rückgängig zu machen, weil ich weiß, dass es dafür zu spät ist, aber Freitag ist nun mal alles wieder hochgekommen in mir. So eine Frau wie dich werde ich nie wieder kennenlernen. Du wirst für mich immer die wundervollste Frau auf diesem Planeten sein und ich werde dich niemals vergessen. Ich werde dir immer dankbar sein für alles, was du für mich getan und was du mir gegeben hast. Ich hoffe, dass wir uns nicht aus dem Weg gehen, wenn wir uns irgendwo sehen. Ich wünsche dir wirklich von ganzem Herzen, dass du glücklich bist und dass es dir immer gutgehen wird!

Mirko

Wieder liefen meine Tränen. Meine Wangen spannten schon von dem ganzen Salz und ich kramte nach einem Taschentuch, um mich davon zu befreien. Das Einzige, was ich fand, waren allerdings die Kosmetiktücher in meiner Schminktasche. Also zog ich eins heraus und befreite mich nicht nur von meinen Tränen, sondern auch von dem Rest meines Make-ups.

Als ich wieder in den Spiegel schaute, merkte ich, wie ich langsam ruhig wurde. Meine Tränen versiegten und meine Anspannung wich aus meinem Körper.

Mirkos Worte berührten mich, genau wie dieser liebevolle Blick, den er mir anfangs immer schenkte, später nur in Ausnahmefällen. Diese Worte hatte der Mirko geschrieben, der sich in mich verliebt hatte und von dem ich wusste, dass es ihn noch irgendwo gab. Und der trotzdem nicht so für mich da sein konnte, wie ich es mir wünschen würde. Dennoch war er aufrichtig zu mir gewesen, das wusste ich jetzt. Und das gab mir irgendwie Hoffnung. Und Selbstwertgefühl. Und Zuversicht.

Es war gut, dass ich diesen Brief erst jetzt las. Damals, kurz nach der Party, hätten mich diese Worte verunsichert und sicherlich dafür gesorgt, dass ich den Absprung von Mirko nicht schaffen würde. Ich hätte meine Entscheidung über den Haufen geworfen und einfach wieder alles versucht, dass wir zusammen glücklich werden würden. Schließlich liebten wir uns ja. Aber das hätte nicht gereicht. Das wusste ich. Jetzt, wo ich mit ein bisschen Abstand auf die Situation zurückblicken konnte. Manchmal reichten auch die stärksten Gefühle nicht aus, wenn es so viele weitere Faktoren gab, von denen man sich beeinflussen ließ. So wie Mirko, der immer allen alles recht machen wollte und sich dabei am wenigsten um sich und um seine Wünsche kümmerte und immer unzufriedener wurde. Natürlich konnte er so keine andere Person glücklich machen. Er musste erst einmal bei sich anfangen. Und ich hoffte jetzt von ganzem Herzen für ihn, dass er das auch tat. Aber das war nicht mehr meine Baustelle und das war gut so.

Mirkos Worte jetzt zu lesen gab mir ein Gefühl von Erleichterung. Natürlich würde ich niemals vergessen, wie weh mir Mirko getan hatte, und ich würde auch niemals vergessen, wie wertlos er mich durch sein Verhalten fühlen lassen hat. Aber dennoch zeigte mir sein Brief das, was ich immer noch gehofft hatte. Dass ich mich nicht so sehr in einem Menschen getäuscht hatte, für den ich alles getan hätte. Und dafür war ich dankbar.

Opa sagte immer zu mir, dass alles einen Sinn hätte. Und ich glaubte in diesem Moment mehr denn je, dass er sowas von recht hatte. Mir wurde klar, dass mir mein Tapetenwechsel nicht nur gut tat, um Mirko zu vergessen. Nein, es war ein Schritt gewesen, den ich längst gebraucht hatte und den ich unbewusst schon viel länger wollte. Ich liebte mein Leben zu Hause, meine Familie, meine Freunde. Ich hatte damals alles, was ich brauchte, und doch hatte ich das Gefühl, dass da draußen noch etwas Wunderbares auf mich wartete. Das Leben hatte so viel zu bieten und ich war immer neugierig, was es für mich bereit hielt. Ohne die, wenn auch unschöne, Trennung hätte ich niemals den Schritt gewagt, mich neu auszuprobieren. Und wer weiß, vielleicht wäre dann auch ich jetzt mit meinen 30 Jahren in meiner Torschlusspanik gefangen und einfach auf der Suche nach dem potentiellen Vater meiner Kinder. Natürlich waren Haus, Kind und Mann toll und ich freute mich für jeden meiner Liebsten, die diesen Lebensplan bereits erfüllt hatten und glücklich waren. Aber es war eben nicht MEIN Lebensplan. Und in diesem Moment war ich einfach unglaublich glücklich, dass ich den Mut aufgebracht hatte, meinen eigenen Weg zu gehen. Auch, wenn ich noch nicht genau wusste, wie meine Zukunft aussehen würde, war ich jetzt sicher, es irgendwann herauszufinden.

Wäre die Sache mit Mirko nicht passiert, hätte ich den Sprung ins kalte Wasser sicherlich bis heute nicht gewagt, sondern würde vielleicht sogar wie Becci an meiner Unzufriedenheit festhalten. Aber tatsächlich war Mirko nur der Auslöser, den Schritt zu gehen, der Wunsch war schon viel länger da.

Ich würde nun abschließen können und nur noch nach vorne schauen. Der Anfang dazu war mir schließlich bisher unglaublich gut gelungen. Ich lächelte mich im Spiegel an. Ich fühlte mich gut. Sehr gut sogar, und der Knoten in meiner Magengegend, der mich immer unterschwellig auf meinem Heimweg begleitet hatte, war weg.

Jetzt würde ich endlich auf die Party gehen, meine Freunde treffen, mich zuhause fühlen. Lachen und tanzen – so wie früher!

Ich hatte Glück, dass ich mit meinem Köfferchen unterwegs war und ein halbes Kosmetikstudio im Auto dabei hatte. Ich richtete mich also wieder so her, dass von meinem kleinen Gefühlsausbruch keine Spur mehr zu sehen war, und machte mich endlich auf den Weg zur Party. Jetzt würde ich etwas später kommen, aber diese kleine Pause hatte sich sowas von gelohnt. *I can't wait to go home.*

20

Home, sweet home

Die meisten Gäste waren schon da und es herrschte gute Stimmung. Ich musste mich regelrecht durchkämpfen, bis ich endlich das Geburtstagskind fand.

„Lena! Alles, alles Liebe zum Geburtstag!" Ich nahm sie in die Arme und drückte sie fest an mich.

„Feli, wie schön, dass du da bist", freute sich meine Freundin und zog mich mit zu Becci und Eva an den Stehtisch.

„Ahhh Mädels, ich freue mich so, euch zu sehen", fiel ich auch den anderen beiden um den Hals, während Lena uns mit Getränken versorgte. „Sorry, dass ich etwas spät bin! Ich hatte noch einen Termin und … Ach, erzähle ich euch später." Ich wollte nicht direkt mit der Tür ins Haus fallen. „Habt ihr das Geschenk schon übergeben?"

Becci sagte gar nichts, sondern sah nur an mir herunter und widmete sich dann ihrem Getränk.

„Kein Stress, Feli! Kommst du direkt von der Arbeit? Du siehst so chic aus!" Eva zwinkerte herzlich.

„Ertappt", ich grinste. „Wo sind die Kids?"

„Bei Oma und Opa. Sogar über Nacht. Heute können wir richtig einen drauf machen!", freute sie sich. „Mit dem Geschenk haben wir natürlich auf dich gewartet!"

„Wie lieb, danke!", gab ich zurück und wir stießen an. In dem Moment klingelte mein Handy. Irgendwie kam mir die Nummer bekannt vor, richtig zuordnen konnte ich sie aber nicht. Mein Pflichtbewusstsein gewann die Oberhand.

„Sorry, bin gleich wieder da", rief ich meinen Mädels zu und suchte mir schnell eine stille Ecke.

„Weber?!", sagte ich etwas außer Atem.

„Hallo Frau Weber, störe ich?"

„Nein, nein! Mit wem spreche ich denn?"

„Oh, entschuldigen Sie. Hier spricht Lennard, Lennard Berger. Ich rufe an wegen des Hauses im Johannistal. Sie hatten mir auf die Mailbox gesprochen."

Jetzt wusste ich auch, warum mir die Nummer bekannt vorkam.

„Ja, natürlich! Schön, dass Sie zurückrufen."

„Aber klar, ich freue mich riesig, wenn wir uns das Haus anschauen können. Das ist wirklich genau das, was ich suche! Entschuldigen Sie, dass ich mich erst jetzt zurückmelde. Ich habe meine Mailbox erst gerade abgehört. Ich hoffe, ich bin nicht zu spät?"

„Sie haben Glück." Ganz so leicht wollte ich es ihm auch nicht machen. „Wenn es Ihnen Dienstag passt, halten wir den Termin gerne fest!"

„Wunderbar, vielen, vielen Dank! Am Dienstag werde ich mich auch nicht verspäten." Seiner Stimme konnte man anhören, dass er sich wirklich freute.

Perfekt, jetzt konnte ich wirklich ins Wochenende starten und mich voll und ganz auf die Party konzentrieren.

„Sorry, Mädels, da musste ich rangehen. Das war ein Interessent für mein neues Objekt. Ich glaube, der könnte super passen", ließ ich die drei an meiner Freude teilhaben.

„Aber jetzt ist Wochenende!", rief ich und hob mein Glas. „Auf dich, Lena! Ich freu mich riesig auf die Party."

In diesem Moment legte jemand den Arm um mich und zog mich an sich. „Mensch, Feli", grölte Evas Mann. „Bist du das?! Du siehst ja klasse aus!"

Typisch, immer große Klappe! Eva verdrehte die Augen, lachte aber. „Jetzt lass Feli doch erstmal in Ruhe ankommen."

„Jaja", er legte den zweiten Arm um seine Frau und zog sie an seine andere Seite. „Ich meine ja nur, guck doch mal, wie toll sie aussieht. Ich hätte sie fast gar nicht erkannt! Bielefeld tut ihr offensichtlich gut!"

Eva schmiegte sich an ihn und lächelte mir zustimmend zu.

„Danke!" Ich freute mich über seine Worte. „Ja, das stimmt wohl! Aber am meisten freue ich mich jetzt auf einen Abend mit euch." Er drückte Eva und mich beide an seine Brust und wir grinsten uns an. Offenbar hatte er schon ein paar Bierchen intus.

Mir fiel auf, dass es Eva gar nicht störte, ihn im angetrunkenen Zustand zu sehen und sie ihn im Gegenteil sogar immer wieder mit einem liebevollen Blick ansah. Auch bei ihm fiel mir auf, dass er immer wieder Evas Nähe suchte und sie mit fürsorglichen Gesten bedachte. Das freute mich besonders, eben weil ich wusste, dass Eva in letzter Zeit auch nicht ganz glücklich war.

Ich nahm mir vor, da später einmal genauer nachzuhaken, wenn wir ungestört waren.

Wir hatten einen superlustigen Abend und lachten viel und ausgelassen, nur Becci hielt sich etwas zurück.

Als wir irgendwann eine Tanzpause brauchten und uns einen Drink genehmigen wollten, waren wir zum ersten Mal an diesem Abend nur unter uns Mädels. Diese Chance nutzte ich direkt.

„Eva, sag mal, gibt es was zu erzählen? Irgendwie habe ich den Eindruck, dass du und dein Schatz heute besonders verliebt seid." Ich stieß ihr liebevoll in die Rippen, um meine Anspielung zu bestärken.

Sie strahlte. „Jaaaa! Feli, du glaubst es nicht! Ich habe endlich mal meinen Mut zusammengenommen und ihm gesagt, dass wir etwas ändern müssen. Ich habe gesagt, dass ich ihn und die Kinder über alles liebe und dass Zeit mit ihnen das Größte für mich ist. Aber ich habe ihm auch gesagt, dass ich mich manchmal von ihm allein gelassen fühle und … naja, unbegehrt. Und dass ich irgendwie nur noch Mama bin und nicht mehr Frau."

„Oh, wow!", kam es aus mir heraus. „Und wie hat er reagiert?" Ich wollte mehr erfahren, obwohl ich das Endergebnis ja eben mit eigenen Augen gesehen hatte.

„Also ehrlich gesagt, total gut. Er meinte, dass das nicht stimmen würde. Dass er genauso die Frau in mir sieht wie die Mama. Er hat dann aber auch zugegeben, dass er meine Bedürfnisse in letzter Zeit wohl ignoriert hat." Sie strahlte. „Und weißt du, was? Jetzt habe ich einen Abend in der Woche ‚frei'. Er nimmt die Kinder und ich kann machen, was ich möchte. Letztes Mal war ich beim Sportkurs deiner Schwester. Das hat super Spaß gemacht! Kannst du ihr gerne ausrichten."

„Oh, wie schön!", gab ich zurück. „Da wird sie sich freuen!"

Eva nickte aufgeregt.

„Und einmal im Monat schlafen die Kinder bei Oma und Opa und wir gönnen uns einen Pärchen-Abend. Nur wir zwei. Kannst du dir das vorstellen? Seitdem ist alles wieder gut. Ich bin wirklich glücklich."

Ich freute mich so sehr für meine Freundin, dass ich ihr um den Hals fiel. „Eva, das freut mich so sehr für dich!"

„Danke, Feli! Weißt du, als ich mich auf deinem Geburtstag mit Mara unterhalten habe, ist mir klar geworden, dass eine langjährige Beziehung nicht so sein muss. Also ich meine so …" Sie suchte nach dem richtigen Wort. „… festgefahren. Ich meine, wir hatten alles, was wir wollten. Haus, Kinder … Aber wir haben uns nicht mehr um UNS gekümmert, das war der Fehler. Und als Mara so von sich und Johannes erzählt hat, ist mir irgendwie ein Licht aufgegangen. Die beiden kommen ja auch aus dem gleichen Dorf, kennen sich schon ihr Leben lang und sind ewig zusammen. Und trotzdem haben sie eine aufregende Beziehung."

„Ja, das stimmt.", pflichtete ich ihr bei und freute mich noch mehr über ihr neues, altes Glück.

„Und du, Feli?", drehte Eva jetzt den Spieß um. „Du strahlst über das ganze Gesicht und siehst unverschämt gut aus! Ist da vielleicht auch jemand dran beteiligt?" Sie zwinkerte provokant und nahm betont lässig einen Schluck von ihrem Gin Tonic.

Ich lachte. „Na gut, du hast mich erwischt, Eva!", gab ich mich gespielt ertappt. „Ich bin einfach glücklich!"

„AAAHHHHH", rief sie auch. „Wer ist es?!"

Jetzt wurden auch Lena und Becci wieder aufmerksam, die sich vorher etwas abgewandt hatten. Ich nahm an, dass sie Evas Geschichte bereits kannten.

Wieder lachte ich, gab mich aber mit der Wahrheit geschlagen. „Kein Mann, sorry!"

Und dann erzählte ich im Schnelldurchlauf von meinem neuen Auftrag, Frau Lehnbach und von Matthias' großen Worten mir gegenüber. Die kleine Gefühlsverwirrung ließ ich dabei aus, die war schließlich aus der Welt geräumt und es war ohnehin ein Missverständnis.

„Wow, du Arbeitstier!" In Evas Stimme war echte Anerkennung zu hören. „Da kannst du wirklich stolz auf dich sein. Ich freue mich sehr für dich, Feli!" Jetzt war sie es, die mich in den Arm nahm.

„Auch wenn ich mich über eine heiße Lovestory gefreut hätte", schob sie ironisch hinterher.

Wir lachten alle.

„Naja, gute Typen sind halt rar gesät", mischte sich nun auch Becci mit einem Schulterzucken in die Unterhaltung ein. Seit der letzten selbstbemitleidenden WhatsApp-Nachricht hatte ich nichts mehr von ihr gehört. Und natürlich machte sie genau da weiter, wo sie aufgehört hatte. Heute konnte ich es aber wieder gelassen nehmen. Ich grinste und beschloss, die Timo-Geschichte preiszugeben, um sie aus ihrem Strudel herauszuziehen.

„Najaaaaa …", zögerte ich die Neuigkeiten heraus. „Also ehrlich gesagt gibt es da doch noch eine kleine Gossip-Story für euch. Aber eigentlich doch unspektakulär." Ich grinste.

„Erzähl", forderten alle wie aus einem Mund.

„Okay, okay", gab ich mich geschlagen. „Alsoooo, ich hab da so ‚n ganz netten, gutaussehenden Kollegen …"

„Ahhh", flippten meine Freundinnen aus. Und ich erzählte ihnen die ganze Story mit Timo, stellte aber auch gleich klar, dass er für etwas Ernsthaftes niemals infrage kommen würde, weil er erstens mein Kollege war und zweitens ganz andere Ambitionen hatte als ich.

„Abwarten, Feli, vielleicht findet ihr ja doch noch zusammen." Eva war nach der Aussprache mit ihrem Mann wirklich in ihrer rosaroten Paarwelt gefangen.

„Neenee", grinste ich liebevoll zurück. „Timo und ich passen so gar nicht zusammen. Aber das ist vollkommen ok. Mir geht es so gut gerade, ich bin auch alleine glücklich." Ich machte eine kurze Pause, um etwas ernster fortzufahren.

„Ich habe heute Mirko gesehen …", musste ich meinen Mädels dann doch auch von dem kleinen Zwischenfall auf dem Heimweg berichten.

„Oh", machte Eva nur und wurde ebenfalls ernst. Sie hatten meine Trauerphase schließlich hautnah miterlebt und kannte alle Einzelheiten.

Ihr Mitgefühl machte mich direkt melancholisch. Vor Dankbarkeit und vor Glück, dass die ganzen negativen Gefühle langsam, aber sicher der Vergangenheit angehörten. Ich wollte nicht mehr grübeln. Ich wollte lachen und tanzen. Und vor allem wollte ich die Party nicht crashen.

„… und ich glaube wirklich, ich habe es geschafft", beeilte ich mich deshalb fröhlich zu sagen.

„Wie?", machte Eva gleichermaßen erstaunt wie erleichtert.

Ich erzählte von meinem ersten Schockmoment, als ich Mirkos Auto sah, meinem kleinen Aussetzer und dem Brief, den ich mich endlich getraut hatte zu lesen.

„Früher hätte mich der Brief um Längen zurückgeworfen, das weiß ich. Aber jetzt tat es irgendwie gut. Mir ist schon klar, dass er auch nach mir noch eine Frau finden wird, die ihn glücklich macht. Aber das ist ja auch richtig so und spielt für mich keine Rolle mehr. Diese Wertschätzung, die er aber mir gegenüber in dem Brief ausgedrückt hat, war schön. Gerade weil ich mich ja bei ihm so oft so wertlos gefühlt habe. Ich bin jetzt einfach froh, dass alles vorbei ist und ich möchte nur noch nach vorne schauen." Ich konnte jetzt doch nicht verhindern, dass mir ein kleines Freudentränchen über die Wange lief.

Eva nahm mich wieder in den Arm und strahlte mich an. „Feli, das freut mich unglaublich!"

Ach, was würde ich nur ohne meine Mädels tun?! Ich erwiderte ihre Umarmung.

Als wir anstießen, meldete sich auch Becci zu Wort.

„Das sind doch mal gute Neuigkeiten, Feli!" Ich lächelte sie dankbar an.

„Aber noch mal zurück zu deinem Kollegen", fuhr sie fort. „Das ging ja dann recht schnell jetzt. War ja klar, dass es in Bielefeld doch leichter ist, sich einen Typen zu angeln."

Ich war verwirrt. Was sollte das heißen? Hatte sie mir gerade nicht zugehört?

„Wie meinst du das?", hakte ich nach.

„Naja, eigentlich hängst du noch an deinem Ex und dann tun sich direkt neue Chancen auf. Das ist doch irgendwie ungerecht." Ihr Tonfall war mehr nachdenklich als gemein und trotzdem merkte ich, wie die Wut in mir hochstieg. Ich wusste, dass sie es nicht böse meinte, sondern einfach nur wieder auf ihre eigene Situation anspielen wollte. Auf ihr Single-Dasein und auf ihre Männerflaute. Aber musste sie immer alles direkt auf sich beziehen?! Ich fand das in diesem Moment einfach nur unpassend.

„Was ist denn daran ungerecht? Hast du mir gerade nicht zugehört?", stellte ich die Frage nun auch laut. Ich konnte sie mir nicht verkneifen. Ich nahm einen Schluck Gin, um meine zugegebenermaßen fiesen Bemerkungen hinunter zu spülen, die mir gerade noch auf der Zunge lagen. Erstens wusste ich, dass das nichts bringen würde. Schon gar nicht, wenn Alkohol im Spiel war. Und zweitens wollte ich Lenas Party nicht versauen.

„Doch klar, aber trotzdem: Du hattest hier einen tollen Typen und kurz nach der Trennung wartet schon der nächste auf dich und das nur, weil du die Stadt wechselst."

Das war mir wirklich zu abstrus. Offensichtlich hatte sie mir nicht nur in der letzten halben Stunde nicht richtig zugehört, sondern auch im letzten halben Jahr nicht. Das konnte sie doch jetzt nicht wirklich ernst meinen? Ich hatte hier einen tollen Typen?! Ich wusste nach wie vor, dass meine Gefühlswelt in Zusammenhang mit Mirko schwer nachzuvollziehen war, eben weil er nach außen hin immer der zuvorkommende, hilfsbereite und lustige Typ war. Deshalb hatte ich es auch aufgegeben, irgendwem, der mich auf die Trennung ansprach, erklären zu wollen, wie es wirklich war und damit die krassesten Gerüchte aus der Welt zu räumen, die sich nach wie vor hartnäckig hielten.

Aber Becci? Eine meiner ältesten und besten Freundinnen? Sie wusste alles von mir und von der Trennung.

Auch wenn ich am Anfang meine Probleme mit Mirko mit mir selbst ausgemacht hatte, hatte ich mich meinen Freundinnen gegenüber zuletzt geöffnet und ihnen alles erzählt. Jedes kleinste Detail meiner erbärmlichen Haltung. Wie konnte sie jetzt wirklich so etwas sagen?!

Ich war baff, entschied mich aber weiterhin gegen meinen Ärger und für die Partystimmung und versuchte, ihre Äußerung runterzuspielen.

„Naja, aber so ist es ja nicht", entgegnete ich. „Aber schön, dass du an mich glaubst und mir das gönnst.", setzte ich ironisch hinterher. Diesen Seitenhieb konnte ich mir nicht verkneifen, grinste aber danach breit, um die Situation zu entspannen.

Die beiden anderen sagten nichts, sondern nippten an ihren Drinks. Ich hätte nicht sagen können, ob sie meine Reaktion zu übertrieben oder Beccis Aussagen unangebracht fanden oder ob sie vielleicht gar nichts komisch an dieser Konversation fanden. Ich entschloss mich, das heute auch nicht mehr herauszufinden.

Glücklicherweise setzte in diesem Moment „Girls Just Wanna Have Fun" ein.

„Mädels, unser Song!", rief ich, zog die drei mit auf die Tanzfläche und beendete so das Thema. Wir grölten mit und lagen uns in den Armen und alles andere war erstmal vergessen.

Irgendwann stieß Evas Mann zu uns auf die Tanzfläche, um seine Frau nach Hause zu entführen. Da die meisten Gäste schon gegangen waren und Lena wirklich einen müden Eindruck machte, beschlossen auch Becci und ich, den Heimweg anzutreten.

Wir verabschiedeten uns an der Tür von Eva, die in die entgegengesetzte Richtung musste, und gingen eingehakt die Straße hoch.

„Oh, Mist, warte, Becci!", lallte ich. „Ich muss nochmal zum Auto."

Mir war ganz entfallen, dass ich direkt zur Party gekommen war und dementsprechend noch meine Sachen mitnehmen musste, wenn ich nicht auch noch in meinem Hosenanzug schlafen wollte. Also wankte ich zu meinem Auto und holte den kleinen Rollkoffer heraus. Tatsächlich würde er eine hilfreiche Stütze für den Nachhauseweg sein. Ich grinste Becci an.

„Kann losgehen!"

Sie setzte stumm ihren Weg fort.

„Alles in Ordnung?" Ich wunderte mich über ihre plötzlich abwehrende Haltung. Eben war doch noch alles gut gewesen und wir hatten ausgelassen auf der Tanzfläche herumgealbert. Und wenn überhaupt hätte ich ja wohl einen Grund, verschnupft zu sein, nach ihren Sprüchen vorhin. Oder hatte sie gar nichts und war einfach nur platt?!

Ich legte meinen Kopf schief und starrte sie von der Seite an. In dem Moment blieb sie abrupt stehen.

„Mann, Feli, was willst du eigentlich?" Sie wurde fast ein bisschen laut.

Ich war so überrascht von diesem nächsten plötzlichen Stimmungswechsel, dass ich zurückwich.

„Was?", fragte ich irritiert.

Sie funkelte mich böse an. „Nichts! Schön, dass bei dir alles gut ist und es dich einen Scheiß interessiert, wie es uns geht!"

Ich war schockiert. Was redete sie denn da?

„Spinnst du?! Natürlich interessiert mich das!" Wer hatte denn Evas Aussprache-Story ignoriert?!

„Ach ja?" Ihr Ton wurde nicht weniger abfällig.

„Natürlich!", wiederholte ich mich. „Wie kommst du denn darauf?"

„Kommt mir aber nicht so vor! Erst kommst du zu spät zur Party, dann hast du noch einen sooo wichtigen Anruf zu erledigen und jetzt stöckelst du mit deinem Rollköfferchen neben mir her." Sie sah an mir herunter.

Wow! Natürlich hatte ich gemerkt, dass sich Becci in der letzten Zeit nicht ganz normal verhalten hatte. Aber ihre harten Worte schockierten mich. Ich wusste gar nicht, was ich sagen sollte. Ich starrte sie einfach an.

„Becci, das ist nicht dein Ernst, oder?! Ich bin direkt von der Arbeit gekommen und auf dem Weg habe ich Mirko gesehen und musste damit kurz klarkommen. Du weißt doch, wie fertig mich das immer gemacht hat."

„Ja klar", knallte sie mir kühl entgegen. „So fertig, dass du direkt mit deinem Kollegen rummachst. Und so fertig, dass du dich zu einer Gartenparty so aufstylst, dass du sogar bei den Männern deiner Freundinnen auf Komplimente-Fang gehst!"

Das ging wirklich zu weit. Ich wurde wütend. In was steigerte sie sich da rein?!

„Becci, sorry, aber du spinnst doch! Du weißt ganz genau, wie es mir in den letzten Monaten ging. Ich bin unendlich glücklich, dass ich auf einem so guten Weg bin. Dass ich wohl endlich mit Mirko abschließen und mich auf mein neues Leben konzentrieren kann. Nicht mehr und nicht weniger. Ich würde mir wünschen, dass du mir das einfach gönnen kannst. Und wenn nicht, lass wenigstens diese miesen Unterstellungen! Und wenn du selbst unzufrieden bist, dann ändere etwas daran, aber lass das nicht an mir aus!"

Ich war selbst überrascht von den für mich verhältnismäßig harten Worten, die ich Becci an den Kopf warf. Aber gleichzeitig war ich froh, dass ich mich nicht einfach von ihr unterbuttern ließ. Sie war schon immer sehr auf sich bezogen gewesen und ich hatte es bisher einfach hingenommen. Sie war halt so und ich kannte sie fast mein ganzes Leben. Aber das hier ging zu weit.

Sie schien ebenfalls überrascht von meinem ungewohnten Gegenwind und starrte mich einfach kurz an. So, als müsste sie ihre Fassung wiedergewinnen, was sie aber doch recht schnell tat. Dann holte sie zum nächsten Schlag aus.

„Du willst mir vorwerfen, dass ich nur an mich denke?! Wer redet denn die ganze Zeit nur von sich? Es ging doch die ganze Zeit nur um dein tolles, neues Leben. Du hast ja nicht mal gemerkt, was bei Lena los ist!", schnaubte sie wütend.

„Bei Lena?!", fragte ich direkt alarmiert. Hatte ich wirklich etwas übersehen? Sie war doch total gut drauf und hatte nicht den Hauch einer Andeutung gemacht, dass es ihr irgendwie schlecht ging.

„Ja klar! Sie ist heute 30 geworden, schon vergessen?!"
Jetzt verstand ich gar nichts mehr. „Na und?"

„Was ‚Na und'?! Sie hatte sich so sehr einen Heiratsantrag gewünscht. Und hast du einen Ring an ihrem Finger gesehen?!"

Jetzt musste ich mich wirklich zusammenreißen, dass ich nicht anfing zu lachen. „Becci, ist das dein Ernst? Das ist doch vollkommen egal. Lena hatte eine wunderschöne Party. Sie hatte offensichtlich Spaß, es ging ihr gut und sie ist doch superglücklich mit ihrem Freund. Ist doch egal, ob sie dieses oder nächstes Jahr heiraten."

Ich hatte wirklich das Gefühl, dass Becci sich mehr darüber den Kopf zerbrach, dass Lenas Hochzeit noch auf sich warten ließ als Lena selbst. Wahrscheinlich suchte sie gerade einfach nur wieder ein Problem, in das sie sich reinsteigern konnte.

„Woher willst du das denn wissen? Du bist doch nie da!"

„Weil man das sieht! Und nur weil ich nicht jeden Tag vor Ort bin, heißt das nicht, dass ich eine schlechtere Freundin bin! Wenn es ihr oder einer von euch schlecht gehen würde, wäre ich immer für euch da, das wisst ihr doch."

Becci sagte nichts. Meine Wut wandelte sich langsam, aber sicher in Enttäuschung und ich merkte, wie die Tränen in mir hochkamen. Ich war unglaublich getroffen von den Worten, die aus dem Mund meiner besten Freundin kamen. Aber ich kannte sie. Sie suchte die Schuld immer bei jemand anderem und sie würde auch heute nicht einlenken. Mehr Vorwürfe wollte ich mir aber nicht anhören. Vor allem, weil ich wusste, dass ich, sobald meine Tränen ins Spiel kamen, eh keinen klaren Gedanken mehr fassen konnte.

Ich nutzte den kurzen Moment der Stille und setzte meinen Weg fort. Ich ließ Becci einfach stehen und machte mich, so schnell es ging, auf den Nachhauseweg. Meine Tränen flossen an meinen Wangen herunter und landeten zusammen mit dem Make-up auf meiner weißen Bluse.

Was soll's – dachte ich mir. Jetzt war es auch egal.

Als ich vor Louisas Haus stand und gerade meine Schlüssel suchte, ging bereits die Tür auf.

Damit hätte ich nicht gerechnet. Ich wischte schnell meine Tränen weg und versuchte, mir nichts anmerken zu lassen, als Louisa ihren Kopf durch die Tür streckte.

„Lou, du bist noch wach?" Ich freute mich riesig, meine Schwester zu sehen.

„Ja, komm schnell rein, Feli!", hetzte sie. „Emmi ist gerade wieder eingeschlafen und du bist mit deinem Koffer ja kaum zu überhören."

Oh, darüber hatte ich gar nicht nachgedacht in meinem Wutausbruch.

„SORRY!", flüsterte ich und drückte mich an Louisa vorbei durch die Tür.

„Alles gut!", flüsterte sie zurück und nahm mich in die Arme. „Schön, dass du da bist!"

Ich erwiderte ihre Umarmung und ließ meinen Kopf in ihrer Halsbeuge liegen. Louisas Wärme und ihre dicke, grobe Strickjacke, die sie über ihrem Schlafanzug trug, gaben mir in diesem Moment die Geborgenheit, die ich nach dem Gespräch mit Becci brauchte. Louisa streichelte mir über den Rücken, als meine Tränen erneut zu fließen begannen.

Schweigend nahm sie mir meinen Koffer ab und schob mich durch den Flur in das sonst so helle Wohnzimmer, in dem jetzt nur die Dekobeleuchtung brannte, was aber genau zu meiner Stimmung passte. Sie setzte mich auf das Sofa und verschwand in der Küche. Als sie zurückkam, reichte sie mir ein riesiges Glas Wasser, das ich dankbar annahm und in einem Zug leerte. Dann stellte sie grinsend zwei Weingläser und eine Flasche von unserem Lieblingswein auf den Tisch.

Eigentlich hatte ich bereits genug Alkohol auf der Party gehabt. Aber nach dem Streit mit Becci fühlte ich mich mit einem Mal wieder nüchtern. Also grinste ich unter Tränen zurück und gab so mein stilles Einverständnis.

Erst, nachdem wir angestoßen hatten, unterbrach Louisa einfühlsam das Schweigen.

„Mirko?"

Ich konnte nicht anders, ich lachte auf. Wie absurd diese Situation war. Unzählige Male saßen Lou und ich so zusammen und sprachen über Mirko und unzählige Male versicherte sie mir, dass ich alles richtig gemacht hatte und dass man sich von jemandem, den man liebte und der einen vermeintlich auch zurückliebte, nicht so behandeln lassen durfte. Als wäre man ein nettes Accessoire, das man tragen könnte, wenn man Lust hatte. In den tränenreichen Abenden ging es immer um diese schreckliche Beziehung.

Und heute, gerade heute, wo ich ihr freudestrahlend von meiner Begegnung und dem Brief erzählen sollte und davon, dass ich endlich auf dem richtigen Weg war, Mirko hinter mir zu lassen und dass es mir endlich verdammt gut ging, saß ich wieder hier und heulte. Ich heulte, weil meine beste Freundin mir mein Glück offenbar nicht gönnte.

Louisa sah mich etwas verwirrt an. Kein Wunder, ich war ja selbst total durcheinander. Also klärte ich sie auf. Dabei fing ich von ganz vorne an, erzählte ihr von meinen letzten Wochen, meinem Auftrag und von Timo; meiner Freude und meinem neuen Selbstwertgefühl. Anders als bei meinen Freundinnen ließ ich in dieser Erzählung auch die Sache mit Matthias nicht aus.

Louisa hörte einfach nur gespannt zu. Mal lächelte sie, mal strich sie mir liebevoll über meinen Arm, um zu zeigen, dass sie sich zusammen mit mir freute. Mal nickte sie verständnisvoll. Sie sagte aber nichts, sondern ließ mich reden und goss uns Wein und Wasser nach. Als ich zu dem heutigen Tag kam und von der Begegnung mit Mirko erzählte, merkte ich, wie sie kurz den Atem anhielt, als sein Name fiel. Es war beängstigend und gleichermaßen berührend, zu sehen, wie sehr sie meine ganze Geschichte mitfühlte und wie sehr sie mich verstand. Um sie nicht zu sehr auf die Folter zu spannen, beeilte ich mich, ihr die ganze Situation zu schildern.

„Es war ganz komisch!", versuchte ich, ihr verständlich darzulegen, wie ich diese Begegnung erlebt hatte, vor der ich mich so lange davor gefürchtet hatte. „Auf jeder Heimfahrt hatte ich immer genau davor Angst, ihn zu sehen. Ich war immer leicht nervös und habe besonders auf die Autos geachtet, die mir entgegenkamen. Heute war das zum ersten Mal nicht so. Ich kam von Frau Lehnbach, war so gut drauf und freute mich einfach, endlich mal wieder nach Hause zu kommen und Zeit mit meinen Liebsten zu verbringen. Als ich ihn dann doch gesehen habe, war das im ersten Moment wie ein Schock. Es war alles wieder da: die Wut und die Enttäuschung, die Überforderung."

Louisa streichelte mir mitfühlend über den Arm und nickte verständnisvoll.

Ich lächelte sie an und fuhr fort. „Ja, und als ich dann am Straßenrand stand, im Auto saß und heulte, musste ich an den Brief von Mirko denken, den ich die ganze Zeit mit mir herumfuhr. In diesem Moment dachte ich, dass der Brief mich jetzt auch nicht noch mehr aus der Fassung bringen würde, und las ihn."

Louisa hatte mich schon oft gefragt, wie ich es schaffte, diesen Brief nicht anzurühren. Ich konnte ihr nie wirklich erklären, was mich dazu bewog. Ich wusste selbst nur, dass ich diesen Brief nicht lesen konnte. Jetzt schien sie gar nicht überrascht von meinem plötzlichen Sinneswandel. Sie lächelte mich einfach aufmunternd an.

„Und?", fragte sie sanft. „Was stand drin?"

Ich antwortete ihr nicht, sondern kramte in meiner Handtasche nach dem Brief und reichte ihn ihr.

Sie las ihn mehrmals und ich konnte an ihrem Gesichtsausdruck nicht deuten, was sie dazu sagen würde. Als sie keine Anstalten machte, etwas zu sagen, ergriff ich wieder das Wort.

„Es hört sich vielleicht seltsam an, aber irgendwie war ich nach dem Brief viel ruhiger. Ich wollte immer, dass Mirko mich liebt, und irgendwie habe ich auch so lange an uns festgehalten, weil ich wusste, dass da etwas ist. Auch von seiner Seite." Ich nahm einen Schluck Wein und fuhr dann fort. „Dieser Brief macht zwar nicht besser, was alles passiert ist, und erklärt mir auch immer noch nicht, warum er sich so verhalten hat. Aber das spielt auch keine Rolle mehr. Vielleicht kann man nicht immer alles verstehen oder bekommt nicht auf alles eine Antwort. Aber der Brief hat mir immerhin gezeigt, dass ich mich nicht so sehr in einem Menschen getäuscht habe und das gibt mir irgendwie ..." Ich suchte nach dem richtigen Wort.

„... deinen Frieden?", vervollständigte Louisa den Satz für mich.

Ich dachte kurz nach. Frieden war ein komisches Wort. Es wirkte so groß und so förmlich. Aber es passte. Genau das fühlte ich.

Ja, ich hatte meinen Frieden gefunden! Mit mir. Mir Mirko. Mit allem.

Ich lächelte Louisa an. „Ja, irgendwie schon!"

Sie antwortete mir nicht, sondern sah mich einige Sekunden einfach nur an und zog mich dann in ihre Arme.

„Weißt du, wie unglaublich stolz ich auf dich bin?" Ich muss zugeben, dass ich deinen plötzlichen Umzug und deinen Jobwechsel eher kritisch gesehen habe und etwas Angst hatte, dass du es dir zu leicht vorstellst, einfach irgendwo neu hinzukommen und direkt Anschluss und alles zu finden. Aber ich habe dich unterschätzt. Du bist toll, Feli, so, wie du bist und das sehen auch die neuen Menschen um dich herum. Das freut mich so! Ich glaube, du musstest das auch einfach mal von anderen hören, um selbst wieder daran glauben zu können."

In diesem Moment überkam mich wieder eine Flut von Tränen, dieses Mal aber vor Freude. Hilfe, selbst zu meinen besten Zeiten hätte ich nicht sagen können, ob ich jemals so viele Tränen an einem Tag vergossen hatte. Was für ein Gefühlschaos!

„Danke, Lou! Das bedeutet mir sehr viel!" Ich löste mich langsam von ihr und lächelte sie dankbar an. „Und auch, wenn sich das jetzt vielleicht blöd anhört, aber ich bin auch stolz!"

Jetzt wischte sich auch meine Schwester ein kleines Tränchen aus dem Augenwinkel. Ihr liebevolles Lächeln wurde zu einem verschwörerischen Grinsen.

„Und du sagst, die 30 ist nichts Besonderes!", knuffte sie mich in die Seite. „Aber irgendwie habe ich den Eindruck, dass sie bei dir bisher ganz schön aufregend ist!"

„Aber das liegt doch nicht am Alter!" Ich lachte. „Naja, aber aufregend ist sie bisher, da hast du recht! Nur nicht so, wie sich die meisten das vorstellen ..."

„Du meinst, weil du noch nicht an deine Familienplanung denkst?"

„Ja, auch", gab ich zu.

Louisa seufzte. „Na und? Du bist doch glücklich und das ist doch die Hauptsache! Vielleicht wärst du ja auch im Babymodus, wenn mit Mirko alles gut gegangen wäre, wer weiß! Aber jetzt bist du gerade auf einem anderen Weg. Setz dich einfach nicht unter Druck und vor allem: Lass dich nicht verunsichern. Jeder Mensch ist anders, aber nur, weil du gerade in einer anderen Lebensphase bist, bist du nicht falsch! Lass dir das bloß nicht einreden."

Sie prostete mir zu. „Es kommt schon alles, wie es soll!", sagte sie leichthin und der Gedanke gefiel mir.

„Da hast du wohl recht!", prostete ich zurück. „Aber trotzdem sollte man doch meinen, dass man mit 30 keine missgünstigen Streitgespräche mit seiner Freundin austragen muss, die eigentlich in der fünften Klasse an der Tagesordnung waren", griff ich noch einmal meinen Streit mit Becci auf, weil Louisa darauf angespielt hatte.

„Ach", rief Louisa gespielt übertrieben aus. „Ich dachte, das Alter spielt keine Rolle."

Wir fingen beide an zu lachen und ich musste zugeben, dass ich selbst vielleicht doch auch nicht ganz klischeefrei war, was das Alter betraf.

Aber wenn ich jetzt so mit Louisa sprach, kam mir mein Streit mit Becci nur noch lächerlich vor. Gerade, als ich Lou noch einmal über meine letzten Wochen und meine neuen Erkenntnisse berichtete und alles noch einmal ganz präsent war, wurde mir wieder bewusst, was ich alles gelernt hatte und wie sehr ich gewachsen war.

Becci hatte einfach unrecht. Es war nicht meine Absicht, besser zu sein als irgendwer, und ich wollte hier auch niemandem etwas beweisen oder mich aufspielen. Ich wollte einfach nur

„ich" sein! Und „ich" hatte gerade nun mal andere Vorstellungen vom Glücklich-Sein als meine Freundinnen. Aber das hatte doch nichts damit zu tun, dass ich sie weniger wertschätzte.

Oder verhielt ich mich wirklich so oberflächlich und merkte es gar nicht?

Wie sahen Lena und Eva das wohl?

„Hey!", unterbrach Louisa meine Gedanken. „Warum denn jetzt wieder so ernst?"

„Hat Becci vielleicht doch recht? Lasse ich wirklich schon die Stadt-Tussi raushängen?", fragte ich verunsichert.

Lou musterte mich skeptisch und brach dann in lautes Gelächter aus. Zum Glück war die Wohnzimmertür geschlossen, sonst würde Emmi sicherlich gleich darin stehen. Ich war kurz erschrocken und wusste nicht, wie ich reagieren sollte. Das übernahm dann auch schon Lou für mich.

„Bei aller Liebe, Feli, aber jetzt bleib mal auf dem Teppich. Du gehst einen neuen Weg, aber du bist immer noch unsere Feli! Du weißt doch gar nicht, was eine Tussi ist!" Sie nahm einen Schluck Wein, um sich erstmal zu sammeln. „Du erzählst mir gerade von deiner super Entwicklung und deinen ganzen Einsichten und jetzt lässt du dich direkt wieder verunsichern?"

„Nein …", versuchte ich kleinlaut, zu widersprechen.

„Feli, mal ernsthaft. Ich weiß, du kennst Becci dein Leben lang und ihr habt so viel miteinander erlebt. Aber ich kenne sie auch und sie ist bei aller Liebe schon sehr egoistisch veranlagt. Das war sie schon immer, schon in der Grundschule!"

Ich war überrascht von Lous Meinung über Becci. „Aber ich dachte, du magst sie auch!" Sie gehörte ja praktisch schon zur Familie.

„Ich mag sie ja auch!", beeilte sich Louisa zu sagen. „Aber in manchen Punkten ist sie wirklich … speziell. Und sie kann nicht gönnen. Das Einzige, was sie dir gönnt, ist der Nachtisch. Aber auch nur, weil du dann vielleicht ein paar Gramm mehr auf die Rippen bekommst als sie!"

Ich musste lachen, weil Becci wirklich immer auch sehr auf ihr Gewicht bedacht war. Aber tief in mir wusste ich auch, dass meine Schwester recht hatte.

„Ja, das stimmt leider", gab ich zu.

„Pass auf, Feli, ich will Becci nicht schlecht machen. Sie hat ja auch ihre guten Seiten. Aber ich will nicht, dass du dich von ihr runterziehen lässt, ok? Du bist wunderbar, einzigartig, liebenswert, hilfsbereit und aufopferungsvoll. So sehr, dass dir diese guten Eigenschaften manchmal selbst im Weg stehen." Sie nahm dabei meine Hände in ihre und sah mir in die Augen. Wieder stiegen Tränen der Rührung in mir hoch.

„Und du bist mutig! Du hast dich entschieden, einen neuen Weg einzuschlagen, und der tut dir offenbar sehr gut. Also geh ihn weiter und lass dich nicht durch irgendwelche blöden Sprüche verunsichern. Nur, weil du dich dazu entschieden hast, dein Leben selbst in die Hand zu nehmen und deine Träume anzupacken, hast du dich nicht gegen deine alte Heimat entschieden. Ein Teil von dir gehört immer noch hierher. Und ein anderer gehört eben jetzt erstmal nach Bielefeld. Und du ganz allein musst sehen, wie du diese beiden Teile so zusammenbringst, dass es sich für dich gut anfühlt. Verstehst du?"

Ich nickte und meine Tränen liefen dabei an meinen Wangen hinunter. Dieses Mal zog ich Lou in meine Arme.

„Danke, Schwesterherz!"

Ich wurde von einem dumpfen Schlag geweckt, begleitet von einer glockenhellen, viel zu lauten Stimme.

„Tante Feli, Tante Feli, Tante Feli!"

Der Schlag stellte sich als Körper meiner Nichte heraus, die sich mit all ihrem Gewicht auf mich plumpsen ließ und ihre kleinen Händchen um meinen Kopf schlang. Offensichtlich war ich auf dem Sofa eingeschlafen.

„Emmi, lass deine Tante erstmal wach werden. Sonst ist sie bestimmt schneller wieder weg, als dir lieb ist!", mahnte mein Schwager lachend.

Gleichzeitig tauchte neben mir eine Kaffeetasse auf. Louisa sah auch noch nicht ganz fit aus, aber immerhin war sie schon auf den Beinen. Ich nahm den Kaffee dankbar entgegen.

Sie lächelte mich verschwörerisch an. „Ich habe dir gesagt, dass es hart wird!"

Obwohl ich mir nicht sicher war, ob ich ihn schon vertragen würde, würde er mir definitiv helfen, mit der kleinen wilden Fee neben mir klarzukommen. Ich trank zwei große Schlucke, stellte die Tasse ab und drückte Emmi fest an mich.

„Ahhh, ich hab dich vermisst!"

„Ey, Tante Feli, nicht so fest!", lachte sie und löste sich aus meinem Griff.

„So, die Damen, wollen wir dann erstmal frühstücken?"

„Jaaaaa!", rief Emmi. „Aber Tante Feli sitzt neben mir!"

Ich trug Emmi zu ihrem Platz und freute mich, erst noch eine kleine Verschnaufpause vor dem Spielemarathon zu bekommen.

„Geht's dir gut?", musterte mich meine Schwester mit einem skeptischen Blick.

„Jaja," grinste ich. „„„Wie kannst du nur so fit sein?!"

„Alles Tarnung", winkte sie ab. „Und mangelnde Alternativen. Das kleine Monster neben dir würde mich nie weiterschlafen lassen."

„Ich bin kein Monster!", protestierte Emmi.

„Nein, natürlich nicht mein Schatz", gab Louisa ironisch zurück. „Und wegen Becci?"

„Auch alles gut, wirklich. Du hast vollkommen recht. Ich habe mich entschieden, für mich einen neuen Weg einzuschlagen, und den werde ich jetzt auch gehen. Und das heißt nicht, dass ich mein altes Leben vergessen werde oder meine alten Freunde weniger wertschätze. Ich bleibe die alte Feli, nur mit einem kleinen Make-over. Und wer das nicht sehen will, der kann mich mal."

Ich gab relativ vereinfacht eine kleine Zusammenfassung des gestrigen Abends und mir war dabei vollkommen bewusst, dass diese Haltung leichter gesagt als getan war. Ich würde mir diese Erkenntnis immer wieder vorhalten müssen und sie zusammen mit meinem „Eigene-Stärken-Mantra" wiederholen. Aber das war okay.

„Emmi, du hast eine sehr schlaue Tante!", grinste Sven.

„Und eine noch schlauere Mutter!", grinste ich Lou dankbar über den Tisch hinweg an.

Emmi ließ die ganze Sache ziemlich unbeeindruckt. „Ok!" Sie zuckte nur mit den Schultern und biss genussvoll in ihr Brötchen.

21

Zukunft

Nach dem turbulenten Wochenende freute ich mich wieder richtig darauf, ins Büro zu kommen. Hier hatte ich wenigstens alles im Griff und hier konnte ich mich super auf mich konzentrieren. Ich hatte gar nicht auf dem Schirm, dass Marens Urlaub vorbei war. Umso mehr freute ich mich, als sie plötzlich vor mir stand und sie mich bei einem anschließenden Kaffee mit ihren erfrischenden Urlaubsgeschichten unterhielt. Sogar Matthias und Timo gesellten sich zu uns und nahmen an dem kleinen Montagsplausch teil. Es war ein richtiges kleines Team-Meeting und ich freute mich, dass diese Woche so harmonisch anfing.

„Und, was habe ich hier verpasst?", rückte Maren ein bisschen näher an mich heran, als Matthias und Timo sich bereits zu ihren Schreibtischen aufgemacht hatten.

„Ach, eigentlich gar nicht viel", beeilte ich mich zu sagen. Wenn sie wüsste!

„Komm schon, irgendetwas muss doch passiert sein.", hakte Maren nach.

„Naja, außer, dass ich ein kleines Fachwerkhäuschen im Johannistal verkaufe, wirklich nicht viel", tat ich die wahrscheinlich aufregendste Woche meiner beruflichen Laufbahn ab.

„Was?! Feli, das ist ja super! Wie toll – herzlichen Glückwunsch!" Sie fiel mir fast um den Hals.

Ich freute mich über ihre netten Worte und gleichzeitig genauso darüber, sie von allen weiteren Nachfragen unseren Büroalltag betreffend abzulenken. So sehr ich sie auch mochte, wollte ich unter allen Umständen verhindern, dass sie irgendetwas von den kleinen Zwischenfällen mit Matthias und Timo spitz bekam. Sie würde mich nie wieder damit in Ruhe lassen. Aber ich hatte offenbar keinen Grund zur Sorge, denn das Ablenkungsmanöver klappte hervorragend. Maren war genauso aufgeregt wie ich, als ich das Haus zum ersten Mal sah, und wollte alles über Frau Lehnbach und die Immobilie wissen. Ich gab ihr bereitwillig Auskunft. Schließlich war das die beste Übung für meine Besichtigungstermine morgen.

„Also wenn das Häuschen nur halb so toll aussieht wie deine Fotos, dann wirst du nach morgen keinen neuen Besichtigungstermin mehr anbieten müssen!" Maren war ganz begeistert.

„Danke!", gab ich zurück und schaute verträumt auf die Bilder. „Das hoffe ich auch. Einen zweiten Termin mit neuen Interessenten würde ich Frau Lehnbach gerne ersparen. Auch wenn sie sich jetzt mit dem Verkauf abgefunden hat, wird es sicherlich nicht leicht für sie, wenn immer wieder neue Leute durch ihr Haus trampeln – vor allem, wenn sie es nicht wertzuschätzen wissen. Ich hoffe wirklich, ich habe die richtigen Leute ausgewählt."

„Oh Mann, Feli, du bist echt unverbesserlich!", riss Maren mich aus meinen Gedanken.

„Wieso?", fragte ich verwirrt. Mir war gar nicht ganz bewusst gewesen, dass ich das eben laut gesagt hatte.

„Na, weil du nur an die alte Dame denkst. Du willst doch das Haus schnellstmöglich verkaufen, oder etwa nicht?"

„Ja, schon, aber Frau Lehnbach soll sich auch weiterhin dabei gut fühlen. Dann haben wir schließlich alle etwas davon!", bestärkte ich auch vor Maren noch einmal meine neue Strategie und war immer noch überzeugt, dass Profit und Empathie Hand in Hand gehen konnten.

Sie lächelte mich nur warmherzig an und legte ihren Kopf leicht schräg.

„Hört sich nach einem guten Plan an, der nicht nur Frau Lehnbach begeistern könnte!"

„Genau das hat sie auch gesagt", lächelte ich zurück.

„Dann mach weiter so. Ich wünsche dir auf jeden Fall viel Glück morgen!"

„Danke!"

Den Rest des Tages nutzte ich, um mich noch einmal in alle Details des Hauses einzulesen, damit ich perfekt vorbereitet in die Besichtigung gehen konnte. Ich würde nichts dem Zufall überlassen. Anschließend verbrachte ich einen entspannten Abend auf dem Sofa und gönnte mir ein richtiges Beauty-Treatment. Gesichtsmaske, Peeling, Haarkur, Maniküre und Pediküre. Dann legte ich mir noch mein Outfit für den nächsten Tag zurecht. Ich entschied mich für einen hellgrauen Hosenanzug mit 7/8-Hose, eine weiße Bluse und dunkelgraue Riemchensandaletten aus Wildleder. Dann schlief ich beruhigt ein.

Auch beim Aufwachen war ich seltsamerweise ganz ruhig. Ich machte mir einen Kaffee, den ich mit ins Badezimmer nahm. Bei Haaren und Make-up gab ich mir an diesem Tag besonders viel Mühe. Wenn ich das Gefühl hatte, akkurat auszusehen, musste ich mir schon mal um einen Punkt weniger Gedanken machen, der meine Unsicherheit fördern konnte. Sicherheitshalber klebte ich mir noch Anti-Schweiß-Pads in meine Bluse. Es sollte ein sehr warmer Tag werden und ich würde den ganzen Tag bei Frau Lehnbach verbringen ohne die Möglichkeit, mich frisch zu machen. Ich wollte auf alles vorbereitet sein. Mit einem guten Gefühl und Vorfreude statt Aufregung machte ich mich auf den Weg ins Johannistal.

Frau Lehnbach stand schon in der Haustür, als hätte sie schon länger auf mich gewartet. Auch sie hatte sich chic gemacht.

„Guten Morgen, Frau Lehnbach. Sie sehen toll aus!" Ihre leicht rosé gefärbten Lippen verzogen sich zu einem Lächeln. Die Farbe passte perfekt zu ihrer Leinenbluse. Dazu trug sie eine weiße Jeanshose und weiße Stoffschuhe. Sie sah so frisch und jugendlich aus, dass ich ihr wahres Alter niemals erraten hätte.

„Danke, Frau Weber, das kann ich nur zurückgeben! Und sie strahlen schon wieder so schön. Das macht mir Mut." Sie sagte das ganz ohne traurigen Unterton, dennoch gingen bei mir gleich wieder die Alarmglocken an.

„Wenn Sie sich nicht gut fühlen …"

„Nein, nein", unterbrach sie mich lachend. „Ich fühle mich blendend. Ich bin nur aufgeregt, was uns erwartet. Aber das ist doch wohl ganz normal."

„Da haben Sie recht, das bin ich ehrlich gesagt auch. Aber ich freue mich gleichermaßen auf die Leute und bin überzeugt, dass wir einen würdigen Nachfolger für das Schätzchen hier finden."

Ich wollte ihr das Gefühl geben, dass sie nicht alleine war, wollte gleichzeitig aber meine optimistischste Seite zeigen und ihr Mut machen.

„Davon gehe ich aus!" Sie schob mich an sich vorbei in den Flur, der bereits von der Morgensonne durchflutet wurde. Sofort breitete sich ein heimeliges Gefühl in mir aus. Die Rahmenbedingungen waren also schon mal auf unserer Seite, lächelte ich in mich hinein. Dieses Licht brachte das Haus noch mehr zum Strahlen. Aber nicht nur das zeigte sich von seiner besten Seite. Ich wusste nicht, wie sie das gemacht hatte, aber Frau Lehnbach hatte ein wahres Wunder vollbracht.

Seitdem ich das letzte Mal hier gewesen war, hatte sich einiges getan. Die übertrieben kitschige Deko war entfernt worden. Es gab nur noch frische Blumen in wunderschön verzierten Vasen, die die Räume in einen angenehmen Duft hüllten. Daneben standen vereinzelt antike Kerzenhalter und kleine, schlichte, weiße Porzellanfiguren. Auch die überflüssigen Möbel, die zum Teil schon etwas lädiert waren, standen nicht mehr in den Ecken, sondern waren verschwunden. Der neue Platz ließ die Zimmer gleich viel großer und heller wirken. Außerdem blitzte alles, als wäre gerade erst eine Reinigungsfirma hier gewesen. Sogar die Fenster waren frisch geputzt. Das ganze Haus wirkte generalüberholt und einfach nur perfekt. Irgendwie minimalistisch, fast modern. Ich war beeindruckt.

„Frau Lehnbach, das …"

„Ist es nicht schön?", unterbrach sie mich aufgeregt und schlug dabei freudig ihre Hände ineinander.

„Es ist wunderschön!", sagte ich und ließ meinen Blick noch einmal durch das Wohnzimmer schweifen. Dabei sog ich den angenehmen Blumenduft ein.

„Wie haben Sie das nur geschafft und das in so kurzer Zeit?"

Sie winkte ab. „Ich hatte gute Hilfe. Alleine hätte ich das niemals fertig gebracht."

Das hätte ich mir denken können. Allein der Gedanke daran, wie sie alleine diese ganzen alten Möbel aus dem Haus transportieren sollte, überstieg meine Vorstellungskraft. Offensichtlich sah man mir das an, denn Frau Lehnbach fing an zu lachen und setzte direkt zu einer Erklärung an.

„Ich hatte mich am Samstag mit meiner Freundin verabredet. Ich kenne sie schon seit meiner Schulzeit, wissen Sie. Sie wohnt hier direkt in der Nähe. Eine der wenigen, die mir noch geblieben ist." Sie lächelte einen kurzen Moment traurig, fuhr dann aber hastig fort.

„Jedenfalls, als wir hier bei Kaffee und Kuchen saßen, erzählte ich ihr von meinen Plänen und davon, wie schnell diese plötzlich Form annehmen. Ich war mir erst unsicher, ob sie mich verurteilen würde, dass ich so einfach mein Zuhause aufgab, aber ganz im Gegenteil. Sie war begeistert und wollte alle Details wissen." Wieder machte Frau Lehnbach eine kurze Pause. Dieses Mal konnte ich aber eine freudige Aufregung erkennen, die aus ihren Augen strahlte.

„Und dann hat sie mich gefragt, was ich alles mitnehmen würde in mein neues Zuhause. Als ich keine Antwort parat hatte, verlangte sie direkt nach einem Zettel und einem Stift und ging mit mir durch das Haus, um eine Liste zu machen, was mir wichtig war und wovon ich mich trennen wollte. Dann rief sie ihren Sohn an und überredete ihn, herzukommen und uns mit den Möbeln zu helfen. Und der brachte seine Frau mit, die uns dann beim Putzen unterstützte."

Sie stockte kurz und schaute sich um, als ob sie sichergehen wollte, dass uns auch niemand sonst hören konnte. Dann fuhr sie mit vorgehaltener Hand fort.

„Und am Sonntag kamen alle wieder, weil uns der Ehrgeiz gepackt hatte, die Aktion unbedingt noch vor der ersten Besichtigung zu beenden. Aber Sie verraten uns ja nicht?!"

„Wow!", sagte ich verblüfft. „Klingt nach einem kurzen Prozess!" Gleichzeitig musste ich innerlich über die beschämte Frau Lehnbach schmunzeln.

„Und natürlich behalte ich das kleine Geheimnis für mich. Obwohl ich mir sicher bin, dass man bei dieser Sonntagsarbeit auch mal ein Auge zudrücken kann!"

„Dann ist gut!", lachte sie jetzt. „Ja, Josefa war schon immer von der schnellen Sorte. Eine richtige Macherin."

Sie grinste verschwörerisch. „Und ich glaube, sie ist auch auf den Geschmack gekommen!"

„Wie?"

„Naja, ihr Sohn und seine Frau haben bereits das Haus der Schwiegereltern umgebaut und mehr Kinder hat sie nicht!", zwinkerte sie mir zu.

Wollte sie mir etwa sagen, dass da bereits der nächste Auftrag auf mich wartete?

„Warten wir es ab", sagte sie, nicht ohne mir noch ein letztes schelmisches Grinsen zuzuwerfen. Und bevor ich weiter darüber nachdenken konnte, schob sie mich durch das Wohnzimmer auf die Terrasse.

„Kommen Sie", sagte sie im Gehen, „Ich denke, alle Vorbereitungen sind getroffen. Da können wir uns noch beruhigt ein Tässchen Kaffee gönnen." Da wir den Garten bereits für die Objektbilder auf Vordermann gebracht hatten, fand ich auf der Terrasse alles beim Alten vor. Auch der Tisch war – wie immer – bereits gedeckt.

Ich musste wieder schmunzeln. Der Kaffeeklatsch auf der Terrasse war schon zu einem richtigen Ritual zwischen uns geworden und er würde mir fehlen.

Dieses Mal kam mir unsere Runde sogar besonders gelegen. So konnte ich mich noch mit Frau Lehnbach bezüglich des

Angebotspreises und ihrer absoluten Schmerzgrenze absprechen, sollte es schon zu Verhandlungen kommen. Man konnte ja nie wissen. Ich hatte nicht wirklich das Gefühl, dass es Frau Lehnbach besonders interessierte, ob sie nun eine halbe Million oder nur 400.000 Euro mehr auf dem Konto hatte. Aber mir war die Absprache wichtig, weil sie sich schließlich auch damit wohlfühlen sollte. Als wir uns geeinigt hatten, sortierte ich noch schnell alle wichtigen Dokumente und legte den Energieausweis nach oben, auch wenn der unser größtes Manko war.

Aber ich war bestens darauf vorbereitet, diesen Nachteil durch die ganzen tollen Vorzüge dieses Hauses kleinzureden.

Pünktlich zum ersten verabredeten Termin klingelte es. Ich nickte Frau Lehnbach noch einmal aufmunternd zu und wir machten uns gemeinsam auf zur Tür.

Das junge Pärchen kam herein und wie angekündigt war noch ein älterer Mann dabei. Es war der Vater des Mädchens, wie sich bei der Vorstellung herausstellte.

„So, dann wollen wir mal schauen, was Sie uns so zu bieten haben", preschte er direkt vor und schob sich an uns vorbei ins Hausinnere. Das Mädchen sah mich nur an und zuckte entschuldigend lächelnd ihre Schultern. Sie wirkte gar nicht mehr so fröhlich wie am Telefon, eher eingeschüchtert. Kein Wunder bei dem Vater!

Ich trat einen Schritt zur Seite und bedeutete so auch den anderen beiden hereinzukommen. Immer noch schüchtern lächelnd nahmen sie die Einladung an.

Um die Gelegenheit zu nutzen, dass wir nun alle im Flur versammelt waren, setzte ich zu einer allgemeinen Begrüßung und Einführung an. „Also gut, schön, dass Sie …"

„Ich würde gerne oben anfangen. Kommt, Kinder", wurde ich allerdings direkt von dem Mann unterbrochen, der sich dann auch gleich über die Treppen auf den Weg nach oben machte. Frau Lehnbach sah mich ratlos an. Sie zuckte nur mit den Schultern und bedeutete mir, dass sie im Wohnzimmer auf uns warten würde. Ihr Blick verriet mir allerdings, dass sie alles andere als glücklich war über diese Leute in ihrem Haus.

Obwohl ich mir sehr sicher war, dass kein Wunder mehr geschehen würde und sich der Mann nicht doch noch als netter Interessent entpuppte, warf ich ihr ein aufmunterndes Lächeln zu und machte mich dann ebenfalls auf den Weg nach oben.

Offensichtlich gerade noch rechtzeitig, um einzugreifen.

„Seht ihr, diese Wand können wir rausreißen. Und die Balken kommen auch weg. Das passt dann nicht mehr zu den neuen Fenstern und dem roten Klinker."

Was redete er denn da?

„Ehm, entschuldigen Sie, aber an dieser Stelle möchte ich Sie direkt noch einmal darauf hinweisen, dass das Haus nur unter der Vorgabe verkauft wird, das Fachwerk zu erhalten. Das habe ich auch bereits mit Ihrer Tochter besprochen", entgegnete ich kühl.

Er schien allerdings wenig beeindruckt und setzte seine Besichtigung fort. „Wir müssen dann eh mal schauen, was hier noch alles gemacht werden muss. Vielleicht ist Abreißen auch die bessere Alternative. Richtigen Wert hat hier wahrscheinlich nur das Grundstück."

„Aber ...", unternahm seine Tochter einen Versuch, ihn bei seiner fortschreitenden Planung zu unterbrechen, und sah mich verängstigt an.

Aber er ließ sich nicht beirren. „Naja, das werden wir dann sehen."

Langsam, aber sicher wurde ich sauer. Ich war einfach nur froh, dass Frau Lehnbach unten geblieben war und nichts von diesem Gespräch mitbekam. So ein respektloses Verhalten.

„Ich fürchte, Sie haben mich gerade nicht richtig verstanden", setzte ich noch einmal mit etwas kühlerem Ton an. „Aber dieses Haus bleibt in seinen Grundzügen erhalten oder es wird nicht verkauft."

Er sah mich zum ersten Mal seit unserer Begrüßung direkt an. „Ach ja?! Und wo steht das?", fragte er provokant. „Ich habe es jedenfalls nirgendwo gelesen und ich habe das Exposé ausgiebig studiert."

Was für ein Idiot! Aber neben diesem unverschämten Typen verteufelte ich in diesem Moment vor allem mich selbst. In diesem Punkt hatte er ja leider recht. Es stand nirgendwo. Ich hatte es ja selbst noch aus der Beschreibung herausgenommen, weil ich anderen wieder mehr vertraut hatte als mir selbst.

„Ich denke, hier oben haben wir alles gesehen, dann würde ich jetzt gerne unten weiter machen", ließ er mich unbeeindruckt stehen.

Ich beeilte mich, ihm zu folgen, um zu verhindern, dass er auch noch Frau Lehnbach belästigte. Glücklicherweise warf er zuerst einen Blick ins Gäste-WC, sodass ich ihm den Weg abschneiden konnte, bevor er weiter zu Frau Lehnbach ins Wohnzimmer ging.

„Ich denke, Sie gehen jetzt besser!", sagte ich bestimmt und war selbst überrascht, dass ich die Besichtigung so abrupt beendete. Zum ersten Mal schien er etwas aus der Fassung zu geraten, denn er sagte gar nichts, sondern sah mich einfach nur an. Das wiederum machte mich direkt etwas unsicher. Was, wenn er ungehalten wurde?

In diesem Moment tauchte hinter ihm seine Tochter samt Freund auf. Den beiden sprang das schlechte Gewissen förmlich aus dem Gesicht. Dieser Anblick bestärkte mich wieder und ich machte einen Schritt auf ihn zu, bevor er reagieren konnte.

„Wenn ich Sie dann bitten dürfte!", sagte ich und bedeutete ihm mit einer Handbewegung, zur Haustür zu gehen. Er zögerte zunächst und sah mich weiter an. Ich konnte beobachten, wie seine Kieferknochen mahlten, hielt seinem Blick aber stand. Dann drehte er sich um, folgte seiner Tochter, die schon auf der Einfahrt stand, und verließ ohne ein weiteres Wort das Haus.

„So ein Arschloch!" Diese Äußerung konnte ich mir nicht verkneifen, als ich die Tür etwas heftiger als nötig schloss.

Im Haus war es plötzlich ganz still. Ich musste unbedingt mit Frau Lehnbach reden. Hoffentlich hatte sie nicht allzu viel von dem Drama mitbekommen. Als ich das Wohnzimmer betrat, wurde diese Hoffnung allerdings zerstört. Sie saß in ihrem Sessel und starrte aus dem Fenster in ihren wunderschönen Garten, der von der Sonne in diesem Moment noch mehr zum Strahlen gebracht wurde. Sie saß mit dem Rücken zu mir, ich bemerkte aber gleich, dass sie in sich zusammengesunken war. Mein schlechtes Gewissen übermannte mich und ich hatte einen Kloß im Hals, als ich auf sie zuging.

„Ich habe die Leute gebeten, zu gehen", setzte ich vorsichtig an. „Sie hatten … etwas andere Vorstellungen", versuchte ich, die Respektlosigkeit dieses Mannes herunterzuspielen.

„Wissen Sie, Frau Weber, alte Häuser sind sehr hellhörig. Sie brauchen mir nichts zu verheimlichen." Sie hatte ihren Blick immer noch aus dem Fenster gerichtet. An ihrem Tonfall konnte ich allerdings erkennen, dass sie traurig lächelte.

Sie trug es mit Fassung. Dennoch fühlte ich mich in diesem Moment unheimlich schlecht. Hätte ich doch mein Exposé nicht mehr verändert. Wahrscheinlich wäre dieser Termin dadurch nicht anders verlaufen, aber dieser Typ hätte wenigstens nicht so selbstgefällig abwertend über das Haus gesprochen, das Frau Lehnbach so viel bedeutete.

„Es tut mir leid", gab ich nur zurück. Ich wusste nicht, was ich sagen könnte, damit sich Frau Lehnbach besser fühlte.

„Es ist alles in Ordnung, Frau Weber, Sie haben alles richtig gemacht."

Nein, das hatte ich nicht. Aber ich wollte nicht, dass Frau Lehnbach merkte, dass ich wütend auf mich selbst war. Sie würde versuchen, mich aufzubauen. Aber das hatte sie schon bei unserem letzten Gespräch genug getan. Jetzt war ich an der Reihe, es bei ihr zu tun. Das war schließlich auch mein Job!

Ich straffte meine Schultern, atmete einmal tief ein und sagte mit der fröhlichsten Stimme, die ich aufbringen konnte: „Kommen Sie, Frau Lehnbach, wir gönnen uns noch ein Tässchen Kaffee und genießen die Sonne. So viel Zeit bleibt uns noch, bis die Nächsten kommen." Ich machte einen Schritt auf sie zu.

„Und wenn die genau so einen Eindruck machen wie der Herr eben, lasse ich sie gar nicht erst rein! Aber ich bin mir sicher, dass diese Familie Ihr Haus zu schätzen weiß. Sie haben sich wirklich sehr gefreut, als ich sie angerufen habe, und sie werden auch keinen ungebetenen Gast mitbringen.", versuchte ich, ihr Mut zu machen.

Es klappte. Frau Lehnbach erwachte aus ihrer Starre und folgte mir nach draußen.

„Sie haben recht. Ein Kaffee in der Sonne ist jetzt genau das Richtige!", lächelte sie.

Glücklicherweise behielt ich nicht nur damit recht. Die Familie, die zur Besichtigung kam, war wirklich toll! Sie hatten tausend Nachfragen und Frau Lehnbach erzählte nur zu gerne, wie die Raumaufteilung damals aussah, als ihre Kinder noch hier wohnten. Sie und die Frau verstanden sich prächtig und mir fiel ein Stein vom Herzen, dass unsere schlechte Erfahrung am Morgen vergessen schien.

„Das ist perfekt, oder, Schatz?", strahlte die Frau ihren Mann an, als wir wieder im Wohnzimmer angekommen waren. „Ich kann mir schon richtig vorstellen, wie unser Kleiner hier herumtoben wird! Und dieses Fachwerk gefällt mir noch besser als auf den Bildern. Das wird super zu unseren Möbeln passen!"

„Ja, da hast du recht", gab er etwas verhalten zurück. „Dieses Haus wäre perfekt für uns!"

Dann wandte er sich Frau Lehnbach und mir zu.

„Aber ich will ehrlich zu Ihnen sein. Eventuell ergibt sich kurzfristig für mich eine berufliche Veränderung, die einen Umzug in eine andere Stadt bedingen würde. Ich bekomme Ende der Woche Bescheid."

Man sah der Frau direkt an, dass sie nicht wirklich begeistert davon war. Ihr Strahlen wich aus ihrem Gesicht. Sie ließ ihre Mundwinkel hängen, sagte aber nichts.

„Das ist kein Problem", beeilte ich mich zu sagen, um die aufkommende negative Stimmung zu vertreiben und gleichzeitig wichtige Punkte zu klären. „Wenn Sie wirklich Interesse haben und wir uns auf einen Preis einigen, bräuchte ich von Ihnen als nächstes eine Eigenauskunft, um Ihre Bonität zu prüfen. Die zu bekommen wird ein paar Tage in Anspruch nehmen. In dieser Zeit wissen Sie dann vielleicht auch schon mehr."

Da war es wieder, mein professionelles Ich, und darauf war ich sehr stolz.

Er nickte dankbar. „Ja, perfekt! Das ist wunderbar, danke, Frau Weber! Wir melden uns auf jeden Fall im Laufe der Woche." Ich nickte und er wandte sich zum Gehen.

„Frau Lehnbach", wandte er sich noch einmal an seine vielleicht zukünftige Vertragspartnerin und gab ihr die Hand. „Vielen Dank für die wunderbare Führung und die tollen Geschichten über dieses Haus. Wer hier einzieht, wird es sehr schön haben!"

Frau Lehnbachs Wangen färbten sich rötlich und sie strahlte über das ganze Gesicht, als ich die Haustür hinter der Familie schloss.

„Danke, Frau Weber, ich war kurz davor, diesen Tag nach der ersten Besichtigung vorzeitig zu beenden. Ohne Sie hätte ich das vermutlich auch getan. Jetzt bin ich überzeugter als je zuvor, das Richtige zu tun! Dieses Haus braucht neues Leben!"

Ich lächelte verlegen. Ich hatte immer noch ein schlechtes Gewissen, dass ich Frau Lehnbach nicht besser vor der schrecklichen Situation am Morgen geschützt hatte, war aber gleichzeitig sehr erleichtert, sie so glücklich zu sehen.

Jetzt stand uns noch ein letzter Termin für heute bevor und ich war fest entschlossen, ihr noch ein schönes Erlebnis zu bescheren.

Beschwingt öffnete ich deshalb die Tür, als es das letzte Mal für diesen Tag klingelte.

„Hallo Herr Berger! Schön, dass Sie da sind!"

„Ich freue mich auch sehr!", antwortete er und sah mich dabei direkt an. Vielleicht sogar etwas länger als nötig. Das leuchtende Grün seiner Augen ließ ihn unglaublich sympathisch wirken und passte sogar perfekt zu seinem Shirt. Ich musste meinen Kopf heben, um seinem Blick standzuhalten. Er war bestimmt 1,90 m groß und überragte mich dementsprechend um mindestens zwei Köpfe.

„Kommen Sie gerne rein!", löste ich mich von seinem Blick und trat einen Schritt zur Seite, damit er an mir vorbeigehen konnte.

Frau Lehnbach stand schon ungeduldig in der Wohnzimmertür.

„Frau Lehnbach, das ist Lennard Berger!", stellte ich die beiden auch direkt vor.

„Ah ja, der Fachwerk-Liebhaber!" Lächelnd streckte sie ihm ihre Hand entgegen.

„Genau", strahlte er zurück.

„Woher kommt Ihre Leidenschaft?", hakte Frau Lehnbach nach und zog ihn direkt mit in den Garten, um die Nachmittags-Sonnenstrahlen mitzunehmen, die das Haus jetzt in ein besonders schönes Licht tauchten.

„Ich bin in einem Fachwerkhaus aufgewachsen und wollte immer auch ein eigenes besitzen. Außerdem liebe ich es, Dinge zu renovieren." Er zuckte mit den Schultern. „Berufskrankheit."

„Was machen Sie denn beruflich?", erkundigte sich Frau Lehnbach weiter.

„Ich bin Tischler."

„Tischler!", rief sie begeistert aus und klatschte in die Hände. „Das passt ja wunderbar! Hier wäre in der Tat auch ein bisschen zu tun."

„Genau das, was ich suche!"

Sie lächelten sich beide an und ich fühlte mich irgendwie überflüssig.

„Und mit wem würden Sie hier einziehen?" Offensichtlich fand sie ihn so sympathisch, dass sie im Gespräch nun direkt zur privaten Ebene überging. Ich musste innerlich grinsen, wie sehr Frau Lehnbach sich für ihn interessierte.

„Ich bin alleinstehend. Also erstmal würde nur ich hier wohnen", gab Herr Berger bereitwillig Auskunft.

„Aber hatten Sie nicht gesagt, Sie würden zu zweit zur Besichtigung kommen?", rutschte es einfach so aus mir heraus, bevor ich überhaupt darüber nachdenken konnte.

Oh Gott, wie peinlich! Was dachte ich mir nur dabei? Hoffentlich hatte es sich nicht schnippisch angehört.

Die beiden fuhren herum und Frau Lehnbach grinste mich an. Lennard Berger fuhr sich durch seine blonden Locken und grinste schief.

„Ehhm, ja, da haben Sie vollkommen recht! Entschuldigen Sie die Verwirrung. Mit „wir" meinte ich meinen Hund und mich. Aber ich dachte, ich lasse ihn heute besser zu Hause. Nicht jeder mag Hunde!"

„Ach, das wäre doch kein Problem gewesen!", mischte sich Frau Lehnbach entzückt ein. „Das nächste Mal können Sie ihn gerne mitbringen."

Das nächste Mal?!

„Möchten Sie sich im Haus vielleicht auch noch umsehen?", wechselte ich schnell das Thema.

„Aber natürlich! Kommen Sie, Herr Berger!", stieg Frau Lehnbach direkt auf meinen Vorschlag ein und zog ihn mit sich.

Er folgte ihr und lächelte mich entschuldigend an, als er an mir vorbei ging.

Auch wenn ich nicht das Gefühl hatte, dass es nötig gewesen wäre, folgte ich den beiden. Herr Bergers Begeisterung für dieses Objekt steigerte sich von Raum zu Raum genauso wie die gute Beziehung zwischen ihm und Frau Lehnbach. Ich konnte nur noch belustigt den Kopf schütteln.

„Sagen Sie, Herr Berger, darf ich fragen, wie alt Sie sind?"

„Aber natürlich: Ich bin 30."

„Ach!" Wieder klatschte Frau Lehnbach freudig ihre Hände ineinander. „Genau das richtige Alter für einen Hauskauf." Ich verdrehte innerlich die Augen. Nicht schon wieder dieses Thema.

Er lachte leicht verlegen. „Ich weiß nicht, eigentlich bin ich nicht der Meinung, dass es dafür ein ‚richtiges' Alter gibt. Aber ich bin überzeugt, dass es das richtige Objekt ist", grinste er charmant.

Ganz Ihrer Meinung, Herr Berger!, freute ich mich innerlich, dass sich endlich mal jemand gegen dieses 30er-Gerede stellte. Obwohl es mir zunehmend komisch vorkam, diesen sympathischen Mann zu siezen, jetzt, wo ich wusste, dass wir sogar im selben Alter waren.

„Das freut mich sehr, Herr Berger!", unterbrach Frau Lehnbach meine Gedanken. „Und Sie müssen sich nicht den Kopf zerbrechen. Ich komme Ihnen bei dem Kaufpreis sehr gerne noch ein Stück entgegen", sagte sie ohne Vorwarnung und nannte direkt den niedrigsten Preis, den wir am Morgen für eine mögliche Verhandlung angesetzt hatten.

Was war denn mit Frau Lehnbach los? War sie jetzt von allen guten Geistern verlassen? Ich war alles andere als begeistert von ihrem ungefragten Zugeständnis. Aber was blieb mir anderes übrig, als es stillschweigend hinzunehmen?

„Wow!", stieg Lennard, Herr Berger, auch direkt freudig darauf ein. „Wirklich? Ich meine, Frau Lehnbach, das ist wirklich sehr nett von Ihnen und ein Hammer-Preis für dieses Goldstück. Ich danke Ihnen!"

Das konnte er auch! Dieser Preis war unschlagbar, dachte ich etwas verbittert, bemühte mich aber, mir nichts anmerken zu lassen.

„Also sind Sie weiterhin interessiert?", konzentrierte ich mich voll und ganz auf das Geschäft. Wenigstens eine musste ja hier die Haltung bewahren.

„Ja! Auf jeden Fall!", rief er fast ein bisschen überschwänglich.

Frau Lehnbach strahlte.

„Das ist schön!", lächelte ich professionell. „Dann würde ich vorschlagen, dass wir für die kommende Woche einen Termin in meinem Büro vereinbaren und Sie mir alle Unterlagen zur Bonitätsprüfung mitbringen. Es gibt noch weitere Interessenten. Nach erfolgreicher Prüfung werden wir Ihnen dann die Entscheidung mitteilen."

… die allerdings schon gefallen war, wenn ich mir Frau Lehnbach so ansah.

„Perfekt!", antwortete Lennard Berger um Neutralität bemüht. Auch er wusste sicher, dass er gute Karten bei Frau Lehnbach hatte. „Dann bringe ich alle Unterlagen mit."

Er verabschiedete sich von Frau Lehnbach und ich brachte ihn zur Tür, wo er auch mir noch „Tschüss" sagte.

Auf der Treppe blieb er allerdings stehen, drehte sich ein letztes Mal um und sah mir noch einmal direkt in die Augen.

„Bis nächste Woche, Frau Weber!" Seine Stimme klang etwas verlegen, als er noch nachsetzte: „Schön, Sie kennenzulernen."

„Bis nächste Woche!", gab ich lächelnd zurück. Dabei wurde ich von einem warmen Kribbeln erfasst, dass sich durch meinen ganzen Körper zog. Wir lächelten uns noch eine kleine Weile an, dann wandte er sich zum Gehen und hob noch einmal die Hand zur Verabschiedung. Als ich die Tür schloss, lächelte ich noch immer.

„Sind Sie eigentlich vergeben?", durchschnitt Frau Lehnbachs Stimme meine Gedanken, sobald die Tür ins Schloss gefallen war.

„Bitte?"

„Entschuldigen Sie, ich wollte nicht zu forsch sein", antwortete sie verlegen.

„Nein, bin ich nicht", beeilte ich mich deshalb zu sagen, um die Situation zu entspannen und meine Antwort weniger schroff wirken zu lassen.

Sie nickte nur und schien zufrieden mit meiner Antwort.

„Und machen Sie sich keine Sorgen wegen meines großzügigen Angebots", wechselte sie glücklicherweise von selbst das Thema. „Es soll Ihr Schaden nicht sein. Die Differenz Ihrer Courtage bekommen Sie von mir!"

Sie lächelte beseelt. „Wissen Sie, dieser junge Mann ist einfach ein Glückstreffer. Wenn ich wüsste, dass er diesem Haus neues Leben einhaucht, wäre ich einfach glücklich!"

Ich lächelte zurück und hatte ein schlechtes Gewissen, dass ich direkt an Geld gedacht hatte. Die Hauptsache war, Frau Lehnbach glücklich zu sehen und so war es ohne Zweifel. Das war mein schönster Lohn. Das wurde mir gerade wieder vor Augen geführt.

Ich öffnete den Mund, um ihr das auch zu entgegnen. Sie kam mir allerdings zuvor.

„Und keine Widerrede, Frau Weber. Genauso machen wir es. Sorgen Sie jetzt einfach dafür, dass alles klappt!", schnitt sie mir bestimmt, aber sehr liebenswürdig das Wort ab.

„Ich gebe mein Bestes!", gab ich mich geschlagen.

Ein Blick auf die Uhr verriet mir, dass es mittlerweile spät geworden war und es knapp für mich werden würde, noch pünktlich zu meinem Treffen mit Mara und Franzi zu kommen.

Glücklicherweise trafen wir uns wieder im Pepper's. Das war nicht weit weg von meiner Wohnung. Ich stellte nur schnell mein Auto ab und machte mich direkt auf den Weg zu den beiden, ohne mich vorher nochmal frisch machen zu können. Was soll's, dachte ich mir. Nach dem ersten kühlen Getränk würde ich mich auch wieder frischer fühlen. Es dämmerte langsam, aber es war noch angenehm warm und in der Stadt herrschte noch reges Treiben. Ich hetzte am Alten Rathaus vorbei, auf dessen Treppen sich viele kleine Grüppchen versammelt hatten, die dort ihre Take-aways verspeisten oder mit einem Bierchen ihren wohlverdienten Feierabend genossen. Das wunderschöne alte Gebäude verlieh der ganzen Szenerie eine besondere Atmosphäre, die das gleichermaßen altertümliche, aber ebenso wunderschöne Stadttheater nebenan noch unterstrich.

Aber mir blieb nicht viel Zeit, dieses tolle Ambiente zu genießen, ich musste weiter.

Da heute kein Fußball angesagt war, hatten wir uns direkt im Biergarten im Hotelinnenhof verabredet, um das schöne Wetter noch ausgiebig genießen zu können. Man kam sich hier wie in einer eigenen, kleinen Innenstadt vor, weil es durch die umliegenden Gebäude wie ein eigenes Areal wirkte. Ich hastete durch die Tischreihen und sah meine Freundinnen direkt gegenüber des kleinen Holzhäuschens sitzen, das hier draußen als Bar diente.

Mara und Franzi hatten ihren ersten Aperol Spritz schon halb leer getrunken und an meinem bereits traditionell mitbestellten Getränk bildeten sich schon richtige Rinnsale, die außen am Glas herunterliefen.

Der musste wohl schnell getrunken werden, dachte ich freudig.

„Mädels, tut mir total leid, dass ich so spät bin!", begrüßte ich die beiden mit schlechtem Gewissen. „Aber die Besichtigung hat doch länger gedauert."

„Entspann dich, Feli, und nimm erstmal einen Schluck, du siehst ja ganz abgehetzt aus!", beruhigte mich Franzi und ich war direkt erleichtert, dass die beiden überhaupt nicht sauer zu sein schienen. Nach der Ansage von Becci am Wochenende wollte ich mir nicht noch mehr Ärger mit meinen Freundinnen einhandeln, obwohl ich immer noch der Meinung war, dass sie übertrieben hatte.

„Wie geht's euch?", strahlte ich die beiden an. „Und wie war's am Wochenende?"

„War super!", grinste Mara vielsagend, woraufhin ich sie fragend ansah. Es schien, als wollte sie da noch irgendetwas hinzufügen. Franzi verdrehte gespielt genervt die Augen.

„Macht es nicht so spannend, Mädels!", forderte ich sie lachend auf, auch eingeweiht zu werden.

„Naja …", spannte Mara mich auf die Folter. „Franzi kam nicht alleine", ließ sie die Katze noch immer nicht ganz aus dem Sack.

„Nein!", rief ich ungläubig, schaltete aber sofort. Eigentlich konnte das nur eins bedeuten.

„Doch!", rief Mara aufgeregt. „Und er ist klasse. Als ob er schon ewig dabei wäre. Johannes ist auch ganz begeistert!"

„Beruhigt euch, Mädels, das heißt gar nichts!", versuchte Franzi, unsere Euphorie zu bremsen und gleichzeitig von dem Thema wegzukommen.

Mara und ich warfen uns einen wissenden Blick zu und verständigten uns wortlos darauf, das Thema vorerst ruhen zu lassen.

„Oh Mann, jetzt bereue ich, dass ich nicht dabei war!", konnte ich meine Aufregung dennoch nicht vollkommen herunterspielen und fuchtelte wild mit den Armen, weil ich mich so freute, dass die knallharte Franzi wohl doch irgendwie weich wurde.

„Aber warum, du hattest doch auch eine tolle Party vor dir?", wollte Franzi nun endgültig ablenken.

Ich stockte kurz, als sie mich an den Abend erinnerte, und nahm noch einen Schluck von meinem Getränk. Franzi musterte mich dabei eindringlich.

„Was ist los, Feli, war's nicht gut im Dorf?" Auch Mara bemerkte jetzt, dass irgendetwas nicht stimmte.

„Nein, nein, alles gut …", begann ich. Aber die beiden sahen mich mit einem Blick an, der zeigte, dass sie mir eh nicht glaubten.

Also fing ich an zu erzählen. Ich versuchte, die Sache so kurz wie möglich auf den Punkt zu bringen, sodass mir meine Freundinnen aber noch folgen konnten, auch wenn sie die Leute von zuhause nicht oder wenn nur flüchtig kannten.

„Wisst ihr, das ist doch Ironie pur: Monatelang begleitet mich bei meinen Heimfahrten ein schlechtes Gefühl, weil ich einfach alles mit Mirko verbinde. Dann schaffe ich es endlich, mich davon zu befreien und mich einfach wieder auf Zuhause zu freuen und dann sowas."

Ich machte eine Pause, um den Kloß im Hals hinunterzuschlucken, der bei dem Gedanken an Becci bereits wieder zu wachsen drohte, und erinnerte mich daran, was Louisa gesagt hatte. Ich wusste, dass sie recht hatte. Aber trotzdem hatten mich die Worte meiner besten Freundin getroffen und ließen mich immer noch etwas an mir zweifeln. Egal, ob sie stimmten oder nicht.

„Weiber!", kommentierte Franzi abfällig, worauf von Mara ein empörtes „Hey!" zurückkam.

„Ist doch wahr!", verteidigte sich Franzi. „Sorry, Feli, aber deine Freundin spinnt doch! Sind die anderen auch so?!"

„Nein!", gab ich zurück. „Also ich muss zugeben, dass ich schon erst Angst hatte, dass die das Gleiche denken. Wer weiß, wie mein Verhalten für sie rüber kommt? Aber ich habe am Sonntag noch eine Nachricht von Eva bekommen, die mich direkt positiv gestimmt hat, dass es nicht so ist."

Ich legte mein Handy auf den Tisch, dass die beiden den Text lesen konnten.

Hey Feli, ich hoffe, ihr seid gestern noch gut nach Hause gekommen. Ich wollte dir nur nochmal sagen, dass es so schön war, dich zu sehen und dass ich mich so für dich freue, dass es dir gut geht. Du strahlst, das gefällt mir und das hast du sowas von verdient! Halt mich auf dem Laufenden <3

„Ohh, wie lieb!" Mara zog ihre Schultern hoch und lächelte.

„Ja, aber genauso sollte es ja auch sein!", pflichtete ihr Franzi etwas weniger gerührt bei. „Hat sich Rebecca wenigstens auch nochmal gemeldet?"

„Nein, hat sie nicht. Aber so ist sie halt", verteidigte ich meine Freundin. „Mir tut es gut, zu wissen, dass nicht alle so denken wie sie und mich plötzlich ‚falsch' finden. Vielleicht merkt sie es ja auch bald." Ich lächelte, glücklich darüber, dass Eva mir so viel Liebe genau zur richtigen Zeit geschenkt hatte und mir damit gezeigt hat, dass sich meine Freude auf Zuhause immer lohnt.

„Dein Herz ist echt zu groß!", kommentierte Franzi schulterzuckend. „Dann erzähl doch erstmal, wie die Besichtigung war!"

„Die war MEGA!", platze es aus mir heraus und sorgte mit meinem kleinen Gefühlsausbruch dafür, dass sich meine Freundinnen leicht irritiert ansahen.

„Naja, also ab Mittag lief es super. Aber die erste Besichtigung war ein Albtraum", ruderte ich direkt wieder etwas zurück, als ich mich an diesen Idioten erinnerte, und erzählte den beiden von dem schlechten Einstieg.

„Mein Gott, Feli, sei nicht so streng mit dir. Der Typ war ein Arschloch. Ob mit oder ohne Vermerk im Exposé", war Franzi überzeugt.

„Genau", pflichtete Mara ihr bei. „Nimm es einfach als Zeichen, dass du das nächste Mal auf deine Eingebung vertraust. Aber mach dir da jetzt keinen großen Kopf drüber. Erzähl lieber von dem restlichen MEGA Tag", versuchte sie amüsiert, meine etwas übertriebene Formulierung nachzumachen.

Ich lachte. „Ja, ihr habt Recht! Danach wurde es ja auch besser. Und Frau Lehnbach war ganz entzückt von der kleinen Familie, die anschließend kam." Ich machte eine kurze Pause und lächelte in mich hinein, als ich an die glückliche alte Dame dachte. „Aber so richtig aufgeblüht ist sie erst bei Kandidat Nummer 3."

„KANDIDAT Nummer 3 also, aha!", wiederholte Franzi. „Und wie war der so?", hakte sie amüsiert nach. Offensichtlich hatte sie mein Lächeln bemerkt, als ich an Lennard dachte.

„Der war perfekt! Frau Lehnbach und er haben sich auf Anhieb super verstanden! Er ist Tischler und möchte das ganze Haus selbst renovieren. Er hat wirklich tolle Pläne", schwärmte ich und ignorierte dabei absichtlich den Unterton, den Franzis Frage mit sich brachte.

„Klingt gut! Wie alt ist er denn?", ging sie nun etwas neutraler auf Lennard, Herrn Berger, ein.

„30."

„Oh, hoffentlich nicht auch einer mit bevorstehender Torschlusspanik", befürchtete Mara, die Franzis Anspielung im Gegensatz zu mir nicht so einfach unter den Tisch fallen lassen wollte.

„Nein, ganz und gar nicht, im Gegenteil", platzte es wieder aus mir heraus. Und ich erzählte ihnen begeistert von dem Gespräch zwischen ihm und Frau Lehnbach. „Er wollte schon immer ein Fachwerkhaus renovieren und das Haus wäre einfach perfekt, um seinen Traum zu verwirklichen. Reiner Zufall, dass es jetzt so passt."

„Über was man so alles bei einer Hausbesichtigung spricht ...", grinste Franzi.

„Du bist blöd", warf ich lachend meine Serviette, die eigentlich als Bierdeckel für meinen Aperol dienen sollte, in ihre Richtung.

„Außerdem war ich an den Gesprächen ja gar nicht beteiligt!", verteidigte ich mich. „Frau Lehnbach und er waren ja schon wie ein richtig eingeschworenes Team. Ich kam mir fast überflüssig vor", fuhr ich fort, gestand dann aber doch noch kleinlaut die kurzen Momente mit den etwas längeren Blicken zwischen uns ein, die vielleicht sogar ein kleiner Flirtversuch hätten sein können.

„Scheint mir eher, als hätte die gute alte Dame da einen potenziellen Partner für dich ausgemacht", lächelte Mara zufrieden, als ich erzählte, wie Frau Lehnbach während des Termins nicht nur ihn, sondern anschließend auch mich mit privaten Fragen gelöchert hatte.

„Neenee", wehrte ich lachend ab. „Und wenn schon. Aus der Sache mit Timo und Matthias habe ich gelernt. Ich werde da jetzt nicht direkt wieder etwas hineininterpretieren, nur weil Lennard Berger mich dreimal angelächelt und nette Dinge zu mir gesagt hat!"

„Ja, und das ist auch gut so!", lachte Mara mir zu. „Aber wenn er den Zuschlag wirklich bekommt, werden ja noch viele weitere Treffen zwischen euch beiden folgen." Mara zwinkerte Franzi verschwörerisch zu, die ihr gleich zurückzwinkerte. „Und wer weiß …", kehrte Mara wieder ihre romantische Seite raus, zog ihre Schultern nach oben und grinste schief.

Tja, wer wusste das schon … Statt einer Antwort grinste ich nur zurück.

„Na dann …" Franzi hob ihr Glas, um mit uns anzustoßen. „… können wir uns ja jetzt auf die wichtigen Dinge konzentrieren!"

„Auf uns!", waren wir uns alle einig.

Und beim Klang der zusammenstoßenden Gläser und dem Blitzen der letzten Sonnenstrahlen an diesem Tag breitete sich eine seltsam befriedigende Ruhe in mir aus.

Denn ich war mir sicher: Schritt für Schritt würde ich mir selbst mehr vertrauen und meinen Weg gehen. Und wenn ich einen Fehler machte, war das in Ordnung. Das gehörte nun mal dazu. Daraus würde ich lernen und mir immer sicherer werden, was richtig und was falsch war – für mich. Denn niemand anderes würde mein Leben leben. Nicht mit 20, nicht mit 30 und auch nicht mit 65. Die Hauptsache war, dass man sich damit auseinandersetzte, was man wirklich wollte und was einen glücklich machte – immer wieder. Ich erinnerte mich an die Worte meiner Schwester, denn:

„Dann kommt schon alles, wie es soll!"

Danke!

Ich danke dir von Herzen, dass du dieses Buch ausgewählt und gelesen hast. Das macht mich sehr glücklich!

Ich danke meiner Familie – allen Polettis und allen Finkis und natürlich allen, die dazu gehören. Egal, ob angeheiratet, angefreundet oder „angepatent".

Danke für euren Zuspruch und eure Unterstützung und dafür, dass ihr noch an mich glaubt, wenn ich es selbst nicht tue! Ich bin stolz und unglaublich dankbar, ein Teil von euch zu sein. Unter uns fehlen schon viel zu früh viel zu viele – aber die Zeit, die wir hatten, bleibt. Danke, dass ihr mir gezeigt habt, wie l(i)ebenswert das Leben ist!

Allerliebsten Dank auch an meine Freunde, die sich jederzeit für mein Projekt begeistern konnten und genauso viel Freude und Aufregung dafür aufgebracht haben, wie ich selbst.

Ohne meine wunderbare Familie und meine tollen Freunde hätte ich nichts, was mich zum Schreiben inspiriert. Danke für wunderschöne Erlebnisse, Worte, Gefühle und Erfahrungen!

Danke, Richard – dafür, dass ich erfahren durfte, wie viel Wertschätzung auch in der wirklichen Arbeitswelt möglich ist.

Danke an meine liebsten Testleser, die ehrlich, kritisch und gleichzeitig motivierend meine Geschichte Stück für Stück verbessert, und mich auch darüber hinaus so sehr unterstützt haben.

Danke auch an Philipp, den Makler meines Vertrauens, für die hilfreichen Insights.

Danke an den novum Verlag und besonders Monika Grandits für den Glauben an dieses Buch.

Danke, Mii, für das schönste Cover, das ich mir für mein Buch hätte wünschen können – das bedeutet mir sehr viel.

Die Autorin

Elli Poletti legt mit „Es kommt schon alles, wie es soll" ihren ersten Roman vor. Nach ihrem Studium der Kommunikations- und Kulturwissenschaften arbeitet Elli Poletti als PR-Managerin und hat so ihre Leidenschaft zum Beruf gemacht. Ihre Schwäche für Liebesgeschichten brachte sie nun selbst dazu, ihren ersten Roman zu schreiben. Mit der festen Überzeugung, dass das Leben die schönsten Geschichten schreibt, möchte sie ihren Leser*innen besondere Wohlfühl-Momente im Alltag bescheren und sie mit ihren lebensnahen Erzählungen daran erinnern, dass das Leben schön ist. Egal, vor welchen Herausforderungen man steht.

In Höxter geboren, hat es Elli Poletti nach einigen Stationen im In- und Ausland nun nach Bielefeld verschlagen. Natürlich spielt auch ihr Roman in dieser wunderschönen Stadt, in der sie lebt und die sie liebt.

Homepage: www.ellipoletti.de
Facebook: Elli Poletti_Autorin
Instagram: elli.poletti

novum ▲ VERLAG FÜR NEUAUTOREN

Der Verlag

*Wer aufhört
besser zu werden,
hat aufgehört
gut zu sein!*

Basierend auf diesem Motto ist es dem novum Verlag
ein Anliegen neue Manuskripte aufzuspüren, zu ver-
öffentlichen und deren Autoren langfristig zu fördern.
Mittlerweile gilt der 1997 gegründete und mehrfach
prämierte Verlag als Spezialist für Neuautoren in
Deutschland, Österreich und der Schweiz.

**Für jedes neue Manuskript wird innerhalb
weniger Wochen eine kostenfreie, unverbind-
liche Lektorats-Prüfung erstellt.**

Weitere Informationen zum Verlag und
seinen Büchern finden Sie im Internet unter:

www.novumverlag.com